魔王《まおう》になったので、ダンジョン造って人外娘とほのぼのする
7
勇者
ネル
「ちょ、ちょっと、やめてよ、おにーさん。恥ずかしいでしょ！」
異世界で魔王に生まれ変わった青年
ユキ
「……素晴らしい！
やはり女神は実在したのだ」

「――さて、ユキ。詳しく話を聞かせてもらおうかの」
「……だ、だって、小さい子に『お嫁さんにして！』なんて言われて、断れる訳ないだろ？」
古代龍
レフィシオス
（愛称：レフィ）
魔王、浮気を疑われる!?

わずかな胸の大きさでも
幼女達には一大事!!
「負けないんだから！」
「勝負は、お互いがもっと大きくなったら、です！」
アーリシア王国の王女
イリル
ヴァンパイア
イルーナ
ユキの武器
罪焔《ざいえん》
（愛称：エン）
ヒーリングスライム
シィ

精霊王
イグ＝ドラジール
レフィの旧友。
イルーナに『精霊王の加護』を
与えた存在。
『初めてお会いする。
迷宮の主たる王——いや、
迷宮と龍族の主たる王よ。
吾輩はイグ＝ドラジール。精霊の王である』
「な……んだ、
コイツ……」
「ユキ、其奴は
儂の知り合いじゃ」

魔王《まおう》になったので、ダンジョン造ってほのぼのする 人外娘とほのぼのする

MAOU NI NATTA-NODE
DUNGEON
TSUKUTTE
JINGAI-MUSUME
TO HONO-BONO
SURU.

7

著 流優 RYUYU
ILLUST. だぶ竜

口絵・本文イラスト
だぶ竜

装丁
AFTERGLOW

MAOU NI NATTA-NODE
DUNGEON
TSUKUTTE
JINGAI-MUSUME
TO HONO-BONO
SURU.

CONTENTS

プロローグ　王都到着

――アーリシア王国、その王都である『アルシル』。

俺はネルと共に、辺境の街アルフィーロの領主――レイローの案内で、以前にも一度来たことのあるこの都市にやって来ていた。

現在は、領主のおっさんの部下が王都に入る手続きをしてくれており、その待機中である。

本当は、ネルとのあれこれを報告するために来ただけだったのだが……知らない間に彼女の勇者としての地位が脅かされており、それどころではなくなってしまった。

そして、その裏には暗躍する敵がいることがわかっている。

全く、人間界とは相変わらず面倒くさいところだが――ネルの敵は、潰《つぶ》す。必ず。

王都の方を見据えながらそんなことを考えていると、前の馬車から降りてこちらの馬車に顔を覗《のぞ》かせる、領主のおっさん。

「ユキ殿、勇者殿。このままこちらは王城に向かうつもりだ。貴殿らはどうする？」

「む……どうする、ネル？　俺はお前に付いて行くが」

そう問い掛けると、ネルは少し考える様子を見せてから、口を開く。

「……僕も、教会より先に王城に行きます。まずは、国王様にご迷惑をお掛けしたこと、謝らないと。このまま付いて行かせてください」

「陛下はそんなこと、全く気にせぬと思うが……わかった、では、窮屈だと思うがもうしばし馬車の内部にいてくれ」

　領主のおっさんはコクリと頷《うなず》くと、すぐに自身の馬車の方へと戻って行った。

「……こういう時、味方がいるとすごい助かるな」

「うん、本当に。レイロー様には、もう頭が上がらないよ」

　本当に、ここまで付き合いが長くなるとは、流石《さすが》に俺も思わなかったわ。

　ネルに次いで、関係の深い人間と言えば、彼になるだろう。

　それから少しして、王都の正面門での手続きが終わったらしい。

　再び馬車が動き出し、都市の内部へと入り込むと同時、聞こえて来る雑踏のざわめき。

　やはり一国の首都というだけあり、魔界王都と同じくらい人で溢《あふ》れていて、今のこちらの心情からすれば、憎らしいぐらいの活気に満ちている。

　以前来た時とはエラい違いだ。あの時は周囲一帯が静まり返っていて、アンデッド達が徘徊《はいかい》するゴーストタウンみたいな有り様だったからな。

　チラリと一瞬だけネルの方へ視線を向けると、もう肝が据わったのか、オドオドしていた様子は微塵《みじん》も感じられない。

　その内心では怖がっている面もあるのだろうが……覚悟を感じられる今の彼女からは、勇者と言われて納得してしまうだけの勇ましさを見て取ることが出来る。

俺は、小さく口端を吊《つ》り上《あ》げると、特に彼女に言葉を掛けることはせず、大人しく馬車内部の席に身体《からだ》を預けた。

第一章　王都花嫁騒動

　そのまま俺達の乗る馬車は王都の広く整った大通りをゆっくりと進んで行き、数十分程したところで、街の中央に聳《そび》え立《た》つ白亜のデカい城に辿《たど》り着《つ》く。

　城門にて王城に入るための手続きをしてから、王城の敷地内に入ったところで馬車は完全に停止し、俺達は中から降りる。

　前回は不法侵入だったが、今回は正面から殴り込みだ。殴り込まないけど。

　国王は信頼してもいいだろうが、ここにはきっと俺達の敵もいる。気合いを入れていこうか。

「……そう言えば領主のおっさん。さっきの手続きの様子とかを見て思ったんだが、おっさんの爵位は何なんだ？　色んなところに影響力を持ってるみたいだし、無位無官って訳じゃないんだろ？」

「随分と今更なことを聞いてくるな……」

　彼は一つ苦笑を溢《こぼ》してから、俺の質問に答える。

「私は、辺境伯位を陛下より賜っている。一応上級貴族ではあるものの、成り上がり者故、通常の辺境伯程の権力は持っておらん。まだまだ下っ端だ」

　辺境伯位……それって、結構な偉い人じゃなかったか？

辺境の街の領主だから辺境伯なのではなく、辺境地域全体を束ねる、それなりに上の立場の貴族だったはずだ。

「あれっ……領主様は、伯爵位ではありませんでしたか？」

「うむ。ユキ殿が最初に来訪した頃《ころ》は伯爵位であったが、王都の内乱騒ぎにて没落した貴族の領土をいただいてな。それに伴って、昇爵させていただいたのだ」

「へぇ……！　それは、おめでとうございます！　すみません、お祝いが遅れてしまって……」

「何、気になされるな。慶事の類であることは確かだが、同時に面倒事も倍増している故、正直なところあまり喜んでばかりもいられん。……ま、陛下より賜った以上、この身が出来る限りで御役《おやく》目《め》を果たさせてもらうつもりではあるがな」

……やっぱ、中々男前だな、この領主様は。

いや、よく考えたら、最初に俺とレフィで街を襲いに行った際、他の冒険者達が怯《おび》える中で一人前に出て来たのが、このおっさんだった。

肝の据わった男であることは確かなのだろう。

「おっさん……アンタ、カッコいい男だなぁ」

「フッ、貴殿にそう言われるとくすぐったいものがあるな。……あー、ユキ殿」

「ん？」

「今度はこちらが聞きたいのだが……やはりその仮面は付けるのか」

「え？　おう。俺、国王とは顔見知りだけど、素顔を晒《さら》したことはないからさ。むしろ、仮面被《かぶ》ってないと俺と気付かれないかもしれん」

「……果たしてそれは、顔見知りと言えるのか？」

……確かに。微妙なラインだな。

と、領主のおっさんは俺の仮面を見ながら、何とも言えなそうな表情を浮かべる。

「……出来れば、仮面はギリギリまで外しておいた方が良いかもしれん」

「？　何でだよ？」

怪訝《けげん》に思い、そう領主のおっさんに問い掛けた、その時。

「も、もしや、仮面様……？」

「へ？」

聞こえて来た声に振り返ると、そこにいたのは、驚愕《きょうがく》の表情を浮かべた一人の兵士。

歳《とし》は若い。俺より年下の可能性もあるだろう。

……いや、よく考えたら俺、生後一年と二か月くらいだから、そんなことはねーな。

大体ここにいるヤツら、俺より年上だったわ。

「そ、その道化を模した仮面……やはり、以前王都をお救いいただいた、仮面様ですね⁉」

「お、おう、多分そうだけど……」

仮面様て。

もうちょっと他に、呼び方はなかったのだろうか。

「す、すごい、夢みたいだ！　まさか救国の英雄にお会い出来るなんて！　さ、サインをいただけないでしょうか⁉」

「え、あ、はい」

兵士の捲《まく》し立てる勢いに押され、ペンっぽい筆記用具と羊皮紙っぽい紙を受け取ってしまった俺は、少し悩んでから、『残念だったなぁ、俺にサインが書けるとでも思ったか、この間抜け』と日本語で書いておく。

「ありがとうございます！　おぉ、なんと勇ましい字だ！　家宝にさせていただきます！」

「いや、やめろや」

思わず素でツッコむも、兵士は全く気にした様子もなく、感激した様子で自身の仕事に戻って行った。

「お、おい、今のって……」

「ま、まさか、仮面様か……？」

「仮面様⁉　あの、謎の英雄の⁉」

――聞こえて来る声に目を向けると、熱量を感じる程の視線をこちらに送りながら、ひそひそと近くの仲間と会話を交わす、王城の衛兵達。

「……なぁ、お二方、聞いてもいいでしょうか。今、ヒシヒシと視線を感じているんだが、どうなってんの、これ」

「あ、そう言えばおにーさんって、王都じゃ結構な有名人でしたね、領主様」

「うむ……王都の危機にただ一度だけ現れ、陛下と王女イリル様、そしてこの国を救った、道化の仮面を被った男。貴殿がここを去った後、そんな男の噂《うわさ》が街に広まってな。特に兵士達は、実際に貴殿と共に戦った者もいるから、『英雄と肩を並べて戦ったのだ』と、ひとしお謎の仮面に対する思い入れが強いのだ」

「フフ、おにーさん、王都だと演劇の主人公だったりするんだよ？　その正体が魔王だって知らずにね」

「貴殿がいる前でこう言うのも失礼だとは思うが、あの演劇の広告などを見る度に、笑いたいような笑えんような、何とも言えん気分になる」

クスクスとおかしそうに笑うネルに、苦笑い気味でそう溢す領主のおっさん。

ちょっと待って、聞いてないんだけど。

「……そういうの、先に言っといてくれないっすかね」

「すまぬ、先程まで仮面を被っていなかったから、単純に失念していた。途中で寄ったセンギュリアの街でその仮面を見た時、注意しておかねばとは思っていたのだが……」

「ごめんごめん、僕も、ずっと王都を離れていたから、忘れてたよ」

「……と、とりあえず、早く先に行かないか。ここにいると面倒な目に遭いそうな気がする」

「うむ、同感だ。では二人とも、付いて来てくれ。陛下はまだ仕事中だそうだが、すぐお会いいただけるそうだ」

へぇ？　多少は待たされるんじゃないかと思ってたんだが。

そう考えたのが伝わったのか、領主のおっさんが言葉を続ける。

「私とネル殿と……まあ、貴殿がいると聞いて、他の仕事よりもこちらの方が優先度が高いと判断してくださったのだろう。だから、急ぐぞ。陛下をお待たせする訳には行かぬ」

そうして、領主のおっさんの後ろに続いて王城内部を進んで行き、以前に国王と一対一で話をしたことのある部屋の前へと辿り着く。

領主のおっさんがノックし、中からの応《いら》えを聞いて扉を開き、中に入ると、そこにいたのは国王——と、彼の娘。

王女、イリルだった。

「ネル様！」

まず一番初めに、部屋に入って来たネルを見てぱぁっと表情を明るくさせたイリルは、とてとてと駆けて行き、ぽふっと勇者の少女に抱き着く。

「しばらくぶりです、イリル様。ご心配をお掛けしましたか？」

「そーです、とっても心配したんですから！　……もう、急にいなくなったりしたら、ダメなんですからね？」

「フフ、ごめんなさい、気を付けますね。——それと、イリル様。連れて来ましたよ」

「？　何ですか？」

ニコニコしながらネルは、こちらを振り返る。

それに釣られて、ネルの後ろへと視線を送り——俺と、目が合った。

「よ。久しぶり」

「――っ！」

彼女は俺の存在に気が付くと、まず目を見開いて固まり、数秒程した後に突然バッと自身の身体《からだ》を見下ろして身なりを確認し、それからしばし混乱したようにワタワタしてから、ようやく落ち着いたらしくペコリと元気よく頭を下げる。

うむ、何を考えているかがよくわかる動きだったな。

「ま、ま、まおー様！　お久しゅうございましゅ……」

あ、噛《か》んだ。

「――ます！　イリルは、再びまおー様とお会い出来る日を、ずっとお待ちしていました！」

「あぁ、俺も、イリルに会えて嬉《うれ》しいよ」

彼女の頭をクシャクシャと撫《な》でると、イリルは気持ち良さそうに目を細める。

子犬みたいで可愛《かわい》い子だ。

その状態のまま、俺は、中央のソファで微笑《ほほえ》ましそうにしている男――国王へと口を開いた。

「どうも、国王。アンタも久しぶりだ。元気そう……ではないなぁ」

国王もまた、領主のおっさんと同じく、大分やつれた感じだ。

心労が重なっているのだろうことが一目で理解出来る様相である。

「うむ、久しぶりだ、魔王。……国王という仕事も一筋縄ではいかぬものでな」

疲れの窺《うかが》える、苦みの強い苦笑を浮かべる国王。

この国王、人が好《い》いもんなぁ。

話を聞く限り、この世界の貴族も総じて腹黒らしいし、甘く見られて勝手なことをされる、なんてこともあったのではなかろうか。

そんなことを考えている俺の隣で、ネルが国王に向かって膝《ひざ》を突《つ》く。

「陛下、この度は、ご迷惑をお掛け致しまして、大変申し訳ありません。僕――私がこちらに顔を出さなかったことで、問題が起きていると聞きました。私の勝手さで、陛下にご迷惑をお掛けしてしまったこと、恐縮するばかりです」

「良い、気にするな。今騒いでいる者達は、どれだけ些細《ささい》なことでも声を荒らげる者達だ。むしろ、それを抑えられない私の方こそ、不甲斐《ふがい》ないばかりで申し訳ない」

「い、いえ、そんな！　陛下は、ずっと庇《かば》ってくださっていると聞きました！」

慌ててぶんぶんと首を振るネルに、しかし国王は自嘲《じちょう》気味に言葉を続ける。

「私が庇っているのに、貴殿を糾弾しようとする声が収まらないということは、つまり私の言葉に力がないということに他ならないからな。……すまぬ、政治の話はまたにしよう。とにかく、無事の帰還、何よりだ。レイローも案内、ご苦労だった」

「ハッ！　勿体《もったい》なきお言葉」

国王の言葉に、頭を下げる領主のおっさん。

と、次に彼は、俺の方に顔を向ける。

「それで、ユキ殿。此度《こたび》はどうしたのだ？　また、魔境の森にちょっかいを出した馬鹿者でも……？」

「あぁ、いや、違う。そういう訳じゃない。今回はネルのことでこっちに来たんだ」

「勇者殿の？」

「俺、ネルを娶《めと》ることにしたから、よろしく」

「……はっ？」

何でもないかのようにそう言った俺に対し、口を開いたまま固まる国王。

領主のおっさんの時とデジャヴを感じる反応である。

「むむ、いいなぁ……まおー様、私もまおー様のお嫁さんにしてくれませんか？」

「えっ、あー……も、もっとおっきくなったらな」

「！　まおー様、約束ですよ！　おっきくなったら、イリルのこともお願いしますね！」

「あ、あぁ、約束だ」

……おっきくなったら、イリルがこの約束を忘れていることを願おう。

「……ちょ、ちょっと待て、彼女を、貴殿が、娶る？　魔王が、勇者を？」

誤魔化《ごまか》すようにイリルの頭をポンポンと撫でながら、俺は混乱した様子の国王に向かって言葉を続ける。

「その……話すと長くなるんだが、色々あってな。けど、ネルは人間の国の勇者だから、娶るとなると色々と不都合があるかと思って、挨拶《あいさつ》がてら俺もこっちに来たんだ」

俺の言葉を脳内で噛み砕《くだ》いているのか、国王はしばし押し黙ってから、やがて口を開く。

「……では、ネル殿は勇者を辞めるのか？」

「いや、辞めるつもりはないんだってさ。な、ネル」

コクリと頷《うなず》くネル。

「やらせていただけるのであれば、これからも変わらずこの国の勇者を続けていきたいと思っています。ただ、えっと……その間も、この人の隣で生きていこうって、決めまして」

「どうだ、見たか国王。この勇者のベタ惚《ぼ》れ具合を。魔王ともなれば、勇者をたらしこむことも可能なのだ」

「ばか」

ちょっと照れたようにはにかみながら、俺の脇腹《わきばら》を肘《ひじ》で小突くネル。

その俺達の様子を見て、イリルが羨《うらや》ましそうな声を出す。

「うわぁ……何だか憧《あこが》れちゃいます。イリルも、お二人みたいな仲良しさんになりたいです」

「おにーさん、イリル様のこともおっきくなったら娶ってくれるそうだから、きっとその時に良くしてくれると思いますよ？」

「本当ですか？　……まおー様、その時はイリルとも仲良くしてくれますか？」

「お、おう。任せろ。……ネル、お前、焚《た》き付《つ》けるのやめろよ」

「焚き付けるも何も、元はおにーさんが言ったことだし？」

可愛《かわい》らしくニヤリと笑みを浮かべ、肩を竦《すく》めるネル。

くっ……コイツ、我がダンジョンの面々に揉《も》まれて、逞《たくま》しさが増してやがる。

「そうか……少々驚いてしまったが、そういうことならば、私からはただ純粋に祝福させてもらおう。おめでとう、ユキ殿、ネル殿。色々と面倒な横槍《よこやり》はあるだろうが、貴殿らであれば、それも全《すべ》て除《の》けられるだろう」

そう、真摯《しんし》な様子で俺達を寿《ことほ》いでくれる国王。

「ありがとうございます、陛下！」

「国のトップが味方でいてくれると、やりやすくて本当に助かるよ。……それで、ちょっと話があってさ」

そう言って俺は、チラリとイリルの方に視線だけを送る。

それだけで俺の言いたいことを察した国王は、コクリと頷いて彼女へと顔を向ける。

「さ、イリル。そろそろ勉強の時間だったはずだ」

「あっ、で、でも、ネル様も、まおー様も、せっかく来ていただいて、久しぶりにお会いしたのに……」

「二人も、王都まで来たばかり故、すぐ帰ったりなどせぬさ。そうだろう？」

「あぁ、しばらくはこっちにいるつもりだ」

「ほら、ユキ殿もこう言っている。また次の時に、遊んでもらいなさい」

国王の言葉に、イリルはしばし逡巡《しゅんじゅん》した様子を見せてから、こちらを見上げて不安そうに言葉を紡ぐ。

「……約束ですからね？　ネル様も、まおー様も、イリルに内緒でいなくなったら、ダメですからね？」

「そうだな、ずっと王都にいる訳じゃないが、いなくなる時は、ちゃんとお別れを言うさ」

「ええ、イリル様。また明日にでも、いっぱいお話ししましょう？」

「！　わかりました、じゃあネル様、その時にまおー様との馴《な》れ初《そ》め、教えてくださいますか？」

「えっ、う、うん、わかりました。あんまり、面白い話じゃないと思いますが……」

「えへへ、楽しみにしてます！」

にぱぁ、と笑顔になった彼女は、俺達に一礼すると、そのまま部屋を出て行った。

そうしてイリルが部屋からいなくなると同時、国王は俺達の方を向き、父親らしさのある顔から一国のトップに立つ王の顔へと変わり、口を開いた。

「――それで、話とは？」

◇　◇　◇

「そうか……センギュリアの街に魔物の襲撃があり、勇者殿が撃退した、という報告は聞いていたが、そのような裏があったのだな」

「この、アルゴスって貴族の裏にいる親玉が誰《だれ》か、見当付くか？」

俺の質問に、国王は「ふむ……」と呟《つぶや》いて考える素振りを見せる。

「……すまぬ、誰とは断定出来ぬな。あの者は、不利と見た瞬間自身の所属する派閥を切り替える変わり身の早い男で、特定の者の下で動くということが今までほとんどなかったのだ。……レイロー、どう思う？」

「いえ、私も、陛下と同じことを思い、特に思い至らず……」

申し訳なさそうに首を横に振る領主のおっさん。

「じゃあ、今ソイツは、誰の派閥の下にいるんだ？」

「幾つかあるのだが、一番主《おも》としているのは確か、エメルダ＝フローライトという公爵の派閥だ。かなり遠いが、一応王家の血筋の者だな」

「？　ソイツは黒幕候補には入らないのか？」

「エメルダは、女性だ」

あぁ……なるほど。

この国、ネルやネルの上司である女騎士カロッタなど、一部例外的な強さを持った女性はいても、普通に男尊女卑がまかり通っていて、参政権があるのも男だけらしいのだ。

必然的に、現在の政治闘争からその女性は外れる、という訳だ。

俺が納得している隣で、領主のおっさんが国王に向かって口を開く。

「陛下、私はその黒幕を探る方向で動こうと考えております。ネル殿に謀略を仕掛けようとしているということは、つまりこの国に仇《あだ》なす敵。私の出来る限りで、彼らに協力したいと」

「……レイロー様、本当に、ありがとうございます。いつもいつも、味方をしていただいて……」

「何を言う、貴殿はこの国のために戦っているのだ。ならばそうして守られている我々が、貴殿に協力するのは人として当たり前のことだろう」

そう言って、ハハハと笑う領主のおっさん。男前である。

「うむ、その通りだな。戦いの最前線に立ってもらっているネル殿に、我々が協力するのは至極当然。私の方でも少し当たってみるつもりだが……頼んだぞ、レイロー」

「御意に」

「助かる。よろしく頼むよ。——あ、それと、アンタにも言っておくが、こっちはこっちで勝手にやらせてもらうぞ。関係ないヤツに手を出しはしないが、迷惑掛けたらすまんな」

「フッ……貴殿を怒らせた者は、ご愁傷様といったところだな。あぁ、是非とも痛い目を見せてやってくれ」

国王は、愉快そうに笑みを浮かべながら、そう言った。

「お、何だ、止めないんだな」

「貴殿を止めても、無駄だろう。というより、止められる者がこの国にはまずおらんしな。勇者殿くらいか」

おう、よくわかってらっしゃる。

「お任せを！　おにーさんが暴走しそうになっても、しっかり手綱《たづな》を握っておきますので！」

「ハハ、頼もしい。では、その役は勇者殿に任せるとしよう」

「俺は馬か」

「え？　うん、そうだね。それも暴れ馬かな。女の子、特に幼い子の言うことならよく聞く暴れ馬」

「………」

何も言えなくなった俺を見て、ネルはクスクスと笑った。

それから、少しだけこの国のことについて詳しい話をしてから、俺とネルは部屋を後にした。

領主のおっさんだけは、まだ国王に用事があるとのことで部屋に残ったため、俺達には付いて来ていない。

「どうする、ネル。この城の客間に泊めてくれるって話だけど、今日中にこのまま教会に行くのか？」

「うん、ちょっと時間が遅くなっちゃうかもしれないけど、でも皆に迷惑掛けちゃった訳だし、王都に来た以上早く顔を見せておかないと。だからおにーさん、先に休んでていいよ？」

「バカ言え、お前が行くなら俺も行くさ」

「……ん、ありがと、おにーさん」

薄い微笑みを口元に湛《たた》えるネル。

そうしてネルと連れ立ち、城内の元来た通路を戻っていた――その時。

「おや？　これはこれは……」

通路の曲がり角を曲がったその先でかち合う、二人組。

一人が、煌《きら》びやかな派手派手しい鎧《よろい》を身に纏《まと》った青年。

そしてもう一人が、魔界でネルと共にいた、確か宮廷魔術師の少女だった。

「もうすでに死んでいるものかと思っていたが、まさか――」

「――ネル‼」

ネルの姿を見た宮廷魔術師ちゃんが、何事かを言っていた派手鎧の青年の言葉を完璧《かんぺき》に遮り、飛び込むような勢いで近くまで駆け寄って来る。

「ロニア！」

「魔力の流れは正常、目立った外傷無し……怪我《けが》は？　どこか後遺症は？　今の私ならば、大体のものは治すことが出来る。何かあったら言って」

「う、うん、大丈夫、平気だよ。ごめんね、心配掛けちゃったね」

ネルの身体《からだ》をあちこち触りながら捲《まく》し立《た》てる宮廷魔術師ちゃんに、面食らいながらも言葉を返すネル。

以前会った時もエンに似て無口な少女だったし、その彼女がこんな一気に喋《しゃべ》る様子に驚いたのだろう。

それだけ彼女も、ネルのことを心配していた、ということだろう。

なんか、ちょっと悪いことをした気分だ。やはりもう少し早く、ネルを王都に連れて来るべきだったか。

「無事……そう……」

ネルのことを上から下までマジマジと凝視し、やがて本当に大丈夫そうだと判断したのか、ホッと安堵《あんど》の息を吐き出す。

と、それから彼女は俺の方を向き、ゆっくりと頭を下げた。

「貴方《あなた》が、ネルを助けてくれたと聞いたわ。……私の友人を救ってくれて、本当に、本当に感謝する」

「ロニア……」

友人のその様子に、心に来るものがあったらしく、少しだけ涙ぐむネル。

俺は片頬《ほお》を吊《つ》り上《あ》げ、肩を竦めて宮廷魔術師ちゃんに言葉を返す。

「あぁ、気にすんな。俺にとっても……その、ネルは大事だったからな。それより、そっちはあの後大丈夫だったのか？　ネルが足止めしてたっつっても、怪我人を引き連れて移動するのは大変だったろ」

あの時は、宮廷魔術師ちゃんともう一人のネルのパーティメンバーと共に、翼人族の怪我人が多数いたからな。

それを全《すべ》て引き連れて安全地帯を目指すというのは、言葉にする以上に大変なことだったはずだ。

「ネルを置き去りにしたということ以外に、大変と定義される事柄は何一つない。ネルが時間を稼いでくれたおかげで貴方を呼べたし、敵から逃げ切ることが出来た」

「そっか……なら、僕も、意地を張った甲斐《かい》があったかな」

「ネルは臆病《おくびょう》なくせに、意地を張り過ぎの無茶し過ぎ。反省して」

「ご、ごめんって。で、でも、あの時はどっちにしろ敵の足止めは誰かがしなくちゃならなかったし、あれが最善だったと思うんだけど……」

「それでも反省して」

「え、えぇ……」

困ったような苦笑を浮かべながら、頬をポリポリと掻《か》くネル。

俺は、仲の良い二人に笑いながら、言葉を掛ける。

「ハハ、ま、お二人さんよ。色々話したいことがお互いにあるだろうが、とりあえず――」

「僕を無視するなッ！」

その怒鳴り声に、俺達三人は一斉に同じ方向へ顔を向ける。

そこにいたのは、怒り心頭といった様子で真《ま》っ赤《か》に染めた顔をギリィと歪《ゆが》め、こめかみに青筋を浮かべ、プルプルと身体を震わせる派手鎧の青年。

……そう言えばいたな、コイツ。

「つか、誰だ、お前」

何の脈絡もなく現れやがって。

「っ⁉　ぼっ、僕を知らないだと⁉　どうしようもない田舎者《いなか》め、貴様こそ誰だ‼　怪しい仮面など被りやがって‼」

え？　あ、そうか、俺今仮面付けたままだったな。

「誰《だれ》、と言われると、ちょっと困るな……なあ、俺は何て自己紹介すればいいと思う？」

以前は謎の従者ワイとして振る舞っていた訳だが、もう顔はバラしちゃったし、しかも俺、ネルと関係を結ぶつもりだから偽名のまま、という訳にもいかないし。

偽名で結婚は流石《さすが》に嫌だ。

「え？　うーん……確かに。もう素顔も晒《さら》しちゃうつもりなら、偽名じゃなくて本名を名乗ってもいいんじゃない？」

「それは良くない。通すならば偽名を通すべき」

「え、そう、ロニア？」

「貴女《あなた》の想い人は、王都では偽名で通っている。何かするつもりであっても、本名を名乗るのは最後でいいと思われる。自身の正しい情報が相手に知られていないことは、アドバンテージ。わざわざ明かす必要はない」

「想《おも》い……っ！　きっ、気付いてたの⁉」

「ネルはわかりやすい。そして、私は貴女の友人。顔を見れば、大体何を思ってるかくらい、見当が付くわ」

「……そ、そうか、わかった、じゃあロニアの意見を採用して、今後王都で自己紹介する時はまだ偽名で通すことにするよ。――俺が誰だと聞いたな！　いいだろう、答えてやる。俺は謎の仮面従者、ワイだ‼」

「今思いっきり偽名って言っていただろ⁉」

派手鎧の青年は、それはもう力強くツッコんだ。

「クッ……何てふざけた奴《やつ》らだ……！　こんな奴らが、今まで勇者一行として名を馳《は》せていたというのか……！」

名：マニュエル＝クローザ
種族：人間
クラス：中級騎士
レベル：25

派手鎧君のステータスは、大体300～350程度の、一般人三人分くらいだ。

クラスが中級騎士だからか、スキルも『剣術』や『盾術』など騎士っぽいものが揃《そろ》っている。

人間の中ではそこそこ強いな。実力者の内には入るだろう。

「ふむ……で、何か用か、マニュエル君。こっちはこれから用事があるんだが？」

「やっぱり僕の名前を知っているんじゃないかっ‼　本当にどこまでもふざけた男だな⁉」

愕然《がくぜん》とした表情でそう怒鳴ってから、しかし派手鎧君はコホンと咳払《せきばら》いし、こちらを小馬鹿にするような表情で言葉を続ける。

「フン、従者の者がこのレベルでは、勇者自身も程度が知れるというものだな！　大体、庶民出の田舎臭い小娘が勇者など、器ではなかったのだ！　そのせいで今、こうして国全体が荒れているのだということをわかっているのか？」

ピク、と隣の宮廷魔術師ちゃんが、こめかみの辺りを反応させ、派手鎧君の前に出ようとするが――。

「全て、貴様に力が無いせいでな！　全く、カリスマ的な強さを持った先代勇者に比べて、随分と弱い勇者がいたものだ。小娘は小娘らしく、勇者などさっさとやめデイッ――」

「……お前、俺の前でそこまでネルをディスるとは、良い度胸してやがるなァ……？」

――その前に、俺が派手鎧君の顔面を片手でがっしと鷲掴《わしづか》みにし、空中に持ち上げる。

流石に加減はしているが、それでも、指が頭部にめり込みそうなくらいの力加減だ。

「あグぁッ⁉　きっ、貴様、僕に暴力を振るったな⁉　そ、そんなことをして、どうなるかわかっているのか⁉」

「知らねーよボケ」

「ぼっ、僕は公爵家の次男だぞ⁉　そもそも貴族に手を上げた時点で、貴様は打ち首――」

「だから知らねーっつってんだろ」

そう言って、派手鎧君を通路の壁に向かって無造作に投げつける。

「あぎッ……‼」

俺は、壁にもたれかかりながら地面に転がる派手鎧君の前にしゃがみ込むと、ズイと顔を近付ける。

「お前がよ、どれだけエラい人間だろうが、俺には関係ねぇ話だ。だが、俺の行動規範はそう複雑じゃなくてな。味方は守る。敵は潰《つぶ》す。――な、教えてくれ。俺の嫁さんを侮辱するお前は、敵なのか？」

すると派手鎧君は、サァと顔を青ざめさせ、「き、貴様‼　覚えておれよ‼　僕をこのような目に遭わせたこと、絶対に後悔させてやる‼　絶対にだ‼」と典型的捨《す》て台詞《ぜりふ》を吐いて、通路を走り去って行った。

俺は立ち上がり、派手鎧君が去って行った方へと顔を向ける。

「……何だったんだ、結局。急に喧嘩《けんか》売って来たと思ったら」

「アハハ……おにーさんに絡まれているのを見てたら、ちょっと可哀想《かわいそう》に思えて来たよ……というかおにーさん、アレだよね。人を脅すのが上手だよね。こう、効率良く相手を怖がらせる、みたいな」

「失礼な。人をチンピラみたいに言うな。それに、脅すだけでイザコザが回避出来るなら安いもんだろ」

確かに自分でも、人をビビらせるのが得意になって来た気がするが、魔王になってからそういう機会が増えたため、自然と人の脅し方を覚えてしまっただけだ。

……嫌な経験だな。

出来ることなら覚えたくない技能だ。

「フフ、そうだね、ごめんごめん。——ありがと、おにーさん。怒ってくれて」

「おうよ」

「……嫁？」

俺達の様子を見ていた宮廷魔術師ちゃんが、怪訝《けげん》そうな表情でそう呟《つぶや》く。

「あ、う、うん、そうなの。まだ正式じゃないけどね。だから、その報告とか手続きとかをしようと、おにーさんとこっちに来たんだ」

「そう……じゃあ、勇者はやめるのね。少し寂しいけれど、貴女が幸せなら、それでいい」

「あ、いや、勇者は続けるつもりだよ。このままやめたら、無責任にも程があるからね。もうしばらくはこの国で過ごすつもり」

「……ネル、それは本気で言ってる？」

「え、うん、本気だけど……」

と、宮廷魔術師ちゃんは一つため息を吐き出し、同情するような表情で俺のことを見る。

「気の毒ね、貴方……この子、いつもはそうでもないのに、変なところで頑固な一面がある。色々と、申し訳ないわ」

「あぁ、うん……まあ初めから、ネルが勇者であることをわかっての話だから、しょうがないさ。もう納得してるよ」

「ちょ、ちょっと、何さ、二人して！」

「ネル……前々から思っていたけれど、貴女、やっぱり変な子ね」

「それ、あんまりロニアには言われたくないんだけど⁉」

俺は二人のやり取りに笑ってから、ふと宮廷魔術師ちゃんへと問い掛けた。

「そういやロニア、何であのアホと一緒にいたんだ？　なんか、あんまり君とも馬が合わなそうな感じだったが」

俺が先に動いたから特に何もしなかったが、ネルの悪口を言われている時、スッと目を鋭くさせて、殺気混じりで派手鎧《よろい》君を睨《にら》んでいたからな。

仲が良い、という訳ではないのだろう。

「……仕事。あの男は、公爵の息子。私は宮廷魔術師。だから、魔法の指導を行うように上から言いつけられている」

「あぁ……仕事か」

「ロニアは、国に仕えている宮廷魔術師の中でも上から数えた方が早いくらいの実力があるからね。自然と教えを請おうとする人も増えて、引っ張りだこなんだよ」

「そりゃ、大変だな。さっきのみたいな、自尊心の塊みたいなヤツも多いんじゃないか？」

「多い。頭が痛くなる。何故《なぜ》、わざわざ私が時間を割かなければならないのか、甚だ疑問。もう、諦《あきら》めたけれど」

表情の差異は乏しいものの、げんなりした様子を見せるロニア。

……この子も、苦労してそうだな。若いのに大変だ。

こういうところで俺、魔王に転生して良かったと思うわ。社会とのしがらみなんてものは、魔王には存在しないからな。

その分、全《すべ》てが全てにおいて自己責任だが、自由でいいぜ、魔王は。みんなも魔王になろう。

「それより、二人は用事があったのでは？　大分経《た》ったけれど」

「あ、そうだった！　ロニア、明日か明後日《あさって》か、暇がある時にもうちょっとお話しよ！　僕とおにーさん、王城に泊めていただくことになってるからさ」

「そうだな、俺も、今までのネルのことでも聞かせてもらおうかな」

「いや、聞かなくていいからね、おにーさん。ロニアも言わなくていいから」

「ん、わかった。次に会ったら教える」

「ロニア⁉」

そうして、俺達は宮廷魔術師ちゃんと別れた。

いやぁ、宮廷魔術師ちゃん、こうして話してみると、結構ノリの良い子だったな。


——宮廷魔術師ちゃんと別れた後、ネルの案内で王都の街中を進み、完全に陽《ひ》が落ちた頃《ころ》、俺達は教会本部として使われているという建物に辿《たど》り着《つ》いた。

やはり本部というだけあって、相当デカく華美な造りをしていて、前世ならば世界遺産に登録されていそうな建造物だった。

ネルの生存報告と共に結婚の報告、という風に本当は行きたかったのだが、ネルの上司である女騎士カロッタが今は仕事らしくいなかったので、とりあえず後者の話はまたにしようということになった。

今ちょっとネルの勇者としての立場が不安定なので、教会の方には一度上司の女騎士に相談してから、という運びだ。

そのため、完全に部外者となった俺は中に入ることが出来ず、待合室のような場所で彼女が報告を終わらせるのを待つことになった。

待たせたことに対する思いか、少し申し訳なさそうな顔で戻って来たネルによると、カロッタのさらに上の者達に「何をしていた」「何故今まで報告をしなかった」など、どうも結構な量の小言を言われたらしい。

……その場に俺もいたら、イラッと来ちゃってたかもしれないから、待っていたのは正解だっただろう。

ちなみに今更だが、この世界において『結婚』とは、本人間で取り決めるだけで、特別な手続きとかは必要ないそうだ。

それこそ教会があるのだし、キリスト教みたく神に宣誓でもするのかと思ったが、そういうのは国王とか公爵とかがやるだけで、庶民はお互いが納得すれば後は、お互いの親や知人に「この人と結婚します」という報告をするくらいだとのこと。

だから、俺もこっちにいる間にネルの親――彼女は母子家庭なので、母親に挨拶《あいさつ》することになるのだが……正直、それが一番難易度高いです。

考えるだけで緊張して来た。

今の内にイメージトレーニングでもしておくとしよう。

◇　◇　◇

――翌日、朝。

カーテンの隙間《すきま》から差し込む朝日に照らされ、ネルは目を覚ました。

寝ぼけ眼《まなこ》を数度瞬《しばたた》き、ゆっくりと身体《からだ》を起こす。

小さく欠伸《あくび》を溢し、それからネルは横へと顔を向け――視界に映る、隣のベッドで眠る、一人の青年。

「……ふぁ……」

珍しい黒一色の髪に、まるで少年のようなあどけない寝顔。

こうしてまじまじと見ると、童顔という程ではないが、存外自分とあまり歳《とし》が変わらないのでは、と思ってしまう。

今の彼の様子を見ていると、人間は疎《おろ》か亜人族に獣人族、魔族ですら敵《かな》わない、とてつもない力を宿した魔王にはとても見えない。

……まあ、彼は起きている時も、良くも悪くも無邪気で子供っぽい人であるため、普通に接している限りでは魔王であるとはわからないだろうが。

前々から、この青年のことは近所のおにーさんのようだと思っているが、その思いは今になっても全く変わらない。

きっと、自分に異性の幼馴染《おさななじみ》がいれば、この人のような感じなのだろう。

――まだ出会ってから一年程でしかないのに、いったいどれだけ、この人の存在が自身の中で大きくなっていることだろうか。

「……フフ」

ネルは小さく笑って自身のベッドから降りると、隣の青年のベッドにぽふ、と腰掛ける。

起こさないよう気を遣いながら、その髪に手を添え、梳《す》くようにして撫《な》でた。

ツンツンしているのに、思った以上に触り心地の良い、サラサラとした髪の感触。

手の平から伝わる、心が安らぐような、彼の温《ぬく》もり。

トクン、と心の奥の部分が、熱く脈打つ。

普段、他に人がいる時はこんなこと、恥ずかしいので絶対にしないのだが……。

――今くらいは、いいよね。

じんわりと胸を温め、きゅっと締め付けられるような切なさに、彼の髪に指を通しながら、ネルは微笑を薄く浮かべた。

「……んぅ」

ふと聞こえて来る、小さな可愛《かわい》らしい声。

目の前のユキではなく、別の方向からだ。

ネルがそちらに顔を向けると、民族衣装らしい服装に身を包んだ、ユキと同じ黒髪の幼女が一人、眠そうに目を擦《こす》りながら部屋に備え付けられているソファに座っていた。

「おはよう、エンちゃん」

「……ん、おはよ」

目をくしくししながら、くぁ、と可愛らしい欠伸を漏らす幼女――エン。

彼女はユキの主武装で大事な相棒であるため、当然ながら今回の王都来訪にも付いて来ていたのだが、自分は主《あるじ》といつも一緒にいられるからと、ずっとユキの持つ収納の魔法の中で大人しくしていてくれたのだ。

流石に寝る時くらいは、とユキが収納の魔法から取り出し、ソファに立てかけられていたため、ちょうど今起きて擬人化したのだろう。

本当に優しく、思いやりのある子だ。

「……？　何してる？」

ユキのベッドに座るネルを見て、こてんと首を傾《かし》げ、そう問い掛けるエン。

「うん、おにーさんの寝顔って、あんまり見たことないなって思って。良い機会だから、じっくり見たくてさ。エンちゃんも見る？」

「……見る」

黒髪の幼女はこくりと頷《うなず》くと、ソファを降りペタペタと歩いてこちらまで近づき、彼を起こさないようゆっくりとベッドに上ってネルの隣に腰掛ける。

「……主、寝てる」

「うん、寝てるね」

「……主の寝顔、珍しい」

「おにーさん、いっつも起きるの、早いもんねぇ」

ユキはいつも、朝が早い。

どうもダンジョンにいる間であれば、ダンジョンから彼に力が流れ込んでいるため、あまり睡眠を必要としないのだそうだ。

それ故、魔王城の住人の中では、非常に寝起きが良いリューの次に起きるのが早く、手伝わなければとは思うものの朝起きたらすでに朝食が出来上がっていた、なんてこともよくあったりする。

前日、レフィと夜遅くまで遊戯盤で遊んでいたような日もだ。

ただ、その代わりダンジョン外の場所にいる時は、とてつもない力を秘めた魔王の肉体を維持するためか多量の食事と睡眠を必要とするそうで、今もこのように、自分よりも眠りが深い。

実際、あまり大食漢というイメージはないユキだったが、魔境の森を出た頃から、ちょっとびっくりするくらいの量を彼は食べている。

変な話だが、その食事の量を見て、魔王としての強さの一端を垣間見《かいまみ》た気分だ。

「……なんか、可愛い」

「フフ、わかるよ、言いたいこと」

この寝顔のあどけなさは、普段の豪放でハチャメチャな様子とのギャップが大きい。

ユキはいつも、「自分はレフィ程じゃない」なんてことを言うが、傍《はた》からすればユキも十分やることなすことが派手で、時折彼がふざけて言う「無理を通して道理を蹴《け》っ飛《と》ばす」という言葉にピッタリ来るような人だろう。

――やっぱり、ヘンな人。

「……ちょっと、リルに似てる」

「え、そう?」

「……ん。似てる」

コクリと頷くエン。

その時、二人の声が意識に入り込んだのか、小さく身じろぎをするユキ。

彼は、そのままゆっくり瞼《まぶた》を開くと、数度瞬いてから、ベッドに腰掛ける二人の姿を視界に捉《とら》えたらしく、緩慢な動作で彼女らの方へと顔を向ける。

「あ、おはよ、おにーさん。ごめん、起こしちゃったかな？」

「……主、おはよう」

「……はよ。……？　どうしたんだ、二人とも？」

「ちょっとね。……フフ」

まだ意識が完全に覚醒《かくせい》した訳ではないようで、瞼を半分だけ開いているため、細く鋭い眼《め》になっているユキ。

その表情が、切れ長の双眸《そうぼう》をしているリルと確かに似ており、思わずクスッと笑ってしまったネルを見て、エンが無表情ながらも少しだけ得意げな様子で口を開く。

「……ね？」

「アハハ、本当だね」

クスクスと笑う二人に、ユキは不思議そうに首を傾げていた。

◇　◇　◇

王城の設備の一つとして備え付けられている、訓練場。

円形の闘技場のような構造になっており、というか実際にそういう風に使われることもあるのか、観覧席のようなものもステージの周囲に作られている。

――俺は今、その訓練場にいた。

「………………」

「フン、どうだ！　貴様のために、今日ここを用意してやったのだ！　ありがたく思い、尋常に勝負したまえ！」

俺の前で偉そうに腕を組み、そう言い放つ派手鎧《よろい》君。

「……勝負って？」

「当然、剣の打ち合いだ！　僕と君と、どちらの実力が上か、勝負しようではないか！」

「へぇ、そう……楽しそうだね。じゃあ、そういうことで」

「え？　あっ、ちょ、ちょっと待て、何故《なぜ》帰ろうとする⁉」

踵《きびす》を返し帰ろうとする俺を、慌てて引き留めにかかる派手鎧君。

「何故って……むしろ何で俺が、お前の言うことに従わなきゃならねーんだ」

どうして、こんなところに俺がいるのか。

それは、自分でもわからないです。

朝、エンとネルの話し声に目を覚まし、それから城のメイドさん達が用意してくれていた朝食を食べ、さあ今日はどうするか、というところで呼び出しが掛かったのだ。

ネルではなく、俺に。

どこかのお貴族様が呼んでいるというので、誰《だれ》だろうと訝《いぶか》しみはしつつも、特に深く考えることもせずに案内人に付いて行き——そして待っていたのが、彼だったのである。

コイツ……昨日《きのう》ので懲りてねぇのかよ。

肝が太いのか、それともただのバカなのか。

これまでのやり取りから察するに、可能性としては後者の方が高そうである。

「あそこにいるの……もしかして、仮面様か？」

「何っ？　……おぉ、確かに。噂《うわさ》に聞く道化の仮面だ。今、城に滞在しているらしいという話は聞いていたが、本当のことだったんだな。そうか、あの方が仮面様……」

「んで、隣にいるのは……マニュエル様だな」

「あん？　何で仮面様とマニュエル様が？」

「ほら、あのお方は……」

「……あぁ。ということは、仮面様も絡まれて……」

周囲には、何事かとこちらを窺《うかが》っている訓練中らしい兵士達がおり、そんな会話の内容を魔王の超聴覚が捉える。

兵士諸君からも、彼の評判はあまり良くないらしい。

……まあ、あの性格だしなぁ。その理由もわかろうものだ。

と、俺の言葉に派手鎧君は、自信に満ち満ちた表情で口を開く。

「それは、公爵家次男であり、次代の勇者たる僕の要請だからだ！」

「は？　誰が次代の勇者だって？」

「僕が、だ！　昨日は……そう、用事を思い出したから！　用事を思い出したからこそ帰ってしまったが、次代の勇者ともあろう者が舐《な》められたままでは困るからな！　お前に、僕の本当の実力を教えてやる！」

え、何コイツ、ネルの次の勇者なの？

ステータス、あんな低いのに？

そりゃ、確かに人間の中じゃあ実力者に入るだろうけど、俺が初めて会った頃《ころ》のネルより相当弱いぞ。

「……そうか、自称次代の勇者君。それはすごい。自称次代の勇者だなんて驚いた、俺が勘違いしていたよ。是非ともその力で、頑張ってこの国を守ってくれ」

「なっ、し、失礼な！　僕は、別に自分から勇者になりたいなどと言い出した訳ではない！」

憤慨した様子で、俺の発言に噛《か》み付く派手鎧君。

「……へぇ？　お前が、勇者として相応《ふさわ》しいって言っているヤツがいるのか？」

「そうだ！　そして、僕の力がこの国のためになるならばと、次代の勇者として名乗りを上げたのだ！」

……なる、ほど。

これは――ラッキーだ。

このバカを祭り上げるヤツがいるということは、つまりコイツの裏に、ネルに敵対している一派がいる、ということに他ならない。

派手鎧君を勇者に、というのも、公爵家の血筋であり、そこそこの実力もあるのであれば、確かに担ぐ神輿《みこし》として最適の人材かもしれない。

多少バカでも、むしろヘンに勘繰られないだろうから、それはそれでアリとも考えられる。

……いや、やっぱバカはバカだからダメだ。あっさり裏をバラしちゃうもんな。

まあ、俺としては相手がバカなのは一向に構わない。思わぬところで、良い情報源に出会えた。

あと、割と志は高いのな、派手鎧君。

その高慢さを直せば、嫌われることもなくなるだろうに。

残念ながら、たとえ高慢さが鳴りを潜めたところで、何一つとして現勇者であるネルには敵わないだろうがな。

客観的な事実として、ネルの対抗馬にコイツを出すのは無理があるだろう。

それとも何か、考えがあるのだろうか。

「……ふむ。マニュエル君、少し気が変わった。やっぱり手合わせ願おう。ただ、一つ条件があるんだが、俺が勝ったら君に勇者になれって言ったヤツのことについて、教えてもらえないか？」

「？　そんなことでいいのか？　仮に僕に勝てるような実力があるのであれば、未来の勇者たる僕の仲間の一人にしてやってもいいぞ？　まあ、僕は強いから、そんな未来は訪れないだろうが！」

そう言いながら派手鎧君は、傍らに置いてあった木剣の一本をこちらに投げ渡す。

「いや、それは遠慮しておく。——木剣でいいのか？」

「当たり前だ、これはあくまで訓練の一部、こんなことで互いに大怪我《けが》を負う訳にはいかん」

あぁ……そういうところはしっかりしてるんだな。

意外とまともなことを言う派手鎧君にちょっと驚いていると、その時背後から賑《にぎ》やかな声が聞こえて来る。

「まおー様ー！」

「……魔王様？」

「あっ、いや、その、あれだよ。前にイリル様がおにーさんと会った時、勇者と魔王ごっこをしたそうでさ。その時、おにーさんが魔王役をやっていたそうだから、そのことを言っているんじゃないかな」

「……そう」

「？　イリル、まおー様とそんな楽しそうな遊びはしてな——」

「い、イリル様！　さ、一緒におにーさんのことを応援しましょう！」

「！　そうですね！　まおー様、頑張ってー！」

振り返ると、ネルと宮廷魔術師ちゃん、そしてブンブンと手を振っている王女様が、観覧席からこちらの様子を眺めていた。

いつの間に……ネルが呼んだのだろうか。

それとネル、頑張ってその調子で宮廷魔術師ちゃんを誤魔化《ごまか》しといてくれ。頼んだぞ。


——そうして始まった、模擬戦だったが……。


「ハッ、フッ‼　ふぬっ‼」

派手鎧君の打ち込みを、木剣の剣先で適当にいなす。

うーん、弱い。

「クッ、この……何故攻撃しない⁉　ハッ、もしかして僕の剣技を恐れて——」

「ちげーよ、だアホ」

「いッ……‼」

胴への突きを弾《はじ》き、隙だらけになった派手鎧君の脳天に、ガゴンと木剣を叩《たた》き込《こ》む。

「すごい……マニュエル様の攻撃を、ああも簡単にいなすなんて」

「マニュエル様は、実力は確かにあるお方だ。模擬戦闘で戦っていらした様子を何度も見たことがある。そのマニュエル様を、あんな無造作に構えているのにもかかわらず圧倒出来るとは、それ以上の隔絶された剣技を持っていることに他ならない。流石《さすが》、救国の英雄ということか……」

「きゃーっ、まおー様ー！」

完全にこちらの観戦モードに入っている兵士諸君と、王女様のそんな声が聞こえて来るが……正直、兵士諸君の言っていることは的外れだろう。

単純に、攻撃が遅いのだ。

突きも払いもフェイントも、俺より洗練された剣技をしているが、見えているので普通に避《よ》けられる。

実力云々《うんぬん》以前の、身体能力による差だろう。

やっぱ人間、弱いなぁ。

多分、この木剣でも俺が本気でぶっ叩いたら、コイツ、死んじゃうんじゃないだろうか。

「ハァ、ハァ……ぬぅっ……！」

本気の打ち込みを続けていたためか、流石に疲労が溜《た》まって来たようで、激しく肩を上下させる派手鎧君。

「そら、ちゃんと握ってろ」

「んぎっ……！」

その隙に俺が小手を殴ったことにより、彼の手の中から木剣がすっぽ抜ける。

「はい、俺の勝ちだな」

「むっ……まだ負けていない！　次代の勇者たる僕に、負けは存在しないのだ‼」

そう言って、吹っ飛んだ木剣を再び拾い上げ、構えを取る派手鎧君。

「………」

その彼の必死な様子に、ただ目に付いたから因縁を吹っ掛けてきた、という以上のものを感じた俺は、木剣をブランと下に垂らし、問い掛ける。

「お前……どういうつもりでネルを侮辱したんだ？」

「……フン、どういうつもりも何も、そのままの意味だ！　勇者とはこの国の力の象徴。ならば勇者は負けてはならないし、苦境に陥ってもならない！　だが、現勇者は苦境にあったことを知られてしまっただろう‼　知られなければ負けは負けではないが、すでにそのことが民に知れ渡ってしまっているのだ‼」

……言いたいことは、わかるな。

「それに、現勇者は女だ！　女が殺し合いの場に立つ理由などない！　女は家で、編み物でも何でもして平和に暮らしていればよい！」

――なるほど、わかったぞ。

コイツ……ただ単純に、口が悪いヤツなのか。

ちょっと、勘違いしていた。

その口の悪さから、コイツも今王都にいるらしいアンチネル派野郎かと思っていたのだが――いや、アンチネルではあっても、それはコイツなりの信念があって、あんなことを言っていた訳だ。

今まで出会ったことのあるクソ野郎どもみたいに暗い悪意を感じなかったし、所々から根の善良さが感じられたので、怪訝《けげん》には思っていたのだが……全く、わかりづらいヤツだ。

男のツンデレなんて需要無いぞ。

「……ふむ、わかった」

「続きをするぞ、仮面！　まだ勝負は終わってッ――」

俺は、一足で懐まで潜り込むと、バギ、と派手鎧《よろい》君の木剣を中程で蹴《け》り折り、一気に体勢を下げ足払いを食らわせる。

「ふガっ⁉」

そして、顔面から訓練場の床に倒れた派手鎧君の頭のすぐ横に、俺の木剣をガツンと突き刺した。

「これで、俺の勝ちだな？　安心しろ、これは訓練だ。訓練で負けたくらい、誰《だれ》も何も言わねぇだろ。たとえお前が、何を背負わされていようともな」

「……クッ」

これ以上ない程明確な力量の差を前に、流石に負けを認めたのだろう。

悔しそうな表情を浮かべ、身体《からだ》から力を抜いた派手鎧君を見て俺は、彼に向かって言った。

「よし、お前、ネルに謝れ」

「はっ、な、何故《なぜ》だ⁉」

「当然だろ？　勇者の従者である俺よりお前が弱いってことは、お前は現勇者よりも弱いんだ。次代の勇者だどうだってのは勝手に言ってりゃあいいが、ネルより弱いお前が何だかんだアイツに言うのは、筋違いなんじゃねぇのか？」

まあ、実際はネルより俺の方が強いんだが、それを言うと話がややこしくなるので黙っておく。

「ぬ、ぬぅ……確かに……」

「じゃ、今呼ぶからな。ちゃんと謝れよ。――おーい、ネル！」

俺の呼び声に、観覧席からこちらを見ていたネルが、不思議そうに小首を傾《かし》げながら自身のことを指差す。

頷《うなず》き、ちょいちょいと手首を曲げて呼ぶと、ネルは隣の二人に「なんか呼ばれてるから、行ってくるね」と言って訓練場のステージに入り、俺のところまでやって来る。

「何、おにーさん？」

「コイツがお前に言うことがあるんだとよ。な？　マニュエル君」

そう俺が促すと、派手鎧君は渋々といった様子ながらも、床に寝っ転がったままぼそぼそと口を開いた。

「……も、申し訳なかった、勇者殿。貴女の従者にも勝てない僕が生意気を言った。許して欲しい」

その派手鎧君の様子に、ちょっとだけ面食らった様子を見せた後に、ネルは苦笑気味の表情を浮かべて言葉を返す。

「あー……ま、まあ、おにーさんに勝てないのは仕方のないことだと思うけれどね。それに、君の言う通り、僕がまだまだ勇者として弱いのは確かです。えっと……だから、お互いにこれからいっぱい努力して、国を守る者として頑張りましょう？」

ニコッと微笑《ほほえ》みを浮かべ、手を差し伸べるネル。

派手鎧君は、しばしぽけっと口を開いたまま呆《ほう》けたようにネルのことを見詰めると、やがてゆっくりと彼女の手を取り――。

「……け、結婚してくだ――」

「ぶち殺すぞクソボケ」

「な、何でもないです！　ええ、お互い頑張りましょう！」

頬《ほお》を引き攣《つ》らせ、冷や汗をダラダラと流しながら、派手鎧君はネルの手を取って立ち上がった。


――その後、マニュエル君から聞くことが出来た話は、中々有意義なものだった。

彼を神輿にせんと煽《おだ》てていた者達は、伯爵位を持つ二人の貴族と、その取り巻きである数人の下級貴族達だと言う。

これは彼にではなく、国王から後に聞いた話だが、派手鎧君の言っていた二人の伯爵と、例の中継の街でネルを嵌《は》めようとしたクソ貴族が、度々社交パーティなどで会話を交わしていた姿が目撃されているようだ。

つまり、やはりそこで繋《つな》がりがある訳である。

国王はコイツらの交友関係などを洗い、三人の出会った人物から黒幕と思われる者を探っていくと言っていた。

交友関係から一人の人物を導き出すとか、刑事物ドラマみたいでちょっとカッコいいなと内心で思っていたが、真面目《まじめ》な話の途中だったのでちゃんと黙ってました。

まあ、隣にいたネルに「おにーさん……今、物語みたいでカッコいいって思ったでしょ」とジト目で内心を言い当てられ、思わず「何でわかった⁉」と答えてしまい、国王に苦笑される、という一幕はあったのだが。

そして、これが最も重要な情報なのだが――近い内にこの王城で、大々的に社交パーティなるものが開かれるそうなのだが、これにはほとんどの貴族が参加し、漏れなくそのクソどもも参加するとのこと。

行動を起こすのは、そこだ。

社交パーティがあるということは国王からすでに聞いており、勇者は健在であるということを知らしめるために元々ネルも参加する予定だったのだが、俺も国王の力で参加させてもらう手筈《てはず》になっている。

それまでに情報を出来る限りで集め、アンチネル派を正面から糾弾する。

護国を脅かす、敵であると。

そこまで上手《うま》く行かずとも、俺とネルが注目を集めることは確実だと思われるため、余計なことをするなと敵を牽制《けんせい》する。

とにかく、何かしらの進展があることは間違いない。

その社交パーティに向けて、しばらくは動くことになるだろう。

とまあ、いつもの俺なら「人間社会なんざ知るかボケ」と、突撃かましてぐわーっはっはと魔王の高笑いをしているところを、こんな回りくどいやり方でやっているのは、今回に限ってはネルが関わっているためだ。

一応勇者の従者として名乗っている俺の行動は、全《すべ》て主であるネルの評価に繋がり、俺が人間社会を顧みない行動を取るとそれに応じて彼女の評判も悪くなってしまう。

仮に、煩わしくなってアルゴス＝ラドリオなるクソ貴族を拷問して情報を吐き出させてからぶっ殺そうものなら、発覚した瞬間非難は轟々《ごうごう》、発覚せずともアンチネル派であった男が突然姿を消そうものなら、疑いの目が全てネルへと向かってしまうことは容易に考えられる。

それは、よろしくない。

確かに俺は、ネルと我が家で暮らしたくはあるが、そのためにこっちの人間社会でネルの居場所を壊すなどというバカな真似《まね》はしたくない。

出来る限り今回の件に関しては、人間社会の流儀でネルの勇者としての威光を回復させ、そして情勢が落ち着いた後にふざけたことをしてくれたクソどもをぶち殺す、という方向性で動こうと考えている。

その後の処理は……国王にお願いしよう。きっと何とかしてくれるだろう。

……国王と領主のおっさんには、かなり世話になっているから、何かお返し出来るものを考えておかないとな。

「……ふむ、こんなところか。よし、マニュエル君」

「な、何だ」

今までと態度が一変し、ちらちらとネルの方を見ながら口を開く派手鎧君。

女が勇者やるな的なことを言っていたくせに、ネルの天使の微笑みにほだされたのか、今ではこの有様である。

わかりやすいというか、バカというか。

「お前、もうネルの敵にはならんな？」

「え、あ、う、うむ……そうだな、勇者とは何も、武力が全てではないのだな。まるで……そう、聖母のような優しさと慈しみを持つことも、勇者としての大切な素質なのだろう。つまり僕が浅はかだっただけで、ネル殿には勇者としての資質がしっかりとある訳だな！　うむ、そういうことなら僕が言えることなどある訳がない！」

何言ってんだコイツ。

調子の良いことを言う派手鎧君に呆《あき》れた視線を送るも、全く応《こた》えた様子がないので、俺は小さくため息を溢し言葉を続ける。

「……それはわかった。んで、お前は次代の勇者をまだ目指すのか？」

「無論だ！　この国を守るため共に頑張ろうと、今ネル殿と約束してしまったからな！」

「あ、う、うん……そうですね、頑張りましょう」

困ったように苦笑を浮かべ、言葉を返すネル。

おい、俺の嫁さん困らすなや。ぶっ飛ばすぞ。

「……まあいい、なら、これをくれてやる」

そう言って俺は、アイテムボックスから取り出したそれを、ポンとマニュエル君に投げ渡す。

「うおっ、重いな！　何だ、これは？　訓練用の木剣か？」

彼の手にあるのは――木刀。

「見た目は木刀——木剣だが、ソイツのコンセプトは、近接戦闘が可能な杖だ。鉄より硬く、丈夫で、しかも内部に魔力を有してるからそれ単体で魔法も発動出来る万能品だ。少なくとも、そこらの剣よりは相当質が上だぞ」

魔王の木刀杖《ぼくとうじょう》：魔王ユキが作成した、木刀型の杖《つえ》。魔硬樹を材質とし、魔王ユキが多量の魔力を流し込んで作成したため、鋼鉄を超える強度を誇る。魔力伝導効率が高い。品質：B+。

これは、『魔硬樹』という魔境の森に生えている樹木で作った、木刀型の杖だ。

木造りでしかも分類上は杖のくせに、鉄製の剣よりも強度があり、打ち合ったら普通に鉄の剣の方を叩《たた》き折ることが出来る。

ちなみに、俺は全く使わないが、杖を使うと魔法の発動がしやすくなる、らしい。

らしい、というのは、俺もコイツを一度使用してみたのだが、なんかよくわからず、魔法が発動しやすくなっているのかどうか判別がつかなかったためだ。

というか、エンの方が魔力を流しやすいし、魔法も上手く発動する。

しかもエンは、自分で判断して魔法放ってくれるからな。超楽。

ま、彼女は俺が作った武器の中でも最高傑作であり娘だから、これも自分で作った作品であるとは言え、こんな木刀如《ごと》きに負ける訳がないのは当たり前のことだが！

「ほう……確かにこの木剣からは、力を感じるぞ！　しかし、こんなものを貰《もら》ってしまって良いのか？　高価な品なのだろう？」

「色々教えてくれたし、礼代わりだ。それに、次代の勇者になるんだろ？　だったらまあ、ちったぁ頑張ってもらわないとな」

　遊び半分で作ってみたのだが、予想以上に造りが良く、アイテムボックスに死蔵しておくのが勿《もっ》体《たい》なくなった、ということは黙っておこう。

　この武器を使って実力を磨き、ネルが我が家で暮らせるよう君が頑張ってくれたまえ。

「仮面……やはり、僕の仲間になりた――」

「ならねぇっつってんだろ！」


「はー、全く……バカの相手は疲れるぞ。何で朝っぱらから、律儀に相手なんかしてたんだろうな、俺は……」

　マニュエル君と別れ、訓練場を後にした俺は、大きく伸びをしながらそう言った。

「フフ、でも、おにーさん自分の作品あげてたし、彼のこと気に入ったんじゃないの？　そんな悪い人じゃなかったしね」

「……まあ、最初に思ったようなヤツじゃあなかったな。敵じゃないんだったら、この国で活躍してもらって、この国の安定度も上げてもらって、ネルがなるべく早く我が家に来れるようにしてもらわんと」

「えっ、も、もう、そんなこと考えてたの？」

「俺が考えるのはお前のことばかりさ。お前がこっちで勇者をやることには納得したが、当然出来ることなら一緒に暮らしたいし。そのためにやれることはやっておかんとな」

ニヤリと笑みを浮かべ、肩を竦《すく》める俺を見て、ちょっとだけ嬉《うれ》しそうな表情を浮かべるネル。

「そういや、ネルはわかるけど、ロニアとイリルはどうしたんだ？　ネルに連れて来られたのか？」

「ネル様のところへ遊びに行ったら、まおー様が訓練場にいると聞いて、一緒に連れて来てもらったです！　ロニア様も途中で一緒になったです！」

「うん、ロニアも時間があったらしいから僕のところに来て、それで二人と一緒になってね」

あぁ、なるほど、そういう感じで三人集まったのか。

と、ネルの隣を歩いていたロニアが、ふと俺に向かって口を開く。

「貴方、そう言えば魔界で出会った時も装備していなかったし、今もしていなかったけれど、防具は使わないの？」

「え？　あぁ、まあな。色々理由があって、防具は使わんなぁ」

「確かに、おにーさんが鎧《よろい》とか着てるのって、見たことないね」

俺は、防具類を使用しない。常に普段着の様相である。

それは、魔境の森において、防具を装備することに全くメリットがないからだ。

まず、ＤＰで出した生半可な防具では、魔境の森において一番弱い南エリアの魔物の攻撃すら防ぐことがままならず、おもっくそＤＰを支払って出した防具でも、最も魔物が強い西エリアに行くと一撃で壊されたりする。実体験済み。

それに俺、勝てないと悟ったらしっぽを巻いてとっとと逃げるから、邪魔で動きにくい防具はいらないし、何よりこの魔王の身体《からだ》はかなり強靭《きようじん》に出来ている。

最強の種族である龍族の攻撃にすら耐えたからな、この身体。

俺より圧倒的に強い魔物から攻撃を食らいそうになっても、今では人体の急所が詰まった正中線を咄嗟《とつさ》に守ることも出来るようになったし、一撃耐えることが出来ればポーションで回復が可能だ。

ポーションを飲む間は、リルやウチのペット達が守ってくれる。

つか、実際に戦闘をする身になって思ったのだが、兵士諸君はよくあんな、視界の阻まれるヘルムを被って、クソ重い鎧を身に纏《まと》って動けるものだ。

ヒト種同士の戦いでも、そもそもこの世界のヒト種って前世の人間より圧倒的に強い訳だし、あんな鉄程度の鎧で攻撃が防げるのだろうか。

そんなことを掻《か》い摘《つま》んで説明すると、ネルが納得、といった感じの声を漏らす。

「へぇ……ちゃんと理由があったんだね。僕はてっきり、ただのおにーさんの趣味かと。その作業着みたいな恰好《かつこう》が」

「作業着言うな」

確かに、基本的にいっつもティーシャツにジーパンだけれども。

だって、楽なんだもんよ。

基本的にいつもダンジョンに籠《こも》っている以上、身なりに気を遣う理由もないし……。

「そう。ところで貴方、魔王なの？」

「おう――おうじゃない！　い、いや、その……あー……やっぱ誤魔化《ごまか》せなかったか？」

話の流れであまりにも自然に振ってきたために、普通に頷《うなず》いてしまったが……流石《さすが》に、これ以上誤魔化すのは無理か。

王女ちゃんの俺の呼び方で、気付かれたのだろうか。

「ネルは嘘《うそ》が吐《つ》けないわ。すぐわかる。――なら、貴方、魔境の森の魔王ね？　この子が討伐に赴いたことのある魔王は、その魔王だけ。そう、それで出会ったと」

完全にバレている。

すごいな……やはり、宮廷魔術師というくらいだし、相当頭が良いのだろう。

と、俺の横でネルが、アワアワしながら宮廷魔術師ちゃんに言う。

「あ、あの、ロニア。えっとね、これには理由があって……」

「別に、だからどうということもない。この人が何者であろうと、ネルを救ってくれたことに変わりはない」

「……うん。ありがと、ロニア」

「ロニア様、まおー様は、ゆーしゃ様なまおー様なんですから！　しかも、とってもかっこいい翼を持ってるんです！」

俺達と一緒にいた王女ちゃんが、ニコニコしながらそう言う。

「確かに、一度見たことがあるけれど、あの翼は格好良かった。研究してみたいくらい」

「お、おう、どうも？」

研究してみたいくらいというのは、果たして褒め言葉として受け取ってもいいのだろうか。

「まおー様！　もう一度あのかっこいい翼、見たいです！　あとあと、まおー様がお住みになっているというところ、イリルも行ってみたいです！」

「こ、ここではちょっと人目があるから、後でな。それと、我が家はちょっと遠いし、危険だから、ウチに遊びに来るのは無理だ。ごめんな」

「だ、ダメですか……？　まおー様はでっかくてかっこいいお城に住んでいるって聞いたから、見てみたくて……イリル、ここから出たこと、あまりないから……」

そう、寂しそうな様子で呟《つぶや》く王女ちゃん。

…………。

「……わかった、じゃあ帰る時に一緒に来るか。後で、君の父ちゃんにも話しておくよ」

「！　本当ですか⁉」

「あぁ。ただ、君の父ちゃんが駄目だって言ったら、流石に駄目だからな？」

「はいです！　ありがとうございます、まおー様‼」

途端ににぱぁっと満面の笑みを浮かべるイリルの頭を、俺はワシャワシャと撫《な》でた。

「……彼、子供に優しいのね。いい旦那《だんな》様になれそうじゃない」

「え、えへへ……僕もそう思う」

ロニアの言葉に、もじもじと恥ずかしそうな、だがそれでいて嬉しそうな声で答えるネル。

俺は、そちらを見なかった。

◇　◇　◇

「ね、ねぇ、おにーさん……これ、ヘンじゃないかなぁ……?」

落ち着かない様子で自身の服の裾《すそ》を引っ張ったり見回したりしながら、不安そうに問い掛けてくるネル。

「………………ネル」

「な、何?　そんな真面目《まじめ》な顔して――」

「結婚しよう」

「えっ!?　ど、どうしたのさ、そんな急に……」

かぁっと顔を赤らめ、恥ずかしそうに上目遣いでこちらを見る彼女に向かって、俺は至って真剣な表情で言葉を続ける。

「超可愛《かわい》い。このまま持って帰りたい。もうなんか、飾っておきたい。最高。一生一緒にいてくれ」

「……あの、お、おにーさん、すっごい嬉しいんだけど、そういうことは人のいないところで言ってくれると……」

耳まで真《ま》っ赤《か》にしたネルが、ちらちらと隣を気にしながらそう言う。

彼女が視線を送る方向にいるのは、生暖かい眼差《まなざ》しで俺達のことを見ている、この店の従業員。

おっと、いけない。あまりに可愛過ぎて、少し暴走してしまった。

ネルはシャイガールなのだ、その辺りを察してやる必要があるだろう。

「じゃあネル。帰ったらイチャイチャしよう。帰ってそれ着てくれ。そして鑑賞会をしよう」

「鑑賞会って何さ!? と、というか、わかったからおにーさん、後で着てあげるから、とりあえず落ち着いてほしいんだけれど……そ、そうだ！　おにーさんの方は礼装、どうしたの？」

話を逸《そ》らす先を見つけたネルが、若干捲《まく》し立《た》て気味に聞いてくる。

――近く、王城で行われる社交パーティ、というか舞踏会。

それに俺もネルも参加するのだが、しかし礼装の類は二人とも持っていないため、城下に出て仕立て屋にやって来たのだ。

ドレスを試着したネルが、もう超可愛い。

普段から清楚《せいそ》な佇《たたず》まいのあるネルだが、そこにドレスが加わるだけで、ここまで破壊力があるとは。

普段のネルが、『1ネル可愛い』だとすると、今のネルは『天元突破！　限界をぶち超えろ!!ネル可愛い』くらい可愛い。

ちょっと混乱してて自分でも訳わからん。

「テキトーに身体に合うヤツ選んで買っといた。まあ、俺の礼装なんてどうでもいいだろ。こういうのの花形は女性陣だろうし」

着飾った男など、どうでもよろしい。

「そんなことはないと思うけど……えー、おにーさんの着飾った姿、見たかったなぁ。今日はもう着ないの？」

「あぁ、サイズも見てもらったしな。それにこういう類の服は好きじゃないんだ。かたっ苦しくて窮屈で」

「……わかった、じゃあ部屋に戻ったらおにーさんも礼装着てよ。そしたら僕もこのドレス着るからさ。僕だって、おにーさんの華やかな姿、見たいんだから」

「む……まあいいだろう。――お姉さん、これ、どれくらいで出来ます？」

俺の質問に、従業員のお姉さんは未《いま》だ生暖かい目をしたまま、淀《よど》みなく答える。

「三時間程、お時間をいただくことになります。お泊まりの場所をお教えいただければ、後程こちらからお送りさせていただきますが……」

「あぁ、いえ、わかりました。なら後でまた来させてもらいます。――だってさ、ネル。どうする、この後？」

「うーん……あ、じゃあおにーさん、王都の散策でもする？　王都観光したいって言ってたよね」

「お、それは良い提案だな。是非そうしよう」

二人分の礼装の調整をお店の人に任せた後、俺達は店を出る。

途端に、俺達を包み込む喧噪《けんそう》。

多くの人々が行き交う大通りの中で、隣に立つネルがこちらを見上げて口を開いた。

「それじゃあおにーさん、どこか行きたいところとかある？」

「あー、王都に何があるっていうのを知らないから、そう言われると微妙に悩むが……あ、工芸品とか売ってる店があるなら行ってみたいかもしれん」

「工芸品？　おにーさん、そういうの好きなんだっけ」

「いや、特段好きって訳じゃないんだがな。ただ俺も、結構自分で物を作ったりするから、色んなデザインとかを知っておきたいというか、インプットを増やしたいというか」

それに……レフィには指輪を渡しているが、リューとネルには機会を逃してしまい、まだ渡していない。

リューは一年という期間があるためまだ正式な嫁さんじゃないし、ネルは一応客人という扱いで、まだ嫁とかそういうのじゃなかったしな。

だから、彼女らの分の指輪も用意しておきたいのだが、買うか自分で作るかはまだ決めていないため、とりあえず今後の参考にするべく見ておきたいのだ。

「あぁ、おにーさん、お城でヘンなのいっぱい作ってるもんねぇ」

「へ、ヘンなのなんかじゃねーし！　いいか、ネル。世紀の発明ってものは、常に世の人々からガラクタだと思われた物の中から生まれるんだ。つまり俺の作るアイテム群も、一つ一つに一攫千金《いっかくせんきん》の価値が眠っている可能性が――」

「フフ、わかったわかった。おにーさんの作るものはどれも見たことないものばっかりで、とってもすごいもんね。確かにそんな、みんなが驚く発明品もあるかもね」

「……おう」

まるで子供でもあやすような口調のネルに、何だか釈然としない思いの俺だったが、そのニコニコ顔に何も言うことが出来ず、ただ一言そう言葉を返す。

「さ、行こうおにーさん。この先に蚤《のみ》の市《いち》があるんだよ。そういう工芸品みたいなものも、いっぱいあると思う」

「あぁ、案内頼むよ。……あー、ほ、ほら」

ちょっと気恥ずかしかったが、俺は、隣の少女に向かって手を伸ばす。

その意図を察したネルは、若干頬を赤くし、はにかみながらも遠慮がちに俺の手を握った。

――二人、手を繋《つな》ぎ、王都の雑踏の中を進む。

手の平から彼女の体温が伝わり、寄り添った肩が時折触れ合う。

ただ、手を繋いだだけ。

だが……それが何とも心地《ここち》良く、じんわりと胸を温める。

「……フフ」

「？　どうした？」

小さく笑い声を漏らすネルに問い掛けると、彼女は機嫌が良さそうな様子で答える。

「前に、こうしておにーさん達と街を歩いた時を思い出してさ。あの時はレフィとおにーさんが好き勝手やるから、大変だったよ」

「あぁ……アルフィーロの街を観光した時な。いやぁ、楽しかったな、あの時のお前のアタフタっぷり！」

「あ、そこなの、楽しかったとこって」

えっ、といった顔で、俺を見るネル。

「お前は一緒にいると何だか嗜虐心《しぎゃくしん》が疼《うず》いて、つい、からかいたくなっちまうからな！　お前といると、退屈しないから楽しいよ」

「おにーさん、それ僕、言われても全然嬉《うれ》しくないんだけど」

一つ苦笑を溢し、彼女は言葉を続ける。

「ホントに、勇者になってからあれだけ振り回されたのは、あの時が初めてだったよ……二人とも、ホントにズカズカ好きなように動いちゃって、事件なんかあっても全く気にせず我が道を突き進んで、それで解決しちゃうんだもん。もうビックリだよ」

俺は、肩を竦《すく》める。

「そうは言うがな、お前も一般人からすれば大概だと思うぞ？」

「え、そ、そう？　僕は自分のこと、一般人の範疇《はんちゅう》だと思っているんだけれど……」

「いいや、そんなことはないな。なんせ、勇者のくせに魔王のところへ嫁ごうとしてやがるんだ。一般人からすれば、十分お前もおかしなヤツさ」

「……フフ、うん、そうだね。確かに僕も、おかしな人かも」

ネルは少しだけ頬を赤くし、嬉しそうな表情でコクリと頷《うなず》く。

「――と、あ、おにーさん、こっちだよ」

「了解」

ネルに手を引かれ、俺は十字路を曲がり——ふと、立ち止まった。

「？　どうかした、おにーさん？」

唐突に足を止めた俺に、ネルが不思議そうにこちらを見上げる。

「……いや、何でもない。そういや、蚤の市っつったけど、それって確か露店市のことだったよな？　露店がいっぱい出てんのか？」

「うん！　色んな人が敷物を敷いてそこにお店を出しててね、見たことないものとか珍しいものとかがいっぱい売ってるんだ。それで、おにーさん確か分析スキル持ってたでしょ？　それも、相当強力なヤツ。売ってるものが玉石混交でも、おにーさんなら見分けられると思ってさ」

「ほう！　つまり、この魔王の真実を見通す眼《め》で、玉を見つけ出してほしいということだな？　いいだろう、我が力を以《もっ》て、最高の品々を見つけ出してやろう！」

「うん、お願いね」

ニコニコ顔で頷くネル。

俺は、こちらを監視している者を見ないよう意識しながら、何も気付いていない風を装い、彼女と共に街の中を進んで行った。

「おっ、そこの若夫婦！　どうだい、王都名物ボア焼きだ！　美味《うま》いぜぇ？」

「……若夫婦」

「お、じゃあ、二本……いや三本買おうか。一本だけ包んでくれ」

「まいどあり！」

俺は包んでもらった一本の串焼《くしや》き肉をアイテムボックスに放り込むと、別の一本を、にへっと若干だらしないにやけ面を浮かべているネルの口の前に持っていく。

「ほれ、ネル」

「あ、う、うん、ありがと」

ネルはそれをぱくっと咥《くわ》え、俺から串の柄を受け取る。

「収納の魔法にしまった分は、エンちゃんへのお土産？」

「あぁ、きっと食べたがると思ってな。アイツ、食べることが好きみたいだからさ。俺達だけ美味いもん食ってたってバレたら、拗《す》ねられちまう」

エンは今、俺のアイテムボックスの中にはいない。

部屋にいる時くらいいいだろうと、アイテムボックスから出して一緒にくつろいでいた時に王女ちゃんに見つかってしまい、そのままエンを紹介することになったのだが、なんか一瞬で仲良くなったようで、今日は二人城で遊ぶそうだ。

どうも、お人形さんという言葉がピッタリ来るようなエンの見た目が王女ちゃんにはドンピシャだったらしく、キャーキャーとまるでアイドルにでも会ったかのようなハイテンションっぷりを見せていた。

聞く限りだと、歳《とし》の近い友達もほとんどいないそうだし、嬉しかったのだろう。

あまり感情の変化を表に出さないエンが、わかりやすく面食らった表情を浮かべていたのが、ちょっと面白かった。

まあ、今はまだ街中でエンを振り回すこともないだろうし、あの子にとっても新しい友達が増えるのはいいことだろうしな。

彼女らが仲良くなってくれるなら、俺としても嬉しい限りである。

「あぁ……確かにあの子、普段はあんまり表情を変えないけど、ご飯食べてる時は何だかすっごい幸せな顔するもんねぇ」

「あぁ。超可愛《かわい》いだろ」

「うん、超可愛い」

そんな会話を交わしながら歩いていると——突然ネルが立ち止まり、一方向に視線を送ろうとするのをぐっと我慢するしぐさを見せてから、何事もなかったかのように俺の方を向く。

「……おにーさん、あれ、気付いてたね？」

「お、ネル、お前もわかったか」

まあ、ここまで距離を詰められれば流石《さすが》に気付くわな。

彼女が気にしている方向にいるのは——王城を出て少し経《た》った頃《ころ》から俺達を尾《つ》けている、監視者。

ここまで付かず離れずで付いて来ていたのだが、俺達が人込みに入ったがために見失わないよう距離を少し詰めて来たようで、それでネルもわかったのだろう。

「もう、わかってたのなら、教えてくれてもよかったのに」

「こっちが気付いているってことを気付かれたくなくてな。お前、結構抜けてるところあるし、尾行に気付いたらガン見するんじゃないかと思ってよ」

十中八九あの尾行野郎は、俺の正体を探りに来たか、ネルの様子を監視に来たヤツだろう。

このまま放置して、俺とネルが仲良くやっている様子を見せつけ、俺の存在を印象付けたいのだ。かねてよりの作戦だ。勇者の隣にいる男は誰《だれ》だってな。

「あ、ひどいなぁ。言っておきますけどね、僕だってちゃんと、そういうことの訓練は受けてるんだから、そんなヘマはしません。あと、おにーさんに抜けてるとは言われたくないんだけど」

「おう、そりゃあ悪かった。──ま、アイツは多分、仕掛けてこようと隙を窺《うかが》ってるんじゃなくて、こっちの様子を探るのが目的だろうから、このまま俺達のイチャイチャ具合を見せつけて、砂糖を塊で食ったような気分にさせてやるぞ」

「……うん、わかった」

はにかみ気味の笑みを浮かべ、彼女はコクリと頷いた。

「ほー、こりゃ凄《すご》いな」

ネルに案内された先、蚤の市にて俺は、周囲の様子を見回しながらそう言葉を溢した。

想像していた規模より、ずっとデカい。

一本道の通りを、まるで埋め尽くすようにして無数の露店が開かれており、猥雑《わいざつ》で活気に溢《あふ》れている。

ただこの空間にいるだけで、ワクワクしてくるような感じだ。

ネル曰《いわ》く、これが年中開かれているそうだから、確かに観光名所にもなるだろう。

「ここ、時々とってても価値のあるものが売りに出てることがあるらしくて、露店で買ったものを普通のお店に売りに行ったら、とんでもない値段が付いた、みたいな話、結構あるんだよ。逆に、とんでもないガラクタを買っちゃって大損した、みたいな話も聞くけど」

「へぇ……あの壺《つぼ》みたいにか？」

「え？　あの壺？　……普通の壺に見えるけど、何かあるの？」

「おう。あれ、所有者に必ず毎夜悪夢を見せるっていう効果があるみたいだぞ。『呪《のろ》い』付き、とかではないみたいだけど」

エンの前身であった、いつかの斧《おの》のように呪いがある訳ではなく、普通にそういう効果の魔道具だ。誰得なんだ、いったい。

「……僕が言っといて何だけど、ホントにとんでもないものがあるんだね、ここ。というかおにーさん、初《しょ》っ端《ぱな》から凄いものを見つけたね」

「たまたま目に入ってな。まあ、この規模の蚤の市だから、おかしなものがチラホラあっても不思議じゃないだろうさ。もしかすると、人知れず埋もれた品の中に、ひっそりと怨霊《おんりょう》が宿ったものもあるかもしれないぜぇ？」

「や、やめてよ。僕あんまり怖いの得意じゃないんだから」

「そりゃ失礼。お前がヤバいものを見つけても、怖がらせないよう黙っておくよ」

「……いじわる」

わかりやすく唇を尖《とが》らせ、怒ってみせるネルに、俺は肩を竦めてニヤリと笑みを浮かべる。

そして俺達は、二人で声を出して笑い合った。

――それからも、監視者のことなど完全に忘れて俺とネルは、露店を見て回る。

ネルが言っていた通り、ここにはガラクタも多いが、そのガラクタの中に埋もれるようにして良い意味でも悪い意味でも価値のある品々が点在しているようだ。

悪い意味で価値のある品を、先程俺達の目の前で買っていった客が一人いたのだが……ご愁傷様である。

きっと彼は、数日後には自分で露店を開いて、同じ品を売っていることだろう。

良い意味で価値のある品は、恐らく買ってどこかで売ったら高く売れるのだろうが、経済社会から切り離されたところで生活している今の俺は、金は全く必要ないので、気に入ったもの以外スルーしている。

金が欲しくなったら、魔境の森で狩った魔物の素材を売ればいいしな。多分、相当な財産になることだろう。

ステータス上昇効果のある魔道具や装備もいくつかあったのだが、どれもちょっと効果が微妙だったので、そちらも手を出していない。

正直、今更いらんなぁ。必要になったら自前で用意出来るし。

「お、このイヤリング、お前に似合うんじゃないか？」

「え？　そ、そうかな？」

ふと俺が手に取ったのは、手作りらしい一つのイヤリング。

リングの先に黄金《こがね》色の小さなハートがあしらわれた、可愛《かわい》らしくも大人でも似合うだろうデザインだ。

「これ、君が作ったのか？」

「は、はい、そうです！　あ、あの、恋人の方にとてもよくお似合いになると思います！　お一ついかがでしょうか！」

店の主らしい少女が、あまり慣れていないのか若干緊張した様子でそう捲《まく》し立《た》てる。

「ハハ、なら、これ一つ貰《もら》おうか」

「はい！　ありがとうございます！」

そうして買ったイヤリングを少女から受け取り、ネルの方を向く。

「ほら、ネル、横向け」

「う、うん」

俺は、彼女の横顔に手を触れ、その耳に一つずつイヤリングを付ける。

「これで良し。ん、やっぱよく似合ってる。俺の見立ては間違ってなかったな！」

ま、ホントは、ネルがこのイヤリングをチラチラ見ていることに気が付いて手に取ったんだけども！

いやー、こういう時、魔王の鋭い五感には感謝だぜ。些《いささ》か使い道を間違えている気がしなくもな

いが。

「え、えへへ……ありがと、おにーさん」

「おうよ。可愛い嫁さんのためにこれくらいはしないとな」

そして、嬉《うれ》しそうに微笑みを浮かべるネルを連れ、再び蚤《のみ》の市《いち》の中を歩き出した時。

パリィン、とガラスの割れる音に、響き渡る怒号。

音の発生源は近く、周囲の通行人達がギョッとしたように身を竦《すく》める。

俺の隣にいるネルが、その音が聞こえた瞬間にサッと少しだけ身を屈《かが》め、腰の聖剣をいつでも抜き放てるようにと一瞬で構えを取る。

訓練の動作が反射的に出た、といった感じの動きだ。最近油断気味のネルさんだが、やはりそこは勇者、ということだろう。

音の発生源の方を見ると、何やら近くの飲食店らしい店でもめ事が起きているらしい。中での言い争いの声が、ここまで漏れて来ている。

「……何かあったみたいだね。ごめんおにーさん、僕一応聖騎士でもあるから、こういうのは現場に居合わせたら止めに入らないといけないんだ。ちょっと待ってて」

「お前、最近油断しまくりで天然具合が炸裂《さくれつ》してたけど、その姿を見るとやっぱ勇者なんだなぁ。こう、ギャップがあってカッコいいぞ！」

「……おにーさん、今真面目《まじめ》なところだから、あんまり気の抜けるようなことを言わないでほしいんだけど」

はい、ごめんなさい。

「聖騎士って、あんなこともやってるのな。中々仕事の幅が広くて大変そうだ」

「まあ、ああいうのの仲裁は現場に居合わせた時くらいで、通報されても向かうのは衛兵さんだし、珍しいことではあるけどね。僕も、聖騎士になってからこういう経験は数回だけかも」

——聞こえてきた怒号のもとで起こっていたのは、何てことはない、ただ酔っ払いが酔っ払っていて、それにキレた店主との諍《いさか》いがあっただけだった。

ネルがお互いを冷静にさせ、酔っ払いが壊した店の品の弁償をするということで話は纏《まと》まり、一件落着。

後のことは本人同士でどうにかしてもらうことにして、俺達は再び蚤の市の散策へと戻っていた。

「それにしては手慣れてたじゃねーか」

「カロッタさんに、色々対応の仕方を教えてもらったからね」

あぁ……あの女騎士なら、確かにそういうことの対応は上手そうだな。

「……それよりも、僕としてはあそこまでおにーさんが短気だったってことの方が驚きだったんだけど。おにーさんの怒気に中《あ》てられて、二人とも真っ青になってたじゃない。手慣れてたって言ったけど、あそこまで従順になってたら、誰《だれ》だって上手《うま》く場を収められるよ」

「い、いやぁ、ハハ……」

ジト目でこちらを見上げるネルに、俺は誤魔化《ごまか》し笑いを浮かべる。

そりゃあ、「ケツの青い小娘が、横からしゃしゃり出て来るんじゃねぇ‼」とか、「へへへ、お嬢ちゃん、可愛《かわい》いねぇ。どう、お小遣いあげちゃうよ？」とか言ってネルの腰に手を回そうとしなければ、俺だって黙ってましたとも。

俺の目の前で、そこまで舐《な》めた真似《まね》をされたら、流石に……ねぇ？

「僕のことでおにーさんが怒ってくれるのは、そりゃ嬉しいけどさ。でも、はっきり言って僕が見た目で侮られるのはいつものことだし、慣れてますから。問題を大ごとにしないよーに」

「悪かったよ。けど、お前が慣れていても俺は慣れていないんだ。それに、今後も慣れる予定はない。だから、俺といる時は諦《あきら》めてくれ」

「……そういう言い方は卑怯《ひきよう》だよ、おにーさん」

「おう、お前ならこう言っとけばそれ以上怒れないと思ってな」

「……もう」

困ったようなため息を吐き、苦笑を浮かべるネルに、俺は笑って彼女の手を引く。

「さ、ほら、行こうぜ。俺はもう少し見て回りてぇ」

「はいはい、わかったよ」

◇　◇　◇

――夕方を回り、辺りが暗くなって来た頃《ころ》。

「――さて、それじゃあ……」

可愛い嫁さんのために、やることをしっかりやっておくとしようか。

「ネル、ちょっくら行って来る」

「うん、行ってらっしゃい。気を付けて。エンちゃん、おにーさんをしっかり守ってあげてね」

「……ん、任せて」

「いや、ネルさんや。それ、言うの逆じゃないのか」

「何言ってるのさ、おにーさんがエンちゃんを守るのは当たり前だよ。でも、エンちゃんはおにーさんの武器でもあるから、ちょっと心配なところのあるおにーさんを一番近くで守ってあげられるのは、エンちゃんしかいないでしょ？」

「……大丈夫。主は、守る」

「うん、お願いね、エンちゃん」

ニコッと笑い、エンの頭を優しく撫《な》でるネル。

二人の言い草に苦笑を浮かべてから、仮面を自身の顔に当てがう。

「じゃ、エン、すまん、ちょっと眠たくなる時間だが、頼むぜ」

「……わかった」

擬人化を解除して刀本体に戻ったエンを片手に握ると、俺はネルの見送りを横目に、王城の窓から一気に城の外へと飛び出した。

夜警の兵士の横をすり抜け、王城の城壁を越え、王都の裏路地の暗闇《くらやみ》へと身を紛れ込ませる。

隠密《おんみつ》スキルをすでに発動しているため、横を俺が通り過ぎても彼らがそのことに気が付くことはない。目の前で超絶沸騰一発芸をやってもバレることはない。やらないけど。

仄《ほの》かな夜空の明かりと、周囲の家から微《かす》かに漏れる明かりだけが照らす暗がりの中、歩を進めながら俺は、肩に担いだエンへと話し掛ける。

「どうだった、エン。王女ちゃんとの一日は。楽しかったか？」

『……楽しかった。お城も、凄かった。イリルは、ちょっとイルーナに似てる』

「あぁ、まあ、二人とも元気っ子だもんな。確かにタイプは似てるかもしれん」

『……名前も、似てる』

「お、おう。確かにそうだな」

どっちも「イ」から始まるし、語感もちょっと似てるところがあるしな。

『……主は、ネルと、楽しかった？』

「あぁ、すげー楽しかったよ。ありがとな、エン。二人でいられるように気を遣ってくれたんだろ？」

『……エンは、いつでも主と居られる。でも、ネルは居られない』

「……そうだな」

『……だから、主、ネルといっぱい一緒にいてあげて？』

「あぁ。出来る限りで、そうするよ」

俺は、鞘《さや》に入ったエンの柄《つか》を、ツー、と撫でるようになぞった。

――現在俺達は、昼間のストーカー野郎を逆にストーカーしている。

俺とネルのことを盗み見ていた人影は、昼間の内に放っておいたイービルアイの映像と、ダンジョン機能のマップを見るに、俺達が王城に帰った後もしばらく周辺で様子を窺《うかが》っていたようだが、こちらに動きがないことを見るや、つい先程離れて行った。

恐らく、主の元へと報告に戻って行ったのだろう。

ネルを排除しようとするヤツらは然《しか》る後にぶち殺してやるため、今手を出すつもりはないが、しかし監視者の主が誰かということと、その報告内容には興味がある。

何が目的で俺達をストーカーしていたのか、そして仮面の下の俺の素顔をしっかりと認識しているかどうかを、知っておきたいのだ。

要するに、今後のための情報収集である。

「よし、見つけた。行って来い」

アイテムボックスから取り出したイービルイヤーを、前方の足早に歩く男に向かって放つ。

最大まで充電されたイービルイヤーは、俺の手を離れた瞬間、無音で耳型の羽を羽ばたかせてスゥ、と暗闇に姿を消し、俺が指定した目標の男、ストーカー野郎を付かず離れずで追跡し始める。

これで、俺が直接行って聞き耳を立てずとも、知りたいことを知れるだろう。

……まあ、昼間イービルアイを放った時に、一緒にイービルイヤーを放っておけば、今わざわざこうして外に出て来て、ストーカー野郎をストーカーする必要もなかったのだが。

後々イービルイヤーも必要になるということに、考えが至っておりませんでした。はい。

た、ただ、敵が住処《すみか》にしている場所は肉眼で確認しておきたかったし、昼間っから使いっ放しのイービルアイの稼働時間がそろそろ限界なので、回収しやすいようなるべく近くにいた方がいいはずだから、結局は俺自身で追跡することになっただろう。

うん。そういうことにしておこう。

と、そんなことを考えている内に、どうやら監視者の男は目的地に辿《たど》り着《つ》いたようで、一つの建物の内部に入って行き――。

「……あ？」

俺の口から、思わず怪訝《けげん》な声が漏れる。

……これは、どういうことだ？

男が辿り着いた場所。

それは――つい昨日《きのう》俺とネルも行った、王都の教会本部であった。

てっきり、アルゴスとかいう例のクソ貴族か、その手下どもの屋敷に行くんじゃないのかと思っていたのだが……流石にこれは、予想外だ。

教会が、俺達を監視する理由はなんだ？

……いずれの理由だろうが、組織が部下にひっそりと監視を付けるというのは、どう考えようとも楽しい想像にはならないだろう。

やっぱり、自分で見に来て良かった。

王城からただ覗《のぞ》き見《み》していたら、ネルにあまり聞かせたくない話を聞かせることになっていたかもしれない。

さっき出て来る前、「おにーさん達だけに任せるのも……」とか言って付いて来たがっていたのを、「大したことをする訳じゃないし、すぐ戻って来るから」と断っておいて正解だった。

……まあいい。とにかく、教会が何を思って俺達を尾けていたのか、じっくりと聞かせてもらうとしよう。


「——それで、勇者は？」

法衣を着た男が、眼前の部下に向かって問い掛ける。

「従者という男と、確かに仲良くしておりました。恋人同士である、というのは間違いないかと」

「……従者の男は、以前の王都危機にて現れた『仮面』という話だったな。結局のところ、何者なのだ？」

「その王都危機にて、仮面が教会の隠し家へやって来た際の、鑑定の水晶による結果が残っておりました。あまり多くの情報はありませんが、しかしこれは恐らく、教会のみが有している情報かと」

「ほう！　それは素晴らしい。一つ有利なカードが出来たな。して、その正体は？」

「名はワイ。人間で、クラスはシーフ。この情報を基に辿っていけば、いずれ正体は掴《つか》めるかと思われます」

「……実力者ならば知られていそうなものだが、聞かぬ名だな。まあいい、わかった、情報は随時収集を続けろ。——その男の懐柔は無理そうなのか？」

「難しいかと。以前行動を共にしていたカロッタの報告によると、仮面はどうも俗世間とは離れた場所で生活している様子。権力や金銭に興味を示すとは思えませんし、前回は教会の味方でありましたが、それはあくまで勇者が教会所属であった故でしょう。下手《へた》なことをすると、逆にこちらにその牙《きば》を剥《む》かれる可能性があるかと」

「……全く、厄介な。やはり、こちらで手を打つしかないか。……幸いなのは、今代勇者の実力に関して、他の方々も疑念を抱かれていることか」

「……私からすれば、彼女には勇者としての実力は十分あるように思いますが」

「実力は確かにある。だが、先代勇者があまりにも強過ぎたのだ。四十年勇者を続けたあの者は、勇者としての在り方に『敗北』という言葉を無くしてしまった。年老いた今になっても、その強さには隔絶されたものがあるからな。アレが世間の勇者の基準となってしまった以上、勇者に生半可な実力は許されんのだ」

「……しかし、私の記憶している限りですと、先代勇者のレミーロ様も、幾度かの作戦にて失敗していたはずですが」

「彼奴《きやつ》の失敗は、庶民には知られておらんだろう。対してネルは、国のごたごたのせいではあるが、その失敗が広く周知されてしまった。その差だ。——何だ、えらく突っ掛かるが、不満なのか？」

片方の眉《まゆ》を吊《つ》り上《あ》げ、法衣の男は部下にそう問い掛ける。

「い、いいえ、滅相もございません。ただ、今代勇者の——ネルの並々ならぬ努力は、我々皆が知っているところですし、聖騎士団において彼女は皆の妹のようなものなのです。彼女には出来る限り幸せになってほしいですから、閣下と政略結婚させる、というのは思うところがありまして……」

「甘いぞ。此度の件は、国と教会の未来のためなのだ。彼女も、この国のためとあらば喜んでその身を捧《ささ》げるだろう」

「…………」

「……フン、まあいい。お前は、引き続きあの二人を監視していろ。何かわかり次第すぐに報告するのだ──」


バギリ、と寄りかかっていたレンガの塀を、思わず握り砕く。

『……主、落ち着いて』

「……ん、悪い。大丈夫だ」

フゥ、と小さくため息を吐き、気持ちを落ち着かせる。

……なるほど、そんなことを考えてやがったのか。

閣下、というのは恐らく、今回の『敵』の親玉だろう。

前回の王都危機以降、教会はこの国の中枢に深く関わっているという。

その教会がネルを政略結婚させるということは、恐らく閣下とかいう野郎と組んで、権力を増そうと画策しているのだろう。

ネルが政略結婚すれば、力のある教会はさらなるに力を持つことが可能となり、そして閣下ってのは教会との結びつきを強化することが出来る訳だからな。

教会のヤツらの全員が全員、そんなことを考えているのかどうかはわからないが……しかし、現在立場の悪いネルのことを考えると、この法衣の男の企《たくら》み通りに話が進んでしまう可能性は重々考えられる。

ネルの所属組織そのものが、俺の敵となる可能性があるということだ。

……全《すべ》てをぶっ壊してやりたいところだが、ネルと共に生活していた者達のいる場所だ。

彼女の仲間となる者もいるはずだし、敵の選別は慎重にやるべきだろう。

「……とにかく、顔は覚えたぞ、クソ野郎め」

ネルを道具としか見ていないテメェは、後で必ず潰してやるからな。

あ、けど、その部下らしい監視者君。

君は敵に従ってはいるようだが、ネルのことを庇《かば》おうとしてくれていたので、何かあっても手は出さないでおいてあげましょう。

『……政略結婚って？』

と、俺と一緒に音声を聞いていたエンが、そう問い掛けて来る。

「そうだな……例えば俺は、好きだからこそレフィやリュー、ネルを嫁さんにした訳だけど、政略結婚はそうじゃない。好きでもないのに、相手の所属する勢力と結びつきを強めたいから、結婚するんだ。結びつきを強めて、権力を増すためにな」

『……それを、ネルにやらせようとしてる？』

「そういうことだ」

『……じゃあ、あの男、悪い奴《やつ》』

エンの言葉に、声に怒りが出ないよう気を付けながら頷《うなず》く。

「明確な、俺の敵だ。ネルを陥れようとしている、な」

『……ん。主の敵は、エンの敵。ネルに悪いことする人達は、やっつける』

「……あぁ、ありがとな。頼りにさせてもらうよ」

『……だから、解決したら、エンも主と結婚したい』

「グフッ」

俺は噴き出した。

「……そ、それは、エンがもっと大きくなってからにしよう。お前はまだ小さいからな。イルーナ達にも、いっつもそう言ってるだろ？　だから、その話はまた今度な」

果たしてエンが、今の姿から変化して大きくなるのかどうかは謎だが。

『……ん、わかった』

素直に返事をするエンに、俺は小さくホッと安堵《あんど》の息を吐き出す。

……この、「大きくなったら」という誤魔化《ごまか》し、いつまで有効だろうか。

◇　◇　◇

「ふぅ……」

国王レイドは、肩を大きく回して凝り固まった筋を解《ほぐ》し、それから執務室の椅子に深く身体《からだ》を預けると、自身の眉間《みけん》を軽く揉《も》む。

長時間座り続けていたためか、体の節々が痛む。

「……私も歳《とし》かな」

本来ならば、もう後進に任せて王を退位しても良いような歳だが……自分に後進がいない以上、辛《つら》くてもやるしかないだろう。

そこまで考え、彼は、一人自虐的な笑みを浮かべた。

――今回の国のごたごた。これは、多分に自身に責任がある。

まず、息子の異変に気付かなかったこと。いや、気付いていながらも、何故《なぜ》そうなってしまったのかを深く考えず、単に反抗期程度にしか考えていなかったこと。

そのせいで国を危機に晒《さら》し、他国に付け入る隙を与え、内部争いを招いてしまっている。

跡取りがいなくなったため、新しく子供を作れ、と元老院の者達からはせっつかれているが、その場合后《きさき》をすでに亡くしている自分は新たな女性を娶《めと》ることになる。

血を絶やさないことが、王の務めの一つであることは重々理解しているが……正直、もうこの歳で新たな子供を作るつもりもないし、息子を亡くしたばかりでそんな気分には毛頭なれない。

だが、そうして自分が子供を作ろうとしないがために、王家の血を引いた公爵家の者達が次代の王を狙《ねら》い、激しい政治闘争が起こっているのも確かである。

今、城に滞在しているあの二人は、その流れにただ巻き込まれただけなのにもかかわらず、害する者達に抗《あらが》い、戦っている。

ならば、今回の事態の元凶とも言うべき自分が、彼らより楽をする訳にはいかないだろう。

「……どれ、少し試してみるか」

そう言って彼は、傍らに置いてあった小瓶の蓋《ふた》を開いた。

これは型破りなあの魔王が、何だか疲れているみたいだからと、数本まとめてポンと渡してくれたものだ。

栄養剤だそうだが……全く、人が好いことだ。

この国の政界にいるどうしようもない腹黒どもより、よっぽど人間味に溢《あふ》れているだろう。

娘があの男を気に入るのも、よくわかる。

フッと笑ってから国王は、小瓶をクイと呷《あお》り――。

「ぬおぉっ!?」

――その瞬間、まるで血と肉が活性化し、作り変えられていくような感覚が全身を駆け巡る。

身体の奥底から力が湧《わ》き出《い》で、肉体の奥底に感じていた鈍い痛みが引いていく。

数秒もしない内に、全盛期の頃《ころ》を思い出すような活力が全身に満ち溢れ、疲れなど嘘《うそ》のように微《み》塵《じん》もなくなっていた。

「…………」

あまりにも凄《すさ》まじい効き目に、思わず唖然《あぜん》としていたその時、コンコンと執務室の扉をノックされる。

「陛下、お客様がいらっしゃっております」

「あ、あぁ。通せ」

応《いら》えを返すと、すぐに扉が開かれ、その向こうから一人の男が現れる。

「よう、国王」

「……貴殿か」

それは、魔王ユキだった。

現在はいつも被っていた仮面を外しており、素顔を晒している。

少し前に「あ、そういえば俺、こんな顔だから。どうぞよろしく」などと言って仮面を外して素顔を見せられたのだが……声からして青年程の年齢だろうとは思っていたものの、仮面の下に現れた素顔がこんなにも若いと知った時は、流石《さすが》に驚いたものだ。

「……貴殿、いったいこの栄養剤はなんなのだ？　ちょっとあり得ない効能だったぞ」

「ん？　あぁ、そりゃ上級ポーションだ。よく効いたろ」

魔王は、あっけらかんとした様子で、そう言った。

「なっ……!?　エリクサーだと!?　き、貴殿、これがどれだけ価値のあるものか知らんのか!?」

栄養剤どころではない、それこそ国宝級のシロモノである。

以前、自身の娘のイリルを彼が救ってくれた時、娘の傷を癒《いや》すのに使ってくれたことは覚えているが、決してこんな、無造作にポンと人に渡してよいものではない。

小国ならば、これ一つを得ようとするだけで国家財政が傾くことになるだろう。

「それはそっちの価値基準だ。俺には知ったこっちゃねぇ。もう俺、その辺り自重しないことに決めてるから」

「……し、しかし、これを一つ生み出すのに相当なコストが掛かるのではないか？　こんなに貰《もら》ってしまってよかったのか？」

「確かに結構コストは掛かるんだが、まあ百本単位で持ってるから気にしないでくれ。一時期かなり量産してたな」

「ひゃっ――」

魔王から聞かされるその言葉に、思わず息を呑《の》む。

「俺、ゲームでも重要な回復アイテムは百個単位で持ってないと気が済まないタチでな。あ、温存しようとかは考えない方がいいぞ。俺はアイテムボックス――収納の魔法があるから問題ないけど、普通に腐るからな、ソレ」

前半は何を言っているのかわからなかったが……やはり魔王は、我々と少し感性が違うのだろう。

「……貴殿がいいと言うならばいいんだが……わかった、ありがたく使わせてもらおう。――それで、どうしたのだ？」

「あぁ、忙しいところ悪い。こっちでちょっと進展があってさ。国王、『閣下』って呼ばれるヤツに心当たりはあるか？」

「ふむ……閣下か。この国で閣下と言えば、大方は大臣連中であろう。もしや、それが黒幕であると？」

「察しがいいな。昼間ネルと外に出かけている間に、実は俺達を盗み見ていたヤツがいたんだ。昼間はそのまま泳がせておいたんだが、ちょっと前に俺達の監視から外れてどっか戻って行ってよ。尾けてみたら、教会に辿《たど》り着《つ》いたんだ」

「何？　教会に……？」

教会は現在、国政に大きく携わっている。

内心、そのことに危機感は覚えているが、前回の王都危機では確かに教会に助けられた面があるため、強い立場を取ることが出来ないでいるのが現状だ。

その内、更なる権力の増大を求め、動き出すのではないかという危惧《きぐ》はあったが……。

「教会のお偉いさんの一人が、どうもネルをその『閣下』とかってヤツと政略結婚させて、繋《つな》がりを強化しようと画策しているようでな。勇者なんていう、教会最大の切り札にそんなことをさせようってくらいだから、その相手も相当格が高いと思うんだ。それで、心当たりがないかと思ってさ」

「……なるほどな。ふむ、心当たりは、ある。こちらでも色々と調べて行く内に、怪しいと感じた者がいる。――私に、後継者がいないことは貴殿も知っておろう？」

「……あぁ」

一瞬だけ気遣わしげな表情を浮かべ、しかしすぐに平然とした表情に戻る、魔王ユキ。

本当にこの男は……人間味に溢れている。

「……ハハ」

「？　何だよ」

「いや、すまぬ。何でもない。――それで、このままだと私は、新たに妻を娶るか、王家に連なる者達から養子を取るかを選択することになる。そして、私にこの歳で新たに子供を設けるつもりがない以上、必然的に後者を選ばざるを得ない訳だ」

「……なるほど。養子を取るってことは、つまり国を動かす実権が、アンタからその養子の一族に移るってことだな？　養子の実父が、裏で権力を握ることになると」

「そういうことだ。一応イリルに婿を取らせる形にすればそうはならんが、私はもう、こんな面倒な政治の世界にあの子を巻き込むつもりは毛頭ないのでな。だから、貴殿が貰っていっても良いぞ」

ニヤリと笑って言うと、魔王は若干慌てた様子ですぐに言葉を返してくる。

「い、いや、それはイリルが大きくなったら考えさせてもらおう。――話が見えたぞ。その次期国王の実権を狙っているヤツらの中に、『閣下』がいるってことか。確かにタイミング的に見てもバッチリだな。教会と繋がりを強化することで、他のヤツらより優位に立とうとしてやがる訳だ」

「うむ。そして、その養子を送ろうとしている者が、三人。『財務大臣』、『元老院議長』、『軍務大臣』だ。いずれも閣下と呼ばれる職だが……私が目を付けているのは、軍務大臣のジェイマ＝レドリオスという男だ」

「へぇ……どういうヤツなんだ？」

「偏向的なまでに愛国心が強い男だ。今の国の状況が我慢ならぬようでな。この国をさらに強大にし、他国の介入を防ぐため、軍部主導で国を教導してゆくべきだと以前から主張しておる」

「あぁ……典型的な軍国主義者か。そういうヤツって、大概が『国のため』とか言ってとんでもないことをしたりするから、気を付けた方がいいぞ」

「ほう、よく知っておるな。実際、強引に物事を推し進めていく面があるため、私としても出来るだけあの男に権力を握らせたくはないのだが……如何《いかん》せん、優秀で能力はあるのだ。奴《やつ》を慕う者も多く、この三人の中だと最も実力も実績もあると認めざるを得ん」

「……ソイツが、黒幕の『閣下』である可能性が高いと」

「この三人の最近の動向を纏《まと》めていたのだが、私はそう見ている。そして、貴殿の話を聞いて、その推測はさらに深まった。仮に軍のトップに立つあの男と、内政に入り込みつつある教会が手を組めば、この国を掌握するのもそう難しくはないだろう。利害は一致している」

「……ちなみに、これは興味本位で聞くんだが、アンタは誰《だれ》に国を任せたいと考えているんだ？」

「そうだな……まだ悩んではいるが、私個人としては元老院議長に任せたいと考えている。信用に足る男で、その能力も申し分ないのでな。だが、元老院というのはあまり実質的な権力を持っておらんから、少々難しいだろう」

「というか、アンタがこれからも国王をやっていくっていう選択肢は、もうないのか？」

「こんな面倒な職はもうゴメンだ。自身に能力がないことも以前の騒動で痛感したのでな。だから、私としてはさっさと国王などやめてしまって、他の者達に全《すべ》てを任せてしまいたいのだが……あまり勝手なことをして国を滅ぼす訳にはいかぬから、次代の王が決まるまでは踏ん張らねばならん」

「……アンタが退位する時が来たら、ウチに遊びに来るか？　のんびり休養させてやるぞ」

「フフ。それはいいな。うむ、その時は是非とも、イリルと共にお邪魔させてもらいたい」

魔王の提案に、国王は、笑ってそう答えた。

◇　◇　◇

前世でもあんまり聞いたことがないので詳しくはわからないが……クラシックっぽい音楽が、蓄音機に近い形状の魔道具から流れる室内。

城の中庭に接する壁が取り払われている、広いダンスレッスン場のような一室で俺は、ネルをパートナー兼教師として、ダンスの練習をしていた。

「フフ、おにーさん、焦らずゆっくりね」

「くっ、こ、この……！」

「ほらほら、固くなっちゃってるよー？」

ネルが、それはもう楽しそうにニコニコと笑みを浮かべながら、俺の手を引きゆったりと回る。

それに合わせ、俺も彼女の動きに付いて行こうとするのだが……どうも俺には、ダンスの才能というものが皆目備わっていないのかもしれない。

慣れていないというのは、間違いなくあるだろうが、先程から何度も自身の足を踏み付けそうになっているし、足がもつれて転びそうになる。

こんなゆっくりな動きでも、存外音楽に合わせ身体《からだ》を動かすというのは、難しいものらしい。

「あとおにーさん、ダンスって一応、祝宴とか、そういうところでやるものだからね。今回のもそうだし。だから、そんな苦々しい顔してちゃダメ。もっと笑顔で」

「むっ……」

彼女の言うことも、もっともだと思った俺は、しかめ面を引っ込め、ネルに向かって微笑みを浮かべてみせる。

魔王のさわやかイケメン風味の最高のキメ顔だ。きっと婦女子の方々もメロメロになることだろう。

フッ……だが悪いな。俺の心はすでに、特定の者達に囚《とら》われてしまっているから、その愛は受け取れないぜ……。

「……やっぱり、気持ち悪いから笑顔はやめといた方がいいかも」

「率直に言いやがったな⁉」

思わず愕然《がくぜん》とツッコむ俺に、おかしそうにクスクスと笑うネル。

「ごめんごめん。でも、変に表情を作らず、自然体で、ね？　初めてやることだし慣れてないのは仕方ないけど、自然体で、当たり前のような顔してれば、大概は誤魔化《ごまか》せるから」

「お、おう、わかった。気を付けるよ」

勇者として宮廷と関わりがあるためか、その辺りの作法などに意外と詳しいネルの言葉に、俺は素直に頷《うなず》く。

――こんな、柄でもないダンスの練習なぞをしているのは、礼装を街で用意したのと同じく、近日開催予定の舞踏会のためである。

別に、この国の貴族どもにどう思われようがクソ程どうでもいいが、人間社会において従者の評価はソイツの主の評価に直結する。

宮廷の文化を想像でしか知らない俺が、そのまま舞踏会なんぞに参加し、「作法も知らない野卑な者を従者にしている」などとくだらないイチャモンを付けられ、くだらないところでネルの評判を落としたくない。

俺達の敵と言えるであろうヤツらも参加するため、ソイツらに些細《ささい》なことでも口実を与えたくないのだ。

故に、出来る限りで基本的な作法やダンスを覚えようとしているのだが……うん、まあ、そう上手《うま》くはいかないんですよね。

作法はともかく、全くやったことのない、それこそ毛程も経験のないダンスが鬼門過ぎる。

どのレベルで俺がダンスが下手《へた》なのかと言うと、傍で見ていたエンがポツリと呟《つぶや》いた、「……儀式？」という言葉が全てである。

流石に応《こた》えたものがあったので、今こうして必死に練習している訳だ。

付け焼刃なのは否めないが、せめて思ったことを割とそのままズバッと言うタイプのエンに見られても、恥ずかしくない程度までは踊れるようになりたいものだ。

「さ、おにーさん。今のをもう何度かやろう。こういうのは反復してこそ意味があるからね」

「オーケー、見てろ、ネル。今、ちょっとわかった気がするんだ」

うん。多分。わからんが。

「ホント？　じゃあ、その感覚を忘れない内にやろうか！」

そう言って蓄音機の魔道具を操作し、音楽を再び最初に戻してから、俺の前に立つネル。

俺は、片手を彼女の腰に回し、もう片方の手で彼女の手を取り、ここまでの教えを脳内で反芻《はんすう》しながらもう一度部屋の中をくるくると回りだす。

ちなみにこの部屋は、ダンスの練習が出来る場所はないかと国王に相談したところ、使ってないからと、ポンと丸ごと貸してくれた。

この部屋と繋がった中庭の方ではイリルとエンが一緒に遊んでおり、時折こちらの様子を見て、俺の無様なダンスに王女ちゃんが苦笑している。

エンはいつもの如《ごと》くぼーっとした無表情だが、きっとあれは、昼飯が何か気になっている顔だな。

「うんうん、さっきよりは良く……い、いや、あんまり変わってないけど、何だか……う、うーん、何だろう？　ちょっとわかんないけど……不思議な感じだね」

「ネルさん、言動がふわふわし過ぎて何もわからないんすけど」

良くなっているのか、良くなっていないのか。

不思議な感じって何スカ。

「うーん、ごめん、僕も別に、特別ダンスが上手いって訳じゃなくて、一般的な範囲でしか教えられないから、具体的にどう不思議なのかはわからないや」

「ぐぬぬ……」

少しは動けるようになったつもりだったが……時間がそんなにある訳じゃないし、こうなれば最終手段を用いるしかないか。

「……よし、ネル。しばし待たれよ」

「え？　うん、いいけど……おにーさん、何でそれ開いてるの？」

「必要に駆られたからだ」

怪訝《けげん》そうに見て来るネルを横目に、俺は開いたメニュー画面を操作し始める。

このメニュー画面、今ではもう、我が家の面々は全員が見られるようになっているため、ネルも例外ではなく見ることが出来る。

とは言っても、これが何かをわかっているのはレフィと根掘り葉掘り聞いて来たレイラだけで、一部だが操作権を持つのもレフィのみなのだが。

レイラは完全に仕様を理解するに至っているが、レフィ含め他の面々は、この宙に浮かぶ『透明な板』を魔王の不思議能力くらいにしか思っていない。

俺の画面を覗《のぞ》き込んでも、書いてあるの日本語だから読めないしな。操作権を持つレフィの画面の方は、こちらの世界の言語で書いてあるのでまだ理解可能だろうが、アイツのは簡易版だから詳しいところまではわからないだろうし。

「……オーケー、ネル。これで俺の準備は整った。もっかいだ！」

「う、うん、わかった」

そして、再び俺とネルは、音楽に合わせ部屋の中をくるくると踊りだす。

だが――もはや俺は、今までの俺ではない。

華麗にステップを踏み、ネルの導きに従い流れるように足を運ぶ。

その動作に今までのようなぎこちなさはほとんど存在せず、我ながら洗練されていると感じるような動きをすることが出来ている。

「す、すごいよおにーさん。さっきよりも全然上手くなったよ！　何したのさ！」

「フッフッフ、我が少し本気を出せば、このくらいどうとでもなるのだよ」

驚きの表情を見せるネルに、俺は内心自分でも驚きながら、ドヤ顔でそう答える。

俺のこの変化は、今、ＤＰで交換したスキルスクロールに魔力を流し込んで、新たに取得したスキル――『舞踊』によるものである。

その効果は、スキル名から察せられる通り舞踊に関する動作が洗練されるというもの。

スキルレベルも、『3』まで一気に上げてしまった。スキルレベル『1』だと、以前の剣術スキルのように全く意味をなさない可能性があったからな。

ネルはこんなスキルを持っていないことから察するに、恐らく俺の師であるネルのダンスの技能は、スキルにもならないくらいの一般的な範囲のものだということだろうが……俺には才能なかったみたいだし、練習する時間もあまりないので。

だから、これは必要経費であり、決してスキルポイントの無駄遣いではないのである。はい。こういう時のために貯《た》めておいてよかった。

今までは、ダンジョン領域外であれば当然ダンジョンの力が及ばないため、機能制限が掛かりDP関連の操作は使用不可だった訳だが……リューの一族が、魔境の森から帰った頃《ころ》くらいだろうか。その頃から、ダンジョンから離れた地域にあってもDP操作をすることが可能となり、このように『外』でスキルの取得をすることすら出来るようになっている。

恐らくは、俺自身がダンジョンと同等の存在になっていっているのだろうと考えている。元々ダンジョンに備わっていた力が、成長につれて俺にも備わってきているのだと。

ダンジョンの力が、更に馴染《なじ》んできた、と言うべきだろう。

フハハハ、魔王は日々、進化を続けるのである。

足りないものがあれば、足りるようにすればいいじゃない。

ダンスが出来なければ、ダンスが出来るようになるスキルを取得すればいいじゃない。ヴィヴ・ラ・フランス！

と、我が圧倒的勝利にフランス万歳を唱えていると、ネルがニコニコしながら言葉を紡ぐ。

「良かった、これなら次のステップに行けるね」

「……え。これで終わりじゃないのか？」

「まさか。まだまだ初歩だよ。全部教えられるかちょっと不安だったけど、これなら当日までに何とかなるかな」

「……ちなみに、あとどれくらい覚えることがあるので？」

「うーん、二十項目くらいかな？　だから、頑張ろうおにーさん！　僕も最後まで付き合うからさ」

「……へい」

可愛《かわい》くグッと拳《こぶし》を握るネルに、俺は何にも言うことが出来ず、ただ無我の境地で頷いた。

◇　◇　◇

そこにいたのは、兵装を身に纏《まと》った男と、貴族らしき衣服に身を包んでいる男。

「……本当に、やるのか」

難しい表情を浮かべる兵士の言葉に、貴族風の男はコクリと頷く。

「ええ、勿論《もちろん》です。何のために、今日まで準備をして来たのですか」

「だが……今は冷遇されていようとも、我らは護国を誓って兵士となった身。その我々が、国を脅かす真似《まね》をするなど……」

「行動を起こさねば、何も変わりはしませんよ。それに、これは誰かが為《な》さねばならぬこと。本来ならば分離されねばならぬ教会が、政治に深くまで浸透し、それを良しとしている陛下。誰かが、この国の目を覚まさなければならないのです」

「うむ……」

「ご安心を。さる高名な方が、我々の計画に賛同してくれています。事が起きれば、状況は我々に有利に動くでしょう。――貴方達の無念を晴らせるのは、貴方達だけ」

「……そう、だな。――すまぬ、少し弱気になっていたようだ。ここまでの協力、感謝する、アルゴス殿。ここからは、我々に任せてくれ」

「えぇ……ご武運をお祈りしております」

固い決意の感じられる表情で、自らの同志達の潜伏場所へと向かう兵士。

その背後で、男が覗かせていた酷薄な笑みに、彼は最後まで気付かなかった。


「……素晴らしい」

俺は片膝《かたひざ》を突《つ》き、両手を組み、目の前の素晴らしい光景に対し真摯《しんし》に祈りを捧《ささ》げていた。

「やはり女神は実在したのだ……」

「ちょ、ちょっと、やめてよ、おにーさん。恥ずかしいでしょ！　というか、ちょっと前にも散々見せてあげたじゃない！」

「わかってないな、ネルよ……こういうのは何度見ても良いものなのだ」

恥ずかしそうにワタワタするネルに、俺は祈りを捧げる姿勢のままそう答える。

現在のネルは、ドレス姿である。

彼女の言う通り、少し前にも『鑑賞会』と称して散々ドレス姿を愛《め》でていたのだが、やはり美しいものは何度見ても美しいのである。

着付けを手伝っていたメイドさんが、砂糖を入れ過ぎたコーヒーでも飲んでいるかのような表情でこちらを見ているのも全く気にせず、褒めちぎってネルを悶《もだ》えさせていると、隣の更衣室のカーテンがカラカラと開かれる。

現れたのは、ネルと同じくドレスに身を包んだ、イリルとエンだった。

「えへへ、まおー様、どうですか？」

「……主、似合う？」

ドレスの裾《すそ》を掴《つか》み、フリルをヒラヒラさせながら回ってみせる二人。

「おぉ、最高に可愛いぞ、お前ら！　お姫様みたい――って、イリルはお姫様だったな」

そう言えばガチモンの王女様だった。

イリルの方は自前のドレスを着ているが、エンはイリルのドレスの内の一つを貸してもらって、身に着けている。

これは、一応既製品がいくつか用意されている大人用ドレスを着ているネルとは違い、子供用ドレスとなると需要が低いため一から仕立てる必要があり、今夜の舞踏会に間に合わなくなってしまうと仕立て屋の店員に言われたからだ。

本当はエンのドレスも作ってやりたかったのだが、これぱかりは時間の制約上仕方のないことであるので、次善の策としてイリルのドレスを借りている訳である。

ただまあ、何を着ようがウチの子が天使なのには変わりないがな！

「イリル、ありがとうな、エンのためにドレスを貸してくれて。ほら、エンも礼を言っとけ」

「……ん。イリル、ありがと」

「えへへ、エンは友達だから、当然のことです！」

ニコニコしながら、そう答えるイリル。うーん、この子もウチの子に負けず劣らず可愛いな。

「……全く、小学生は最高だぜ！」

「……しょうがくせい？」

「しょーがくせいって、何ですか、まおー様？」

「何でもない、気にすんな」

不思議そうに首を傾《かし》げるイリルとエンに誤魔化《ごまか》すようにそう言って、彼女らの髪のセットが解けないよう軽くポンポンと撫《な》でてから俺は、ネルに向かって顔を向けた。

「――さて、ネル。段取りは覚えているな？」

「うん、頭に入ってるよ」

「最初の内は、俺はお前と一緒にいてやることが出来ない。きっと、色々ウザってぇヤツらにイチャモンを付けられると思う」

「大丈夫、僕だって、おにーさんに守られてばかりじゃ勇者としての名が泣くからね。それくらい、自分で撥《は》ねのけてみせるさ」

意思の秘められた瞳《ひとみ》で、ネルはニヤリと笑みを浮かべた。

――ここ、王城には今、俺が把握した限りでも三つの勢力が存在している。

まず、俺達国王勢力。

立場が悪くなっているネルを保護し、守るために動いている。

その国王自身は現在、舞踏会よりも先に要人数人と会っているそうで、俺達が色々世話になっている領主のおっさんと共に根回しを行ってくれている。

もう一つが、教会の急進勢力。

本来はネルの味方であるはずなのにもかかわらず、ネルを政略結婚の駒《こま》として使用し、その威信を強めようと画策しているヤツら。

ただ、すでに核となる人物の顔と名前は把握しており、どの程度まで敵なのかの判別は終わっているため、コイツらに関してはもう問題ない。

そして――最後が、勇者を陥れ、反国王とも言うべき動きを見せている軍部勢力。

この国の軍を統括している軍務大臣ジェイマ＝レドリオスという男を中心とした勢力で、主に軍関係者を味方につけており、表面上は穏健ながらも国王のやり方が温《ぬる》いと以前から反国王の立場で発言を続けているという。

ネルを陥れるため大騒ぎしているのもコイツらの一派であるらしく、軍務大臣ジェイマが少し前にセンギュリアで起きたスタンピード、その首謀者と推定されているアルゴス＝ラドリオとも度々面会しているという裏が取れている。

何故《なぜ》、ネルを勇者から引きずり下ろしたいのかについては、自分達の駒を新たな勇者に据えるためとか、親国王とでも言うべき立場のネルから役職を奪うことで、国王の立場を弱くするためとか、色々あるだろうが……まあ、つまり、俺の『敵』だ。

今から行われる舞踏会にもコイツらが参加するため、是非ともそのツラを拝んでやりたいところではあるものの、俺はその前に掃除をしておく必要がある。

故に、舞踏会が始まってもしばらくはネルの近くにいることが出来ないのだ。

「何かあったら、こっちのことは頼んだぞ。もし本当にどうにもならないようだったら、なりふり構わずダンジョンまで逃げ帰るんだ。——ま、ずっとこっちに目は付けておくし、そんなことがないようさっさと片を付けては来るがな」

「ん、わかった。こっちは任せて。おにーさんも気を付けてね」

「あぁ、十分にな。いつも油断するなって言われてるし」

そう言って肩を竦《すく》めてから、次にエンへと顔を向け、彼女の目線と水平になるように膝《ひざ》を曲げる。

「エン、お前も頼む。今回は俺のことじゃなくて、イリルをしっかり守ってあげてくれ」

「……ん、当然。友達だから」

「いい子だ」

当たり前だと言わんばかりの表情でコクリと頷《うなず》くエンに俺は小さく笑みを浮かべ、そして最後にイリルへと顔を向ける。

「イリル、もしかしたら今日の舞踏会、何か良くないことがあるかもしれない。だから、自分の身を守るためにみんなの言うことをよく聞いて、よく周りを見ておくんだ。いいね？」

「はい、まおー様！」

イリルの元気な返事を聞いてから俺は、「よし」と言って膝を伸ばし、再びネルに顔を向ける。

「そんじゃ、後で合流だ。多分、色々動きがあると思うが……高度な柔軟性を維持しつつ臨機応変に対応してくれたまえ」

「フフ、何さ、それ」

そう言って笑うネルに、俺もまた笑ってから、彼女らに背を向けた。

――さて、それじゃあ、暗躍の時間だ。


「勇者殿。私は、エルメレーア＝ファヴォランジェ＝ロートニスと申します。以後、お見知りおきを」

「モーブデ＝スヨ＝ポートアイと申します。同じくお見知りおきを」

「お初にお目にかかる、ナマエヲ＝カンガエール＝メンドーという者だ。教会とは懇意にさせていただいている」

「ご挨拶《あいさつ》ありがとうございます、皆様。ぼ――私は今代勇者を務めさせていただいております、ネルと申します」

一瞬、いつものクセで「僕」と言ってしまいそうになりながら、すぐに取り繕って挨拶する。

勇者として教育を受けて来たため、格式ばった挨拶くらいは一通り出来るが、やはり普段からしていることではないので、あまり慣れない。

ふとした拍子に、いつもの口調が口から出てしまいそうになる。揚げ足取りされるような材料を不用意に与えると危険となる今、気を付けた方がいいだろう。

「いや、それにしてもお美しい。勇者殿がこんな美しい女性とは存じませんでした」

「ええ、まるで聖女の如《ごと》き輝きと美しさを持っていらっしゃいます」

「皆様の視線を釘付《くぎづ》けにしておられますな」

「ありがとうございます、皆様にお褒めいただき、光栄でございます」

客観的に見ても相当美青年だと思われる貴族の子弟達に囲まれ、口々に紡がれる美辞麗句に、だがネルは、形だけの笑顔を浮かべて応対する。

——全く、心に響かない。

不思議な気分だ。

まるで幼い頃《ころ》に聞いた童話のお姫様のような待遇を受け、顔立ちの良い男達に囲まれているのにもかかわらず、ここまで何にも感じないとは。

恐らくは、真に心の込められた言葉を、眼差しを送って来る彼に対して、自身の眼前にいる者達には一切それらを感じないからだろう。

……まあ彼が相手ならば、たとえ冗談だとしても、「可愛《かわい》い」だの「美しい」だのと言われたら照れてしまう気がするが、彼以外の男性に空虚な言葉をいくら並べ立てられても、ちやほやされたとしても、何も嬉《うれ》しくないし何も感じることはない。

むしろ、それだけ自分があの人のことが大好きで、あの人の言葉に心を響かされていたのだということが相対的にわかり、少しだけ嬉しい気分ですらある。

彼がドレスを着ている自分のことを褒めてくれた時、慣れずに毎回顔が赤くなってしまうのも、その言葉が本心だとわかるからだろう。

彼の周りに、彼のことを慕う者達が集うのも、外面《そとづら》ではなくこちらの瞳の奥までをも見詰めてくるような、あの眼差しが理由なのではないだろうか。

一つ一つの言葉に彼の心が乗り、裏表もなく本心で接してくる、あの在り方に惹《ひ》かれるのだ。

――まあ、そのせいでみんな、振り回されるんだろうけどね。

誰《だれ》も見ていないところで、小さくクスリと笑ってから、再び表情に仮面の笑顔を張り付けて貴族達の相手を続ける。

「フン、平民の小娘が」

「あれだけ騒ぎを大きくしておいて、よく抜け抜けと顔を見せられたものだ」

中にはそんな、悪意の籠《こも》った囁《ささや》きも聞こえて来るが、それらもまた今の自身にとっては心を揺るがす漣《さざなみ》にすらならない。

トン、と自身の肩に手を触れると、そこに確かに感じる、ソレの感触。

「？　勇者殿、如何されましたか？」

「いえ……何分このような服装を着慣れていないものですので、少し肩が凝ってしまいまして」

「あぁ、確かに慣れぬ内は、どこか不調を来《きた》したりするものですな。ですが勇者殿、そのお美しい姿をなさる機会が増えれば、自然と慣れて行くものです。そして私ならば、その勇者殿のお美しい姿を、もっと多くの者に披露することも出来る。どうです、私のところに来ていただければ、今よりももっと華やかな暮らしを約束致しましょう」

「ぬっ、貴殿、抜け駆けは卑怯《ひきょう》だぞ！　それならば勇者殿、もし仮に私のところに嫁に来ていただければ、第二婦人としての立場をお約束させてもらおう。きっと、貴殿も気に入るはずだ」

「皆様の素敵なお誘い、嬉しい限りです」

いやいや私が、私のところに、などと家自慢を始める貴族子弟達に対し、誰が君達みたいな上から目線の成金自慢のところにお嫁に行くか、と内心で考えながら、決して言質を取らせないようニコッと微笑《ほほえ》み、曖昧《あいまい》な言葉を紡ぐ。

見えはしないが……この肩の上には今、彼が予《あらかじ》め用意した『眼《め》』が乗っている。『耳』もまた数個この会場内に放っているそうで、こちらの様子を離れた場所からも監視しているはずだ。

近くにいない今現在も、そうやって彼が見守ってくれているとわかるからこそ、自分でも驚く程冷静でいることが出来ている。

……いや、糾弾の声が思っていた以上に少ないというのも、その理由の一因であるかもしれない。わざとこちらに聞こえるようにしているのか、囁かれる陰口は確かに近くから聞こえて来るものの、それこそ表立って糾弾されることも覚悟していたのに、あるのはコソコソとした妬《ねた》み嫉《そね》みのみ。

彼と陛下の話だと、相当逆境になるとのことだったし、状況からして自分でも風当たりは強くなるだろうと予想していただけに、正直なところ拍子抜けの気分だ。

何か裏があるのかもと、警戒を強めておいた方が良いかもしれない。

……ただまあ、今の状況は、言わば嵐の前の静けさだ。

どうせ、彼が来てしまえば、この場は確実に荒れるのだ。

貴族社会だろうが何だろうがお構いなしで、そしてこの場にいるのが敵ばかりであると考えているらしい彼のことを思えば、事が穏便に済むはずがない。

ならば自分は、無駄に気張らず、彼が来るまで周囲の敵と思われる者達に対し、事前の策通り牽《けん》制《せい》でも行っておくのがいいだろう。

そんなことを考えていたネルは、その余裕のある堂々とした所作が他者からは気品があるように見え、彼女自身の美貌《びぼう》も相まって政治を抜きに良い意味で人目を惹き付けており、相対的に批判が減っているのだということに、気が付いていなかった。

「ネル殿、楽しんでおられるか？」

と、その声に振り返ると、近くに立っていたのは、国王レイド＝グローリオ＝アーリシア。

ネルの周りに群がっていた貴族子弟達が、察してすぐに身を引き、国王と彼女の二人だけとなる。

「陛下！　この度はお招きいただき、ありがとうございます。私のような者までお呼びいただいたこと、陛下の御心の広さに感服するばかりです」

「そう畏《かしこ》まらずともよい、ネル殿はこの国のために戦っているのだ。にもかかわらず除け者にしてしまっては、器の狭量さを笑われてしまうだろう」

この舞踏会のため、事前に散々打合せをしているのだが、そんなことはおくびにも出さずしれっと互いにそう言葉を交わす。

国のために戦う勇者を非難するのは、なんと器の小さいことか、と言外に含ませ、敵対派閥のネルに対する非難を牽制するためのやり取りだ。

たとえ人が良くとも、国王もまた、確かな政治家としての権謀術数を心得ていた。

「それにしても、人気ではないか。今の様子を恋人に見られれば、嫉妬《しっと》されてしまうのではないか?」

「フフ、そうですね。おにーさん——彼は少し子供っぽいところがありますので、きっと拗《す》ねてしまうでしょうね」

国のトップの国王。そして国の防衛の要《かなめ》と言える勇者。

注目を集める二人であるため、周囲の者達も自然とその会話の内容に耳を傾けており、交わされたやり取りに小さくざわめきが起こる。

「勇者殿の恋人……?　では、あの噂《うわさ》は本当だったのか」

「……例の、仮面の英雄が勇者殿と婚約関係にあるという話か」

「しかし、認められるのか?　勇者はこの国の防衛の要だぞ?　先代勇者も、結局最後まで伴侶《はんりょ》は取らなかったではないか」

「勇者を辞めるからこその話なのでは?　現在の情勢を考えると、護国を為すには代替わりも視野にいれた方が良いだろう。あぁ、そういう意味での婚約も考えられるな」

「確かに。聞けば、仮面の英雄もまた相当な実力者だという。勇者殿と仮面の英雄が子を生《な》すならば、その子にも期待が持てよう」

「その噂の仮面の英雄は、どこにいるのだ？　衛兵達から、この城で寝泊まりしているという噂を聞いているが……」

「立場自体は勇者殿の従者という話であるし、会場には来ていないのではないですか？」

舞踏会の会場にいる多くの者達の注目が、自分達の方に集まっていることを見て取った国王は、スゥ、と息を吸い、大きく声を張り上げた。

「皆の者！」

瞬間、喧噪《けんそう》がサァ、と引いて行く。

「何やらありもせぬ噂が流れているようなので、皆を安心させるとしよう。ネル殿は、勇者を辞めなどしない！」

その国王の宣言に、再びざわめきが起こる。

実際のところ、ネルの所属組織は教会であり、そのため彼女を解雇するかどうかは教会が決定権を握っている訳だが、にもかかわらず国王が宣言するということは、ほぼ王命に近い。

王都危機以降、教会は国の内政に深く入り込んでいるため、国王から一方的に教会へ言うことを聞かせることは出来ないのが現状だが、それでもなお強く宣言することで、これが一国の王として譲れないラインである、ということを示していた。

「彼女は護国の要。実力も確かで、何より先代勇者であるレミーロ殿も認めた、大きなポテンシャルを秘めた者。どうも、そんな彼女を実力不足で糾弾しようとする声があるようだが……それはこの国の防衛力を少しでも削《そ》ぎ落とそうとする、売国行為と判断して良いだろうと考えている。まあ、まさかそんな愚かな者がこの場にいるとは思わんがな」

と、国王の言葉に続く声。

「全くですな、陛下。世人とは隔絶された実力を持つ勇者殿を指して、実力不足など恥ずかしげもなく言い放つ阿呆《あほう》は、流石にこの場にはいないでしょう」

「ええ、同感です。もしそんな者がいるならば、間諜《かんちょう》の疑いを掛けても良いぐらいだ」

「おぉ、貴殿らもそう言ってくれるか」

すかさず国王に同意の声を上げたのは、ユキからは『領主のおっさん』と呼ばれている、爵位としては『辺境伯』位を持っている辺境の街領主レイロー＝ルルービアと、予め国王が根回しをしておいた、元老院議長ジョージ＝ヴァイヴェラ＝アボットである。

元老院議長ジョージは、元老院が諮問機関であるという性質上中立の立場を貫いているが、元々現国王レイドとは交友が長く、そして今回の勇者に対する強い風当たりの不自然さに疑問を抱いている者であったため、勇者を擁護する側として国王に協力していた。

その彼らの擁護の声に、他の貴族達もまた、内心でどう考えていようともそれを表には出さず、尤《もっと》もらしい表情を浮かべ、その通りだなんだと同意の声を上げる。

どうにか一芝居が上手《うま》く済んだようで、内心で国王が安堵《あんど》した——その時。

「——お言葉ですが、陛下」

ズイ、と一歩前に現れ、慇懃《いんぎん》に礼をする、一人の男。

「確かにネル殿は、それはもう私達とは比べ物にならない実力を有しているのでしょう。しかしだからといって何の手も打たず、このままネル殿を勇者に据え置くというのは、護国を考えても怠慢なのではないでしょうか？」

――来た。

ネルと国王は、チラリと互いに目配せをしてから、まるで戦地にいるかのような心構えで、男と向き合った。

◇　◇　◇

――アルゴス＝ラドリオは、内心で焦りを覚えていた。

「ですから、ネル殿には今後ご活躍していただくとしても、勇者の肩書自体は別の者に――」

「おかしなことを言いますな、ラドリオ男爵。勇者とは評判で決まるものではなく、実力で決まるもの。幾ら民草が不安視しているとしても、ただそれで勇者を代替わりさせるなど、本末転倒というものでしょう」

アルゴスの言葉に口を挟んだのは、レイロー＝ルルービア。

「しかし、実際に民が不安に思っている以上、それは率直に言わせていただければ、彼女の実力が勇者として適していない、ということの表れではないのでしょうか」

「ふむ。もしや貴殿は、センギュリアの街で起きたスタンピード騒ぎを知らぬのですかな？」

「は？　いえ、その報告は私も聞いておりますが……」

「ならば、その際魔物達の襲撃を、ネル殿が一切の被害を出さず単騎で撃退した、という報告も聞いているはずですが」

「……ええ、存じております」

一瞬だけピクリ、と眉《まゆ》を動かしながらも、至ってにこやかに言葉を返す。

「それだけの実力を持っているにもかかわらず、彼女が一時消息不明になったということは、そんな強大な相手と戦っていたからこそ。そこから生還した者を、称賛しこそすれ、実力が不十分だと言うとは、貴殿は勇者を神か何かだと思っておるのだろうか？」

目の前の男の、こちらを小馬鹿にするような冷ややかな視線と、周囲から小さく聞こえる失笑の声に、思わず苛立《いらだ》ちが募る。

成り上がりの卑しい犬が、という罵《ののし》りが脳裏を過《よ》ぎるが、あくまで表は理性的に振る舞う。

ちなみにその時「確かにおにーさんやレフィ達は、僕の常識がほとんど通用しない強大な相手だけどね……」と、苦笑と共に呟《つぶや》かれた声は、誰《だれ》の耳にも届くことはなかった。

「……では、ネル殿。ネル殿自身は、現状をどう思われているのですか？　こう言いたくはありませんが、今の情勢の不安定さは、ネル殿にも責任の一部がおありでしょう。貴女はそのことについてどうお思いで？」

「え？　あー……私がまだまだ修行不足、ということは確かでしょう。そのせいで連絡が遅れ、皆様に不安を与えてしまったことは、申し訳なく思っています」

ネル自身から自責の言葉が出たことに、アルゴスは内心で笑みを浮かべるが――。

「――ですが、それでも私は、勇者です。このまま流れに身を任せて勇者を辞めるなんて無責任なこと、出来る訳がない。この国を守るため、私は勇者になりました。ならば私は、私に出来ることを精一杯するまで。今までも、そしてこれからも。他の誰かは、関係ありません」

「……随分と無責任なことを仰《おつしや》いますね。他の者達が何をどう言おうと、自分には関係がないと？」

「ええ、そうです」

彼女はゆっくりと、だが力強く頷《うなず》く。

「勇者をやる、というのは、私の意思――決意です。ただ私がそうしたいから、この国を守る。だからこそ、チャンスをいただける限り私は、私の矜持《きょうじ》を貫き、勇者という職に命を懸け続ける。そこに、他の人は関係ないんです」

――少なくともあの人は、そうやって生きている。

自分のやりたいことをやり、そのために全《すべ》てを賭《と》す。

どこまでも一直線で、どこまでも真《ま》っ直《す》ぐなあの人。

勇者を続けたいなんて言い出してしまったのも、その生き方に憧《あこが》れ、大なり小なり影響を受けているからだろう。

――全く、これだけ僕の人生を変えたんだから、彼にはしっかり責任取ってもらわないとね。

そんなことを内心で考えながら、ニコッと微笑《ほほえ》む彼女を見て、貴族の若い者達から「おぉ……なんと気丈な」「その姿のみならず、心意気もまたお美しい……」「まさに聖女様だ」と感嘆の声が漏れる。

その様子に、アルゴスの表情から、取り繕った微笑みが消える。

――先程から何度も揺さぶりを仕掛けているのにもかかわらず、このザマだ。

国王とその取り巻き、そして今代勇者から、動揺が全く見られない。

まるで何も問題は無いとでも言うかのように、今代勇者は王女と見知らぬ異国人らしい少女の相手をしているし、国王もまたこちらの話を聞いてはいるようだが、自身の娘達の方を微笑ましそうに見て、対応を部下に任せきっている。

もはや、自分達の今の立場を理解していないんじゃないかと思えるような態度だ。

しかも、周囲の貴族達のこちらに味方する声が、かなり小さい。

中立的な立場にいた貴族はともかく、どういう訳か予《あらかじ》め根回しをしておいたはずの者達からもアルゴスに同意する声が当初の予定より少なく、ただ傍観に徹している。

……どうやら、センギュリアの街で起こしたスタンピードが、完全に裏目に出ているらしい。

アレで勇者が撃退を失敗していれば、やはり今代勇者は実力が乏しいと、自身に同意する声が確実に増えていただろうが、全く被害を出さずに魔物どもを撃退してしまったため、むしろ称賛の声が多く上がってしまっているようだ。

恐らくはそのせいで、今このタイミングで今代勇者を非難すれば自分達が少数派となってしまうため、こちらに見切りをつけているのだろう。

状況の悪さは自覚していたが、ここまで貴族連中の手の平返しが早いとは、流石に予想していなかった。

本来ならばこの場で、今代勇者の実力が乏しいという論調を決定的なものとし、こちらの息の掛かった新たな勇者を選出するつもりが、第一歩から躓《つまず》いている。

――チッ、あれだけ金を積んでやったのに……！

そしてもう一つ。

勇者の恋人であるという仮面の姿が、この場にない。

蜜月《みつげつ》の仲であるということは聞いているため、国王一派にとって逆風となるはずだったこの場には、勇者の味方をするために確実に現れるだろうと考えていた。

実際、事前の情報収集では、仮面が舞踏会に参加するという情報も得ていた。

にもかかわらず、姿を見せないのは……どういうことだ？

何か、裏でやっているのか？

何もかもが上手くいかない状況に苛立《いらだ》ちが募り、疑心が後から後から湧《わ》いて来るが――フゥ、と息を吐き出し、気分を落ち着ける。

だが……だが。

まだ、こちらには手がある。

アルゴスの策では、勇者と仮面はこの場にいることが前提となっていたが、勇者がこの場にいる以上、致命的な計画の破綻《はたん》にはならない。

仮に仮面に計画を嗅《か》ぎつけられてしまった場合、ある程度効果が弱くなる可能性はあるが、その辺りは扇動でどうにでもなるだろう。

今、この場を味方に付けることは上手く行っていないが、しかし何も知らない馬鹿な民は、情報操作で流した勇者の悪評により、今代勇者に対し不安を抱き始めている。

工作は、容易《たやす》い。

まだ、状況はこちらに有利だ。

そう、内心でアルゴスが今後を算段していた——その時。

「失礼します！」

突如、衛兵が舞踏会の会場の中に現れ、国王の下まで急ぎ足で駆けて行く。

何事かと、周囲の貴族達の視線が国王に耳打ちする衛兵へと集まる中、一人、ニヤリと小さく口端を歪《ゆが》め、その様子を眺めるアルゴス。

——上手く行ったか。

「ふむ……ご苦労。——皆の者、どうもこの城内で騒ぎを起こそうとした馬鹿者達がいたらしい。数十人の武装した暴漢が、入り込んだようだ」

その言葉に、舞踏会の会場内にどよめきが起こる。

「なっ、それは不味《まず》いのでは⁉」

「へ、陛下、安全な場所に！」

軍属らしい貴族達が国王を守ろうとすぐに動き出すが、しかし国王はあくまで落ち着いた口調で、言葉を続ける。

「待て待て、落ち着け。すでに鎮圧済みであるため、問題はない。ただ、その鎮圧の功労者が、少しこの場に用があるらしい」

……何？

予定では、部下にこの場に来いとは言っていない。

──何かまた、想定外のことが発生している。

嫌な流れが、続いている。

「入れ！」

国王の言葉に、貴族達は一斉に会場の出入口の方へと顔を向け──いつの間にかそこにある、一つの人影。

「なっ──」

それは、アルゴスの部下ではなく、気を失っているらしい指揮官のような身なりの男を肩に担いだ、仮面の男だった。

「どうも。黒幕潰《つぶ》しに来ました」

◇　◇　◇

──正装に着替え終わり、ネル達と離れた後。

一人俺は、王城の敷地内に入り込もうとコソコソしている侵入者達の真っ只中《ただなか》に飛び込んでいた。

「オラァッ‼」

隠れて様子を窺《うかが》っていたところへいきなり俺が現れたため、そこにいた者達全員がギョッとした顔を浮かべるが、そんなことは全く気にせず一番近くにいたヤツの頭蓋《ずがい》をガシッと掴《つか》み上げると、別のヤツに向かって叩《たた》き付ける。

「カフッ――」

「なっ、何だ貴様は⁉」

動揺する侵入者達の一人の腹部を蹴《け》り飛ばし、また別の一人を昇龍拳《しょうりゅうけん》染みたアッパーでカチ上げ、吹き飛ばす。

「クッ、この！」

ようやく動き出した侵入者の数人が、腰から剣を抜いてこちらに振り被るが、ステータスのあまりの格差により見てから回避余裕状態なので、身を捻《ひね》って全《すべ》ての攻撃を躱《かわ》しながら、殴って蹴って敵の剣を体術のみで圧《へ》し折り、武器を壊され唖然《あぜん》としているところに攻撃を加えて無力化する。

「貴様ッ、何をしているかわかって――」

「うるせぇ‼　こちとらテメェらの相手をしている暇はねぇんじゃボケェ‼」

「グハァッ――⁉」

最後に残った集団の小隊長らしい男の言葉を途中で遮り、顔面へ串刺《くしざ》しキックをお見舞いして、壁に頭をめり込ませる。

——侵入者の集団は、数分もせずに壊滅していた。

「……仮面、荒れているな」

苦笑気味の声に振り返ると——そこにいたのは、部隊を率いた一人の女性。

カロッタ＝デマイヤー。

ネルの上司で、前に俺が王都へ来た時も、色々裏工作に励んでいたファルディエーヌ聖騎士団の女団長だ。

「……ウチの嫁さんが、会場でナンパされてんだよ。早くそっちに行って、人の嫁に手を出そうとするアホどもから嫁さんを守らんと」

「まるで見ているように言うのだな。嫁というと……ネルのことだったな。不思議なのだが、いつの間にそんな仲になっていたんだ？」

「色々あったんだ」

「そうか、色々か」

クク、とおかしそうに笑う女騎士団長。

「それより、俺の方に来たってことは、そっちも終わったんだな」

「あぁ。お前が示した場所に、罠とも知らず間抜けにも集まっていた。全て捕らえたよ」

「じゃあ、残りは城内のヤツらだな。さっさと終わらせて、ネルのところに行こう」

「賛成だ。あの子の敵に回る者には容赦はせん」

俺と女騎士団長は、顔を見合わせ、互いに獰猛《どうもう》な笑みを浮かべた。

――現在俺は、教会の者達と行動を共にしている。

教会内部でネルを嵌《は》めようとしているヤツは、調べたところそこまで多くはなかった。

調査を続けた結果わかったのは、教会内部における『敵』は、俺が盗み聞きした枢機卿《すうききょう》と、ソイツのお友達の別の枢機卿。そして、その部下のカロッタ達とは別の聖騎士団だということ。

教会全体としては、依然としてネルの味方であることがわかり、安堵《あんど》したものだ。

ただ、どこまでの範囲にそのクソ枢機卿どもの手が伸びているかわからなかったため、味方としてアテにはしていなかったのだが……そんな折に現れたのが、この女騎士団長だった。

元々国王との話し合いで、ある程度上の立場であり信用出来る味方として、カロッタのことは話に上がっていたのだが、その時は仕事で彼女が王都にいないとわかり、教会に渡りを付けるのは諦《あきら》めていた。

だが、ついこの前タイミング良く彼女が仕事を終わらせ、王都に帰って来て連絡が取れたので、協力をお願いしたのだ。

教会の老害どもに勝手なことはさせん、と二つ返事で協力を確約してくれた彼女は、瞬く間に教会内部における敵味方をはっきりさせ、味方の掌握を済ませてしまった。

彼女のお陰で、教会の動きは気にせずに済むようになり、今日この日においても聖騎士団を率いて俺に協力してくれている。

彼らの行ってくれている協力とは――王都の重要施設複数個所《かしょ》に同時出現した、賊どもの排除。

そして、その賊どもを捕縛する予定の兵士達の検挙だ。

つまりは、マッチポンプの阻止である。

賊どもが金で雇われ、騒ぎを起こし、そして『敵』の息の掛かった部隊がそれを鎮圧する。

まあ賊と言っても、どうもこの賊どもは、この国の兵士《へいし》らしいがな。

前回の王都危機にて王子の味方をしていた部隊が大半らしく、そのため国王が実権を取り戻してからは、一応お咎《とが》めなしではあったものの周囲から冷遇されていたようで、不満が溜《た》まっていたらしい。

そこに目を付けられたのだろう。内容までは探れなかったが、何かしらの密約が俺達が王都へ来る前に交わされていたらしく、こうして実行犯として行動を起こしていた。

ただ……どうも彼ら自身は、自分達がマッチポンプの駒《こま》にされているとはわかっていないようなので、恐らく敵側の策が進行していった場合、口封じに全員始末されていたんじゃないだろうか。

頼る相手を間違えたな。

こんな行動を起こす敵側の思惑は、今代勇者――ネルが王城で開かれている舞踏会に参加してのほほんとしている内に、裏で全てを終わらせる、というところにあるようだ。

勇者は騒ぎを鎮圧出来なかったが、自分達は国の危険を嗅ぎ付けて鎮圧した。そういう筋書きだ。

不安が蔓延《まんえん》しているらしい今のこの国において、必要とされているのは確かな実力者である。ネルに対し非難の声が国民から出ているのも、その実力を国民が知らず、不安視されているからだ。

そんな頼りない勇者は、やはり今回の危機でも頼りにならず城で飲み食いしていたが、しかし自分達はちゃんと部隊を回し、危険人物を検挙したと。

そういう、相手を強く責められる口実が欲しいのだろう。

これが成功していれば、確かにネルの立場は現在よりもさらに弱くなり、敵の思惑通りに事が進んでしまう事態になっていたことだろう。

――成功していれば、だが。

「それにしても仮面、お前は恐ろしい男だな」

「あ？　何がだ？」

次なる目標へ向かう道すがら、そう話し掛けて来る女騎士団長。

「その実力もさることながら、まるで全てを見通しているかのような情報収集能力だ。動いているのは、お前一人なのだろう？」

「あー……そうだな」

全てを見通しているかのような、と言ったが、実際全部見てたから知ってるんだけどな。

イービルアイとイービルイヤー、そして俺自身が忍び込んで。

ここ最近、ネルに礼儀作法を教え込まれ、王女ちゃんとエンにおままごとをせがまれながらも裏で動いていた際に、間抜けにも俺に見られているとは気付かず計画の準備をしてくれていたので、陰で笑いながら情報収集していた訳だ。

いやぁ、ホント、目の前でペラペラ計画語ってくれちゃって。魔王の隠密術を舐《な》めちゃあかんで。

とは言っても、流石に俺一人だと王都中に散らばった賊退治には手が足りないし、王城の近衛《このえ》兵――つまり国王の手駒は王城の警備と国王の護衛でいっぱいいっぱいであるため、どうしたものかと悩んでいたのだが、カロッタが味方になってくれてその辺りは本当に助かった。

やはり、マンパワーは正義だな。一騎当千が実在する世界でも、それは変わらないらしい。

「ま、仮にも勇者の従者を名乗ってるんだし、それくらいはやるさ」

「勇者の従者、ね。実体がどうあれ、というところか」

「さてな」

ニヤリと笑みを浮かべるカロッタに、俺は肩を竦《すく》めた。

「――と、近衛兵が入り込んだヤツらに気付いて戦い始めたぞ。その少し後ろで、敵の部下が救援に入るタイミングを窺ってやがる。気付かなかった、という態《てい》で一緒くたにやっちまおう」

「あぁ、わかった。――聞いたな、お前達。近衛兵以外は全て敵だ。蹴散《けち》らせ！」

『応‼』

カロッタの指揮する聖騎士団――ネルの同僚達は、傍にいて熱気を感じられる程の気合いの入りようで、声を張り上げた。


「――いた！」

見えてきた先にいたのは、騙《だま》された兵士達――もとい、賊どもと、奇襲された近衛兵達。

まあ、奇襲されたと言っても、近衛兵達の方は国王からそれとなく情報を流され、しっかり警戒を強化していたようで、どちらかと言うと完全な奇襲を仕掛けたはずの賊どもの方が防備の固さに困惑している様子だ。

多分、俺達が援護をせずとも、少しすれば鎮圧を完了していたのではないだろうか。

「カロッタ、近衛兵の方の援護は任せたぞ！」

「了解した！　そちらは⁉」

「俺は、気付かれてないと思ってる、間抜けなバカどもに灸《きゅう》を据えてくるッ！」

言うが早いか、俺は近衛兵達が争っている場所から少し後方に向かい、彼らの死角になっている何もない空間に、まず飛び膝《ひざ》蹴《げ》りをぶちかます。

そして次に、同じく何もない空間をがっしと掴むと、それをグルングルンと振り回す。

恐らく傍から見れば俺は、一人で飛んだり跳ねたりしている危ないヤツに見えているだろうが——魔力眼を持っている俺に見えている光景は、別だ。

「フハハハハ、バカどもめ！　テメェらの姿なんぞ見え見えなんだよォッ‼」

「ッ、コイツ、見えてッ——‼」

魔王の高笑いをしながら俺は、掴んだ何もない空間——男の足から手を放し、敵の集団に向かって放り投げる。

俺の攻撃を受け、もしくは避けようとして大きく動いたからだろう。魔法が解けたらしく、こちらに向かって武器を抜き放った兵士達が、突如四方に現れる。

「貴方は……勇者の従者さん、ですね？」

そう問い掛けてくるのは、この集団のトップらしい、ヘルムで顔を隠した怪しい何者か。

まあ、顔を隠していると言っても、コイツが誰かは、すでに事前の情報収集で知っている。

スタンピード騒ぎの犯人、アルゴス＝ラドリオの部下の一人だ。

「おぉ、よく知ってるな。そうだ、俺は勇者の忠実な手下だ。だから、正義のまお——じゃなくて正義の味方として、悪いヤツらを懲らしめに来たって訳だ」

「正義ですと？　ならば、王城が攻撃されている様子を見て救援に駆け付けた我々を攻撃するのは、お門違いというものでは？」

「よく言うぜ！　賊どもが襲い始めてからも、ここでずっとタイミングを見計らってたくせによォ！」

「誤解だ、何を根拠に言っているのです。これ以上我々と敵対するつもりなら、貴方もこの反乱者達の一味とブグふッ——⁉」

なんか喋《しゃべ》り始めたが、有罪なのは確定しているので、俺は無視してソイツの顔面を殴り飛ばし、攻撃を再開する。

「なっ、貴様‼」

「卑怯《ひきょう》な、それが勇者の仲間のすることか⁉」

「卑怯、いい言葉だ。ありがとう‼」

俺が攻撃を始めたのを見て、流石《さすが》に鍛えているらしく、瞬時に反応し迎撃を始める敵集団だったが……弱い弱い。魔境の森のゴブリンよりも弱い。

ちなみに、殺してしまうと色々マズいので、対幼女用お遊び術から進化した、対敵用不殺術を用いて気絶させるだけに留《とど》めている。

対幼女用安全術と対幼女用お遊び術で鍛えられた今の俺は、微妙な力加減も思いのままである。敵の意識のみを刈り取る威力の攻撃というのも、お手の物だ。卵の殻に絶妙な衝撃を与え、綺麗《きれい》に割るなんてことも今では余裕なのだ。

フッ、ダンジョンでは、卵を割る時は俺の出番なのよ……。

卵割りの魔王と呼んでくれたまえ。

「――よし、終わり。女騎士団長さんの方は……あぁ、あっちも終わったか」

ふむ……外の後始末はもう、任せてしまおうか。

彼女なら、きっと上手《うま》く事を収めてくれるだろう。

周囲の兵士どもを一掃し終えた俺は、すでに意識を失っている、重要人物である敵部隊長の鎧《よろい》の縁を掴《つか》むと、ガリガリと引《ひ》き摺《ず》りながらネル達のいる城内へと向かって行った。

◇　◇　◇

「……仮面」

苦々しそうな声で呟《つぶや》くのは――アルゴス＝ラドリオ。

その呟きを聞いたらしい別の貴族達から、いくつか驚きの声が漏れる。

「あれが、勇者の従者か」

「救国の英雄……」

「思っていた以上に若いな」

周囲から集まる一切合切の視線を無視し、自然と道を空ける貴族達の間を通って会場の中を進んで行く。

ちなみに、現在俺は仮面を装着していないので、顔バレしまくりだ。

これで、ネルに対する注目もある程度分散するだろう。

そのまま国王とネルのいるところまで向かった俺は、担いでいた敵指揮官をドサリと下ろすと、その場に片膝《かたひざ》を突《つ》いた。

「仮面、その者は？」

「ハッ、この者は、愚かにも城内で騒ぎを起こそうとし、陛下の身に危険をもたらそうとしていた者達の部隊長です」

畏《かしこ》まった口調で国王にそう言うと、彼は何とも言えない表情で、小さく溢す。

「……貴殿からの敬語は慣れんな」

「おにーさん、多分これ半分くらいふざけているので、陛下も全く気にしないでいいと思います」

ネルがこそっと囁《ささや》いた言葉に一瞬だけ苦笑を浮かべた国王は、しかしすぐに威厳のある表情を顔に張り付け、鷹揚《おうよう》なしぐさで頷《うなず》く。

「そうか。騒ぎの鎮圧、ご苦労であった。して、敵の指揮官をわざわざここまで連れて来た理由は？」

「この者の仲間が、どうもこの場に潜り込んでいるらしく。その売国の奴《ど》を炙《あぶ》り出すため、少しばかりお時間をいただきたく」

「ふむ……よかろう。騒ぎを鎮めた功労者として、貴殿の言葉を聞くとしよう」

「ハハァ、ありがたきお言葉」

俺はノリノリの演技で国王に頭を下げるると、すっくと立ち上がり、後ろを振り返った。

「さて……お初にお目にかかる、アルゴス殿。私は勇者の従者、ユ——じゃなくて、ワイと言う」

にこやかに、そして馴《な》れ馴れしく話し掛ける俺に、クソ貴族、もといアルゴス＝ラドリオはピクリと眉《まゆ》を動かし、だが内心を押し隠した様子でにこりと笑みを浮かべ、口を開いた。

「救国の英雄殿に名を覚えていただけているとは光栄ですね。それで、私に何か用ですか？」

「この男が持っている剣の刻印。これは、貴方のところの家紋ですね？」

俺の傍らに倒れ伏す男の腰の剣を鞘《さや》ごと取り外し、剣の柄に刻まれた紋章が目の前のクソ貴族と周囲の貴族達によく見えるようにと、高く掲げる。

「……ええ、その通りです」

クソ貴族が俺の言葉を認めたことに、がやがやと喧噪《けんそう》が起こる。

だが、目の前の敵は周囲の喧噪を気にした様子もなく、ただ冷ややかな目で俺のことを見る。

「確かにその者は、私の部下です。しかし、どういうつもりですか？　私は部下に、王城周辺の警備を言いつけていただけなのですが」

取り繕うのはもうやめたのか、侮蔑《ぶべつ》の表情を浮かべるクソ貴族に、しかし俺はあくまでにこやかに言葉を続ける。

「王城の警備を？　王城の警備には、近衛兵達が務めていること、貴殿は知らずにいたと？」

「いえ、勿論《もちろん》知っていますよ。ですが、実は私の方で少し情報を得ていまして。もしかすると、今回の襲撃があるかもしれないと、個人的に警戒しておいた訳です」

「ほう、つまり、予《あらかじ》め襲撃を知っておきながら、他には黙っていたと？」

「そんなことはありませんよ？　警戒するように、とは軍部の方に情報をお流しさせていただきましたので。先に言っておきますと、私が私兵を連れて王都に入った、ということも、しっかりと公式の記録に残っているはずです。そこに違法性はありませんよ」

ふむ……こんな自信満々に言うということは、本当に記録があるんだろうな。

国王の方を見ると、小さく首を横に振って「知らない」という意思表示をしたのを見るに、恐らくは向こうのヤツらの息が掛かった者が、何かしら工作を行ったのだろう。

「しかし、全く……言うに事欠いて、私の部下を賊の指揮官だと言って連れて来るとは。何か勘違いなされているようですが、事と次第によっては、英雄殿と言えど名誉棄損として訴えさせていただきますので、ご覚悟いただきたいものですね」

いけしゃあしゃあとそんなことを言いやがるクソ貴族野郎に対し――俺は。

「おかしなことを言うなぁ、お前」

ニタァ、と笑みを浮かべ、異議あり！　といった勢いでズビシと指を突き付けた。

「うわ、おにーさん、すっごい邪悪な顔したよ、今」

うるさいです、ネルさん。

「言うに事欠いて、と言いたいのはこっちだなァ、オイ。アンタの部下だというヤツら、賊が襲撃を始めた最中《さなか》も、その後ろで呑気《のんき》に突っ立ってたぞ？　まるで助けに入るタイミングをわざと計っているみたいによ。多分、どのタイミングで動いたら最適なのか、考えてたんだろうな」

「ほう、証拠は？　まさか、そんな不確かな貴方の言葉だけで、私を断罪しようなど――」

「そのことに関する証拠はないが、けど今回の襲撃がアンタのところで組まれたものである、っつー証拠はあるぞ」

　俺の言葉に、クソ貴族の顔がピシリと固まる。

　フフフ、誰かしらの証言だけならば、イチャモン付けてのらりくらりと回避するつもりだったのだろうが……甘いわ、バカめ。

　俺は、アイテムボックスを開くと、中から一つの水晶を取り出す。

「これはな、『写し身の水晶』っていう魔道具だ。起動すると一定範囲の魔力を記録し、その記録を後で表示することが出来る」

　一言で言うと――カメラ。

　使用方法は、使用者が魔力を流し込むことで起動。

　写真を見たい時は、撮った後にもう一度魔力を流し込むことで、ホログラムのように空中に表示することが出来る。

　ただ、欠点もいくつかあり、魔力を媒介に撮るものであるため、現代カメラと違い白黒な上に、かなり画質が粗い。

しかも、一枚撮ったらそれっきりの使い捨て。写真自体は何回でも見ることが出来るが、使い勝手は悪いと言わざるを得ないだろう。

これは、今回のスパイ大作戦のために有用そうなアイテムはないかとＤＰカタログを眺めていた際に見つけ、交換したものだ。

俺は前世のカメラしか知らないので、その使い勝手の悪さに正直ちょっと落胆していたのだが……まあ、流石にそれは高望みし過ぎか。

うむ、今後はお前も、魔王の秘密道具の一つに加えてやろう。

ちなみに、その気になれば現代カメラもＤＰカタログでゲット出来るのだが、将棋とかトランプとかその気になればこの世界でも作れるものならまだしも、そういう一定の文明水準がないと作れないものは必要ＤＰがマジで頭おかしいので、持っていない。

わざわざ莫大《ばくだい》なＤＰを支払って、手に入れたいとも正直思わんしなぁ。

「試しに、一枚撮ってみようか。はい、チーズ」

「えっ、ちょ、ちょっと⁉」

「……ぶい」

「チーズって、食べ物のチーズのことですか？」

恐らくこの世界の者は誰《だれ》もわからないだろう掛け声を言って水晶を起動すると、周辺の魔力を勝手に幾ばくか吸い上げ、数瞬後動作を停止。

それを確認した俺は、再度魔力を流し込み、ブオンと写真を空中に出現させる。

写っているのは、唐突に水晶を向けられて焦るネルと、俺が何をしているのかわかったのか無表情でピースをするエンに、不思議そうに首を傾《かし》げる王女ちゃん。

「この通り、この場を絵のようにして記録する訳だ。――よし、この写真は家宝の一つにしよう」

「……おにーさん」

「ユ……ワイ殿は相変わらずだな」

呆《あき》れたような表情を浮かべるネルと苦笑を浮かべる国王を見なかったことにして、もう一つアイテムボックスから別の写し身の水晶を取り出した俺は、同じように魔力を流し込み、写真を出現させる。

「んで、本題はこっち。こっちは、すでに写真を撮った後のものだ」

その写真に写っているのは、路地裏らしい場所で、周囲を憚《はばか》るように何事かを話し合っている様子の、二人の男。

「この右側にいる男、コイツは城に這入《はい》り込んだ賊の頭だと思われる男だ。すでに捕らえて地下牢《ちかろう》に入れられているそうだから、本当かどうか気になるなら、後で確認でも何でもするんだな」

そっちは、女騎士団長のカロッタに任せてあるので、きっと色々裏付けも取ってくれていることだろう。

ちなみに、ウソ発見器の魔道具もあるそうなので、俺達がクソ貴族を嵌《は》めるために仕立て上げた偽の犯人であると、偽装を疑われることもない。

その魔道具をここまで持って来られれば話は早かったんだが、どうも大掛かりな装置らしく、設

置された場所から移動出来ないみたいだからな。そこは仕方ない。

「そして、その隣に写っている男。どうも賊の頭と密談をしているようだが……おかしいなぁ、アンタの部下の顔にそっくりだ。――おや、どうした、アルゴス＝ラドリオ？　顔が引《ひ》き攣《つ》ってんぞ？」

丁寧な言葉遣いを捨て去り、ニタニタ笑いながら煽《あお》る俺。

この写真の意味するところを理解したらしいクソ貴族は、顔を強張《こわば》らせ、冷や汗を流しながらも、何とか言葉を絞り出す。

「……し、知りませんね。仮に、その写し身の水晶なるものが本物だとしても、部下が勝手にやったことで私が命じたことではありませんし、何よりその魔道具は貴方が用意したものだ。何かしらの工作がされている可能性もある」

お、部下を切り捨てに走ったか。

やっぱりクソ野郎だな。

「ほう、そうか。それなら結構。――ところで、もう一つ見て、いや聞いてほしいものがある」

次に俺は、国王に予め用意しておいてほしいと頼んでおいた、ネルとのダンスレッスンの時にも使っていた蓄音機の魔道具を、会場の隅から近くまで持ってくる。

その蓄音機にセットするためのディスクをアイテムボックスから取り出すと、再び周囲に見えるように掲げ、口を開いた。

「ここに、一枚のディスクがある。これは、とても面白いディスクでな。あるマヌケな男達が、傍で聞いている者がいることに全く気付かず、呑気に会話している様子を録音したものだ。そのマヌケなザマを、是非ともここにいるお歴々にも聞いてほしい」

「ッ、やっ、やめっ――」

何が録音されているのか察したのだろう、慌ててディスクに手を伸ばして来るクソ貴族の腕を取り、力尽くで無理やり地面に引き倒すと、その背中にドカッと腰を下ろす。

「ぐフっ――」

「せっかちなヤツだ、そこで大人しく聞いていろ」

そして俺は、ディスクを蓄音機の魔道具にセットし、録音を再生した。

『――では、計画は順調ですね？』

『ええ、簡単に食い付きました。我々が手引きすると言ったら、非常に喜んでおりました』

『それは重畳。しかし、全く……彼らは勝算があると思っているのでしょうか？　お陰で手間が省けて、こちらとしては助かるのですが』

『どうも、自分達が犠牲になってこの国の現状の危うさを伝える、などと考えているようですな』

『フフ、結構なことですね。是非とも彼らには頑張っていただいて、楽をさせていただきましょう。では、王城の襲撃計画はそのように。細かいところの話をしましょう――』

それからも、王城襲撃のための段取りが録音からは流れ続ける。

よくあるスパイ映画とかだと、こういう計画は暗号だったりコードネームだったりで話し合っていたと思うのだが、そういうのも無しである。

まさか、安全なはずの自室にいて情報を抜き取られているとは考えてもいなかったのだろう。お陰でどんな計画を立てているのか筒抜けで、対策も楽勝だったぜ。

むしろ、ＤＰで交換した録音のための魔道具を、このアホの屋敷に仕込む時の方が、大変だったくらいだ。

クックック、この、唐突に持ち出した謎のアイテムで追い詰めて行く理不尽さよ。

貴様ら人間は、使用する道具の水準すら魔王に劣っているのだよ。

「さて、こりゃどう聞いてもテメェの声だが……何か申し開きはあるか？」

そう言って俺は、椅子にしているクソ貴族の顔を覗《のぞ》き込む。

「き、貴様っ、どうやってこれを……！」

「どうやってっつーと、そりゃ、お前の家に忍び込んで、だ。ペラペラ喋《しゃべ》ってくれて助かったぜ」

「馬鹿なっ、そんなことが出来る訳がない‼」

「あぁ、そう言えば警報器みたいなヤツはいっぱい仕込んであったな、お前ん家。すまん、全部壊しちまった」

あの程度で安心していたとは、お笑い種《ぐさ》だ。

魔力眼のある俺には、どこに何が仕掛けられているのか一目瞭然《いちもくりょうぜん》だったので、解除も余裕である。

「クッ……こ、こんなものが認められるか‼　貴様がしているのは違法……そうだ、違法な捜査だ‼　私を嵌めるために、貴様が何かしらの手段で偽ったのだろう‼」

「おう、往生際が悪いな。そんなどうしようもないお前に、一つアドバイスをしてやろう。どっちの言葉に信憑性《しんぴょうせい》があるのか、周りを見てみるといい」

その俺の言葉に、ハッとした表情を浮かべたクソ貴族は、周囲に顔を向ける。

俺達——いや、喚《わめ》くクソ貴族の様子を見ているのは、冷ややかな表情の貴族達。

まあ、本心を隠すのは得意そうだから、内心で何を思っているのかはわからないがな。

本当はこのクソ貴族の派閥だったが、形勢が悪くなったから見限っているヤツも多くいるだろう。

そんな中、冷や汗ダラダラで顔色を悪くしている貴族どもは……このクソ貴族とズブズブの関係のヤツらだろう。コイツを監視する中で、何人か見た顔がある。

関与が薄いただのコウモリなら、暗黙の了解で深く追及しないのが貴族社会だそうだが、明らかな黒は流石に罰せられるそうだからな。

バカどもめ、ネルを害して俺の敵に回ったこと、死んであの世で後悔することだ。

「ふむ……事の次第は明らかになったようだな。——連れて行け」

わざとらしさのない厳しい表情を浮かべる国王の言葉を受け、壁際で待機していた近衛兵達はキビキビとした動作で即座にこちらまで来ると、俺に一礼し、クソ貴族の両肩を掴《つか》んで拘束する。

俺がその背中から退き、無理やり立たされたクソ貴族はギリィと歯を食い縛ると、喚き立てながら引き摺《ず》られるようにして近衛兵達に連れて行かれ——が、途中、誰かの姿を貴族達の中から見つけたらしく、ガバッとそちらに縋《すが》り付くような目を向ける。

「ッ、ジェ、ジェイマ様……！」

クソ貴族の視線の先にいるのは、ピンと背筋の張った、老いた貴族。

――軍務大臣、ジェイマ＝レドリオス。

最後の希望を求めるようなその視線に、だが、ここまで何も言葉を発することなく静観に徹していた軍務大臣ジェイマは、何を思っているのかわからない表情で、一言呟《つぶや》いた。

「連れて行きなさい」

その言葉に、ショックを受けたような表情を浮かべたクソ貴族は、そのまま呆然《ぼうぜん》とした様子で、近衛兵に連れられ会場から退出していった。

「おや、軍務大臣殿。随分と冷たいことを仰《おつしや》る。どうも彼は、アンタの部下として動いていたようだが……お話し願おうか？」

沈黙が場を支配する中で、俺は軍務大臣にズイと近寄り、挑発するような笑みを浮かべて問い掛ける。

「ふむ、お初にお目にかかる、仮面殿。さて、何を言っているのかわからぬが……そうは言ってもこの様子では、私の言葉に説得力は無いだろうな」

一応惚《とぼ》けはするものの、しかし反論も弁解もすることなく、ただ静かにそう答える老貴族。

軍務大臣という、国の要職に就いている者の関与が疑われている現状に、先程までよりも強いどよめきが起こる。

「……潔いな、ジェイマ。何も弁解はせぬと？」

そんな中、口を開いたのは、国王。

軍務大臣の真意を確かめようと、先程までの演技とは違った鋭い眼差《まなざ》しを老貴族に向けている。

「全く、陛下もお人が悪い。恐ろしい部下をお持ちのようだ。もう私が何を言おうとも、意味のないところまで話を進めていらっしゃるのでしょう？」

「……そうだな。ぬしが、アルゴスの真の上司である、ということはすでにわかっている。部下の不始末の責任、しかと取ってもらうぞ」

嘘だ。

実際のところ、断定までは至ることが出来なかったのだ。

アルゴス＝ラドリオの方は割とあっさり裏が取れて余裕が出来たので、コイツの方は二十四時間体制で俺の目を付け、国王の部下も多く監視に付いていたのだが……それでどうにかこうにか黒、と裏付けられるかもしれない、という程度である。

クソ貴族よりも周囲に対する警戒の度合いが強く、実際にクソ貴族と会っていた時もただ友人と出会ったという感じで、確信を得られるような言葉、こちらが黒と断定出来るようなことは全く話すことがなかったのだ。

一時は、シロなんじゃないかと思われた程だ。

恐らく、自身が見張られていることにどこかで気付いていたのだろう。流石《さすが》、軍務大臣まで上り詰めた男、ということか。

悔しいが、クソ貴族と違いこっちは確かな証拠を何一つ得ることが出来なかったが故に、確実に処罰が可能な方法として、部下の不始末という態を取ったくらいなのだ。

「ふむ、仕方あるまい。それでは陛下、仮面殿、失礼させていただく」

そうして軍務大臣は、何も抵抗することなく、近衛兵達に大人しく連行されて行った。

素直にこの場を去って行くその後ろ姿に、だが俺達は、むしろ怪訝《けげん》さを覚えていた。

……何だ？　何を考えていやがる？

アルゴスの方は、わかりやすかった。更なる権力を追い求めるサマが、情報収集していた時からありありと感じることが出来たからだ。

対して、コイツの方は。

何を考えているのか、ここまでの情報収集でも、その真意が今一つわかっていない。

いや、生粋の軍国主義者であることはわかっているため、現在の国の運営に不満があることは確かなのだろうが……そんなヤツが、こうまであっさりと身を引くものか？

何か、現状をひっくり返す手札でも、持っている……？

「…………」

そこまで考え――無言で、小さく頭《かぶり》を振った。

そうは言っても、これでヤツらの派閥が大ダメージを受けるだろうことは、確実。

……もう、まどろっこしいことをする必要もないのだ。

ならば後で、直接お話でもさせてもらいに行けばいいだろう。

答えないならば――答えさせるまでだ。

国王もまた、怪訝そうに軍務大臣が去って行った方向を眺めていたが、しかしとりあえず事態を収拾することにしたのだろう。

パンパンと手を叩《たた》き、未《いま》だどよめきの止まらない貴族達に向かって口を開いた。

「さて、諸君。色々と想定外のことがあったが……今宵《こよい》の舞踏会は、まだ始まったばかりだ。この程度では中止にせぬ故、この後も是非楽しんで行ってくれ」

いやぁ、この程度って言うけど、結構大事だったと思うけどね。

……まあ、国王としてもまだ想定内の事態で終わった訳だし、何があっても泰然自若としているというパフォーマンスなのだろうが。

貴族達は、些《いささ》か戸惑い気味だったが……国王が促し会場内にいた楽団が音楽を奏で始めたことで、少しずつ通常の宴《うたげ》の様子へと戻って行く。

舞踏会らしく男女のペアで踊り始める者達や、ワイングラスを手に数人で集まって今起こった出来事を話し始める者達。後者の割合の方が高いか。

「仮面殿、少し、いいだろうか？」

「救国の英雄と謳《うた》われる貴殿に、是非お話を――」

そんな中、幾人かの貴族達が俺の方にやって来たが、しかし俺は彼らに断りを入れると、すぐに一人の少女――ネルの下まで向かった。

「お疲れ、おにーさん」

近くに来た俺に、微笑みを浮かべるネル。

「あぁ、疲れたよ、ホントに。これだから貴族社会ってのは嫌になるぜ」

貴族転生じゃなくて、魔王転生で良かったと心底思うよ。

「まあ、おにーさんの性格ならそう思うだろうね……僕も同感だけど」

そう言って苦笑するネルに、俺は肩を竦《すく》めてみせる。

「さて——それじゃあ、ネル」

「うん？」

俺はニヤリと口端を吊《つ》り上《あ》げ、彼女の手を取る。

「せっかくだし、踊ろうか」

「……うん」

ちょっとだけ頬《ほお》を赤らめ、そしてニコリと笑い、勇者の少女は頷《うなず》いた。

「クックック、刮目《かつもく》せよ、ネル。俺のここまでの特訓の成果、見せてやるぜ！」

「フフ、そうだね。おにーさん頑張ってたもんね」

——そして俺とネルは、身体《からだ》を寄せ、音楽に合わせ。

間近で見詰め合いながら、くるくると回りだす。

「そういやネル、お前、随分と人気者だったじゃねぇか。全く、魔王の嫁をナンパするとか、ヤツらいい度胸してやがるぜ」

「いやぁ、どうかな。勇者の称号に惹《ひ》かれただけだと思うけど。まあ実際、ダンスの断りを入れるのはちょっと面倒だったかな……」

「俺、よく知らんのだけど、貴族相手にそういうのって失礼だったりしないのか？　一応、立場としては向こうの方が上なんだろ？」

「うん、あんまり良くはないかな。貴族の人って、プライド高いし。でも……」

「でも？」

「……お、おにーさん以外とは、その……踊りたくなかったし」

何だこの可愛《かわい》い生き物。

……勇者、あざとい！　あざといわー。

魔王にここまで甚大なダメージを与えるとは……大したもんですよ、全く。

「……やっぱり、アレだな。勇者はきっと、魔王に対して特効攻撃が出来るんだな。お前の攻撃でダメージ大だ」

「そ、そうかな？　おにーさんにそんな攻撃が出来るようになったなら……僕もちょっとは成長したってことかな」

そう言って、笑い合いながら俺とネルは、踊り続けた。

「あー！　ネル様ずるいですー！」

「……ん、ネルずるい」

――ちなみにその後、エンとイリルに散々ダンスをせがまれたことは、語るまでもないだろう。

◇　◇　◇

――舞踏会が終わりを迎えた、その深夜。

教会本部にて、ドタドタと荒く駆ける幾つもの足音に、鎧《よろい》の擦れる音。

一塊となって進む者達――聖騎士達の先頭に立つのは、女騎士団長カロッタ＝デマイヤー。

周囲が寝静まり、彼ら以外の物音が全くしない教会本部の中、彼女は部下の聖騎士達を引き連れ駆け足で進んで行き、そして一つの部屋の前まで来ると、躊躇《ちゅうちょ》せず扉を蹴《け》り破った。

「なっ、何事だ⁉」

中にいたのは、寝間着姿の、腹の出た男。

寝ていたところだったらしく、ベッドから起きだした格好で固まっている。

「き、貴様、カロッタ‼　誰《だれ》の断りを得て勝手に私の部屋に――」

「夜分失礼するぞ、枢機卿《すうききょう》アフドゥル＝ドールモール＝レイン。貴様を、国家反逆罪で逮捕する」

「ッ、国家反逆罪だと⁉」

状況が理解出来ないらしく、聖騎士二人に呆然としたまま両肩をガッチリと拘束される、枢機卿アフドゥル。

「ま、待て、何かの間違いだ‼　おいやめろ、部屋を荒らすな‼」

物証を得るため、部屋の中を荒らし始めた聖騎士達に怒鳴ってから、アフドゥルはこの部隊を率いている者、カロッタを睨《にら》みつけ、口角泡を飛ばして喚《わめ》き立てる。

「こんなことをしてタダで済むと思っているのか⁉　他の方々が黙っていないぞ‼」

「フン、状況の読めぬ老害め。夜逃げの準備もしていなかったところを見るに、考える頭も足りんようだ。私が、独自に判断してこんなことをしているとでも思っているのか？」

「何……⁉」

嘲笑《ちょうしょう》するように片頬を吊り上げたカロッタは、一枚の羊皮紙を取り出すと、それを広げてアフドゥルに見せつける。

「よく見ろ。これが何なのか、な」

「――ッ‼　連名の破門状だと……⁉」

愕然《がくぜん》とした表情を浮かべる、アフドゥル。

その羊皮紙は、他の枢機卿達の署名が連なる、アフドゥルを破門するという内容が書かれた書状だった。

「そうだ。貴様はもはや聖職者でも何でもない。故に、教会はもう貴様を守らない」

「ば、馬鹿な……！」

「終わりだよ、元枢機卿殿。――連れて行け」

『ハッ！』

顔面蒼白《そうはく》のアフドゥルを部下達が連れて行くのを見送っていると、彼女の部下の中で副団長を任せている男が部屋の外から現れ、カロッタに敬礼する。

「カロッタ団長、枢機卿エルガーの身柄も拘束したと報告が入りました」

「よろしい。配下の聖騎士どもに動きは？」

「いえ、ありません。大人しくこちらの言うことに従っております」

「ふむ……少しは抵抗があるかと思ったのだがな」

予想が外れた、という表情を浮かべるカロッタに、コクリと頷いて副団長は言葉を続ける。

「確かに、その可能性は考えられましたが……一つ言わせていただくとすれば、部下は上司を選べない、ということでしょう」

彼の言葉に、くっくっと笑うカロッタ。

「そうか。私も、お前達に愛想を尽かされぬよう、有能な上司として尽力せねばな」

「ハハ、カロッタ団長が力を尽くすとなれば、王都の貴族どもは二度と安眠出来ませぬな」

「軍の連中もですね」

「周辺の魔物なんか、尻尾《しっぽ》を巻いて逃げ出すんじゃないですか？」

「裏街の連中は、確実に顔面蒼白になりやすね」

二人の会話を聞いていた周囲の聖騎士達が、笑いながらこぞってそう言う。

「お前達、そこまで仕事を増やされたいならば、最初からそう言えばよかろう。遠慮なく酷使してやる」

不敵な笑みを口元に湛《たた》えるカロッタに、聖騎士達は蜘蛛《くも》の子を散らすように逃げて行き、各々の仕事をこれ見よがしにやり始める。

その彼らの様子に苦笑してから、しかしすぐに真面目《まじめ》な表情に戻ったカロッタは、副団長へと言葉を続けた。

「さて、まだまだやることはたくさんある。我々も仕事に戻るぞ。でないと、ここまでお膳立《ぜんだ》てしてくれたあの男に顔向け出来ん」

「あの男、と言いますと……あぁ、例の仮面ですね。いったい、何者なのでしょうか。突然名を聞き始めましたが……」

「さあな……だがまあ、奴《やつ》は我々には味方で、大した実力のある男で、そしてネルが心から信頼しているらしい恋人だ。特に最後のが重要だな。それだけわかれば、十分だろう」

「……全く、相変わらず団長はネルに甘いですね。まあ、気持ちはよくわかりますが」

「そりゃあ、むさ苦しいお前達と違って、唯一の妹分だからな。可愛がりもするさ」

「おぉ、酷《ひど》いことを仰《おつしや》るお方だ」

肩を竦めるカロッタに、わざとらしい様子でショックを受けたような顔をする副団長。

一通り軽口を叩き合い、それからニヤリと笑みを浮かべてから、彼らもまた各々の仕事へと戻って行った。


——舞踏会が終わってから、早数日。

クソ貴族アルゴスは牢《ろう》にぶち込まれ、軍務大臣ジェイマは権限を停止、身動きを封じるために本人の住まう屋敷に軟禁されている。

ここまでは上手《うま》く行ったように見えるが、しかしジェイマの真意が未だ掴《つか》めていなかったため、国王と話し合いわざとジェイマのいる屋敷の警備に穴を開け、隙を作っていたのだが……それでも軍務大臣は、何も動きを見せることはなかった。

ここ数日で、国王の手下と女騎士カロッタを中心とした聖騎士達の働きにより、アルゴスと関係の深かった者達は次々と捕らえられていったため、向こうが座して待てば派閥の壊滅は確実。

故に、罠《わな》があるとわかっていても何かしら動かざるを得ないだろうと思っていたのだが……こちらの思惑は、完全に外された形だ。

何を企《たくら》んでいるのか、やはりもう、本人に直接聞くしかないだろう。

——と、そう考えた俺は、現在軍務大臣ジェイマが軟禁されている屋敷まで来ている。

屋敷の周囲は、国王配下の兵士達が姿を隠すこともなく堂々と固めており、興味津々で様子を窺《うかが》っている野次馬を追い返している。

ただ、固めているのは周囲だけで、敷地の内側には入り込んでいない。

それは、すでに一通りの捜査がされた後だというのもあるが、軍務大臣ジェイマが未だ一角《ひとかど》の権力者であるためだ。

追って沙汰《さた》は下されるはずで、役職の剥奪《はくだつ》は確実だそうだが、しかし今はまだ剥奪されていない。

この老人はシンパが多く、下手《へた》に処罰しようものなら再びクーデターが起こる可能性があるらしく、その芽を潰《つぶ》すためには確実な証拠固めが必要になる。

早々に事態を解決するためにも、今は敷地内までは立ち入らず、周囲を固めるだけに留めている訳だ。

――まあ、俺は普通に侵入するけどな！

つまりバレなきゃいいんだろう、バレなきゃ。

絶対にやり過ぎないでくれ、とは釘《くぎ》を刺されたが、国王からも一応許可を得ているので、その辺りは問題ない。うん。

隠密スキルを発動して屋敷内部の侵入に成功した俺は、不安そうな表情で仕事をしているメイドさんや執事達の間を抜け、ジェイマのいる執務室に向かう。

屋敷の構造は、イービルアイを用いて事前に調査を終えているので、迷うこともない。

ちなみに、仮面は装着済みだ。

すでに顔バレしているため、もうあんまり意味がない気がしなくもないが、しかしこの仮面はかなり気に入っているので、隙あらば装着したいと思います。

広い屋敷の中を進み、やがて目的の部屋に辿《たど》り着《つ》いた俺は、隠密スキルを解きながらギィと扉を開き、その中へと入って行く。

「――来ると思っていたぞ、仮面殿。しばし待たれよ。すぐ終わる」

執務室にいるのは、執務机に座った老人が、一人。

何かの書類を読んでいたらしいソイツは、顔を上げることもせず、驚いた様子も見せず、ただ静かにそう言った。

「……どうも。邪魔するぞ」

執務室に設置されていたソファに勝手に座ると、老貴族は少しして書類の確認を終えたらしく、顔を上げてこちらを向く。

その表情は穏やかなもので、自身の派閥が崩壊し掛けているという現状に対する焦り、突然現れた俺に対する警戒などは、一切感じられない。

事実、魔王の超聴覚で聞き取れる心音も、穏やかなものだ。

「お待たせした。それで、一応聞いておこうか。今日は、何用かな?」

好々爺《こうこうや》然とした様子で話す老貴族に、俺は意図して高圧的な態度で口を開いた。

「……おう、アンタの部下どもが日ごと減っているのに、随分悠長にしているようなんでな。大丈夫なのかと心配しに来てやったんだ」

「ほう、そうか。それは、そちらの配慮に感謝せねばな」

口元に微笑みを浮かべ、飄々《ひょうひょう》とした口調で話す老貴族。

……全く、老獪《ろうかい》という言葉がピッタリ来るヤツだな。

「――単刀直入に聞こう。アンタ、何を考えていやがる?」

口で敵いそうにないと判断した俺は、その真意を見極めるべく、老人の眼《め》を見据えて問い掛ける。

「ふむ……私の考え、か。いいだろう、私が今、何故《なぜ》悠長にしているのかお教えしよう。もう、私が動く必要がなくなったから、何もしていない」

「何……?」

怪訝《けげん》に眉《まゆ》を顰《ひそ》める俺に――ジェイマは、何気ない口調で言った。

「私はね、後のことは陛下、そして君に任せることにしたのだよ。――魔王、ユキ君」

……仮面を付けておいて良かった。

「――へぇ、面白いことを言うな、アンタ」

「これでも私は、一国の軍を預かる立場なのでね。それなりに情報が集まって来るのだ。まず、君が一番初めに確認されたのは、レイローのところの街で、だったな」

イルーナが攫《さら》われた時のことか。

「次に確認されたのも、その街で。他国の手の者の暗躍をほぼ単独で撃破。三番目の目撃情報は、貴殿の『仮面』という呼び名が広く知られるようになった、王都危機。勇者ネルの手引きで教会に協力し、陛下と王女殿下を救出、魔族の暗躍を明るみに出し、内乱寸前の混乱を止める。その後魔界でも、詳細はわからないが、何かしら活躍していたようだ。闘技大会には参加していたようだな」

……すごいな、このじーさん。素直に感心してしまった。

こっちの国でのことならばまだしも、俺が魔界に行った時のことも知っていやがるとは。恐ろしい限りだ。

ネルの仲間達数人とは会っていたから、そこから情報を得たのかもしれないが……。

「あぁ、先に言っておくが、君が魔王であることをバラすつもりはないから、安心することだ。派闘争いどころではなくなる。大義名分を掲げた他国がこぞって侵攻して来ることになるだろう」

そりゃ、魔王は生物全《すべ》ての敵、みたいな扱いされてるからな。

確かに、そんなのと協力しているとバレたら、国の中だけではなく国の外も大荒れになるだろう。

「些《いささ》かやり方に強引な面はあるが……君がこのアーリシア王国と懇意にしている間は、非常時も安心出来るだろう。もしこの国が、外部からの侵略などで危機に陥れば、勇者は戦力として確実に投入される。そして、彼女の恋人である君は、彼女を手助けするためにこの国へ訪れる。今、こうして君が、彼女のためにこの場にいるようにな」

その通りだ。

ネルがこの国で勇者を続ける以上、何か危険があれば、俺は再びこの国にやって来るだろう。

まあ、そうじゃなくとも国王や、街領主のおっさん――レイローには、色々世話になった。王女ちゃんのことも、親戚《しんせき》の子供、くらいには思っている。

彼らが何かしらの危機に陥った場合も、助けようとは考えているのだ。

「……仮に俺が魔王だとして、そんなヤツが国の内部に入り込んでいることを、危険だとは思わないのか？」

「無論、そうも思う。魔王とは得体の知れぬ存在。だから、アルゴスが君と勇者を排除しようと画策していたのも、特に口を挟まなかったのだ。アルゴスは権力志向の強い男だが、しかし有能だ。君や勇者程の実力者を排除出来るならば、それはそれで使える男となるだろう、とな」

……なる、ほど。

どっちに転んでも、構わなかったと。

「つまりアンタは、俺とネルを排除するため、この国の街一つを魔物に襲わせるアルゴスの計画も知っていて、特に止めることもしなかったと？　街一つ消えてなくなろうが、国のためになるならば構わないと」

「そうだ」

老貴族は、誤魔化《ごまか》すことなく、頷《うなず》いた。

「ただ、勘違いしてほしくないのだが、魔物程度を君達が撃退出来ないとは思っていなかった。それで君達がやられ、街に多大な被害が出るようならば、この国を守ることなど土台からして不可能。街を守り切ることが出来るならば、その実力を当てに出来る。どちらの結果に転ぼうが、今後の指針が立てられる」

まあ、被害ゼロは流石《さすが》に想定外だったがね、と言って肩を竦《すく》める老貴族。

「全く、彼女も大したものだ。女という武器を使って、魔王を籠絡《ろうらく》するとは。これで、もう少し扱い易くなれば、国の道具としてッ――」

その言葉途中で俺は、ダンと老貴族の座る執務机の上に飛び乗ると、その首を片手で締め上げ、『王者の威圧』スキルを発動しながら机に立つ俺の目線まで持ち上げる。

「次、ネルを物扱いしたら、縊《くび》り殺すぞ」

俺が首を締め上げているため、途切れ途切れの掠《かす》れ声で、しかし老貴族はあくまで穏やかな口調で、口を開く。

「これは、失礼、した。謝罪、しよう」

「……チッ、試したな」

手を放し、俺はフンと鼻を鳴らして、再びドカリとソファに腰を下ろす。

あからさまに挑発染みたことを言いやがって。良い根性してやがる。

「コホッ、コホッ……君が本当に勇者を愛しているのだと知れて、私としては安心だな」

微笑みすら浮かべ、そう言う老貴族。

俺、コイツ、嫌いだ。

「ったく……そこまでしてアンタは、この国を守りたいと？」

「そうだな。君とて同じだろう。何かを守るためならば、手段は問わない。何があっても、何をしても。私はその対象が、この国であるというだけだ」

「…………」

……コイツと同類だと認めるのは癪《しゃく》だが……言っていることは、よくわかる。

俺は『魔王ユキの世界』を守るが、コイツは『軍務大臣ジェイマの世界』を守る。そういうことなのだろう。

俺の表情を見て、理解が及んだことをわかったらしい。コクリと一つ頷いてから、老貴族は言葉を続ける。

「さて……私の真意をわかってもらったところで、一つ取引といこう」

「あ？　取引だ？」

「恐らく私は、処罰されずに終わる。軍務大臣の職は剥奪されるだろうが、それだけだ。私を処罰すると、更なる内乱が起こる可能性があるからね。だが愛情の深い君は、恋人を危険に晒《さら》した私を許さない。私を殺すかもしれない。しかし、私にはまだやることが残っている以上、殺される訳にはいかない。故の、取引だ。君にも悪い話ではないので、聞いてもらえないだろうか」

「……いいだろう。聞こうか」

もう、このじーさんに敵う気がしなくなってきた俺は、一つため息を吐《つ》いて、そう答える。

「君が勇者を愛し、守るのであれば、君がいない間勇者をこの国の『悪意』から守ってやろう。民衆や、貴族などからだ。そうなれば、もう今回のようなことは一切無くなる」

「よく言うぜ。アンタが今回の事態を引き起こしたんだろうが」

「否定はせんがね。お陰で、今回の騒ぎに乗じる形である程度国内における『膿《うみ》』も排除出来た」

あぁ……アルゴスに味方し、権力欲しさで騒いでいたバカな貴族は、確かに幾人か処罰されたようだが、コイツも手を回していたのか。

もしかすると、その『膿』をはっきりさせるために、アルゴスを利用していた面もあるのかもしれない。

いったい、一つの策でどれだけの効果を生み出しているのだろうか。

——心情的に、思うところがないと言えば嘘《うそ》になるが、この提案は確かに悪い話ではない。

この老人には、シンパが多い。

コイツが黒と言えば黒になるし、悪評を垂れ流すのを止めろと言えば、止まるのだろう。

そのことは、国王がこのじーさんを強く警戒している様子からしても、よくわかる。

教会は鎮火に動き出しているそうだが、しかし未《いま》だ彼女に対する悪評が立ち上るこの国に、彼女だけ残して帰るのは非常に心残りだったのだが……このじーさんがそれを鎮火すると言うのならば、安心出来る。

俺が魔境の森に帰っている間、このじーさんがネルの『陰の庇護《ひご》者』となるならば、それはもう絶大な効果を発揮することだろう。

コイツ自身を、俺が信用出来ないという問題は残るがな。

「……アンタは、俺を味方に引き入れて利用しようってのか。この国の者でもない、しかも人間でもない、魔王を」

「国家にとって必要ならば。戦力として必要となるのは、数ではなく質。どれだけ軍の規模を大きくしたところで、圧倒的な個に簡単に滅ぼされる。この国が勇者を見出《みいだ》すのも、そこに理由がある。政情の安定しない今のこの国には、少しでも強大な力を持った個が必要なのだ」

前世とは違った、用兵の真理だな。

「俺は戦争には参加しねぇぞ。そんなことがこの国で起こったら、ネルを連れてダンジョンに帰る」

「無論、こちらから戦争を仕掛けることはしないだろう。陛下はその辺り慎重なお方だ。だが、現在の政情ならば、他国から侵略される可能性は十分に存在する。果たして、この国が戦火に呑《の》まれる時、彼女は黙って君に連れられ、何もせずに傍観すると思うか？」

……しないだろうな。

アイツは優しいヤツだ。もし仮に母国で戦争が起こったら、真っ先に矢面に立とうとするだろう。

そうして彼女が決意を固めた時、やはり俺もまた、この国へやって来るのだ。

「まあ、そんな戦争が起こらぬように、この国の者達が動いている。仮に勃発《ぼっぱつ》しても、そこらの小国との戦争ならば勇者を投入することなく圧殺出来る。大国相手は、そもそもお互いが大打撃を食らうと理解しているから余程の事情が無ければ戦争になり得ない。ただ、可能性が皆無とも言えないのが現在の世界情勢なのだがな。そんな事態にまで至れば、勇者がどうこう以前に、君とて何かしらの形で巻き込まれるのではないかな？」

老貴族の言葉に、俺はしばし黙ってから、ポツリと口を開く。

「……俺は、アンタが嫌いだ。今すぐこの場でぶち殺してやりたい」

「フフ、そうか。だが、そうせぬということは、理性の部分でこの取引が有用だと認めているのだろう？」

忌々しいことに、ニコニコとしているようにすら見える老貴族に、俺は舌打ちを漏らす。

「……約束を違ったら、アンタを殺す。そしてこの国が下手《へた》にネルを利用しようとしたら、俺の全身全霊を懸けてこの国を滅ぼす。わかってんだろーな」

「あぁ、わかっている。この国を、自らの手で滅亡させることにならんよう、肝に銘じるとしよう」

「是非ともそうしてくれ。――いいだろう、アンタの提案を呑むとしよう。ネルのことは、何があっても俺が必ず守る。アンタは、どっかのバカがネルに手を出さないよう、風評面から彼女を守る。これでいいな」

「取引成立だな。この老人に安堵《あんど》を与えてくれて、ありがたく思うよ」

「その口、一度縫い合わせてやりたいところだ」

そう言って俺は、ソファを立ち上がった。

「ふむ、お帰りになるか。それではな、魔王ユキ君。話が出来てよかったよ。君がこれからも活躍することを願っている」

「そりゃどうも。どうかアンタがさっさとくたばりますように」

最後にそう吐き捨て、俺は隠密スキルを発動して、部屋を出て行ったのだった――。

◇　◇　◇

「――つー訳で、あのクソジジィと話を付けて来たんだが……信用し過ぎるのはやめた方がいいだろうな。とんでもねぇジジィだ、アイツは」

「……なるほど。あの男は、そんなことを考えていたのか。道理で全く動きを見せないと……」

国王は難しそうな表情を浮かべ、うむむと唸《うな》る。

「ま、事の顛末《てんまつ》はそんな感じだ。――そっちはどうなった？」

「アルゴスと関係が深く、工作に関与していた者達は軒並み捕らえ、そうでない者もこちらの派閥に吸収した。奴らの派閥はほぼ壊滅だな。だが……すまぬ。ジェイマが関与していた、という証拠は、やはり見つかっておらん」

「あぁ……元々アイツ、計画自体は知っていたみたいだけど、全く手出しはしてなかったみたいだしな」

「どうもそうらしい。捕らえた者達の証言でも、大体全《すべ》てアルゴスの指示で動いていたようだし、そのアルゴス自身は見捨てられたのが余程ショックだったのかペラペラ喋《しゃべ》るのだが……あの男が裏側を話せば話す程、ジェイマの関与が薄くなっていってな」

「へぇ？　ペラペラ喋ってるのに？」

俺は、怪訝《けげん》な声色で問い掛ける。

確かに、あの老貴族の悪辣《あくらつ》さを知った今ならば、何かしら『尻尾切《しっぽき》り』が出来るように対策を施していたのだろうとは思うが……。

「うむ。まず、アルゴスの容疑である『魔物の誘引』『王城襲撃』の二つが、奴自身の立案であったことは間違いない」

「あぁ」

「故に、そこに如何程《いかほど》ジェイマの関与があるのかを調査していたのだが……尋問中、度々アルゴスが『軍務大臣ジェイマに指示され』『軍務大臣ジェイマに任され』などと言うのだが、その証言を基に調べれば調べるだけ、アルゴスが単独で立てた計画だったという証拠が出て来てな。ジェイマの影がどんどん薄くなっていくのだ」

「うわぁ……」

やっぱり、完全に尻尾切りされてやがる。

しかも、悪い部分を全て押し付けて、被害担当艦染みた扱われ方してんじゃねーか。

若干哀れに……は別にならないが、やっぱりあのジジィ、とんでもねぇ性悪野郎だ。

ヤツにとっても大きな利益があるとわかったからこそ、国内の悪意からネルを守る、という約束もある程度信用しているのだが……アイツ、やっぱり寿命でとっととくたばってくれないだろうか。

国王の庇護、教会の庇護、そしてあのジジィの庇護の三つがあれば、どこかのアホもネルに手出しするのはほぼ不可能だろうが、とんだ悪魔と契約を交わした気分である。

「やはり、アルゴスが属した派閥の長、という監督責任での攻め口で正解だったな。本当に、いいタイミングで貴殿が来てくれたものだ。以前のゴタゴタで国内の膿は大分吐き出したと思っていたのだが……まあ、これで貴族連中もしばらくは大人しくすることだろう。助力に感謝する」

「ネルのためだし当然さ。むしろ、俺としては厄介ごとを持ち込んで申し訳ない思いなんだが……」

「元々国内にあった問題が、貴殿がやって来たことで顕在化しただけだ。持ち込んだ、というのは少し違うだろう」

そう言ってくれるとありがたいがね。

と、先程執事が淹《い》れてくれた茶を飲みながら、ふと思い出して俺は、アイテムボックスを開く。

「……おっと、そうだ。国王、忘れない内にこれをやる」

「む……？　ネックレス、か？」

手渡したソレをまじまじと見詰めながら、不思議そうな声音でそう言う国王。

「ソイツは、ダンジョン帰還装置だ。魔力を流し込むと内部の魔術回路が起動して、俺の根城まで一瞬でワープする。一回こっきりだから、なんか緊急時にでも使ってくれ。一応五つ渡しとくから、イリルとかアンタが大切だと思う人に渡しておくといい」

ちなみに、レイローのおっさんと女騎士カロッタ、ネルの大切な友人である宮廷魔術師ちゃんにもすでに同じものを渡してある。

カロッタだけは、俺が魔王であるとはまだ気付かれていないはずなので、話をボカして「俺の家に空間転移出来る魔道具」とだけ説明して渡したがな。

宮廷魔術師ちゃんなんかは、レイラと同じく研究肌の人間のようなので、無言で瞳《ひとみ》を爛々《らんらん》と輝かせながらネックレスを凝視していて、ちょっと怖かった。

研究職の人って、みんなあんな感じなのだろうか。

「……空間転移の魔術の品か。貴殿は本当に、さらりととんでもないものを出すな……」

「俺、魔王なのでね」

冗談めかしてそう言った俺に、国王は苦笑を浮かべる。

「うむ、ありがたく頂戴《ちょうだい》する。何か、お返し出来るものが――」

「いいよ、やめてくれ。俺の方が世話になったからそのお返しのつもりで渡したんだ。これ以上何か貰《もら》ったら、借りの多さで破産しちまう」

「しかし、こんな凄《すさ》まじい効果を持つ魔道具を貰ってしまったら、むしろ私の方が貰い過ぎだろう。エリクサーもいくつか貰ってしまっているのだぞ？」

うーん、つっても、所詮《しょせん》はどちらも使い捨ての消耗品で、掛けたＤＰも底が知れているし……あ。

「……じゃあ、前にも帰り際にくれたワイン、アレ、くれないか。美味《うま》くてすぐ飲んじまったんだ」

レフィとな。

アイツのぐでんぐでんの姿は、それはもう可愛《かわい》かった。

「む、そんなものでよいのか？　それならば、いくらでも用意するが」

「そんなものっつっても、ワインって普通に高いだろ？　しかも、あのワインすごい美味かったし。俺にとっては、そのネックレスよりもあのワインの方が価値が高いと思ってるくらいだぞ」

「ふむ……わかった。貴殿がそう言うならば、後程用意させよう。帰り際に、持っていってくれ」

「あぁ、ありがとよ。ありがたく貰っていく」

よしよし、久しぶりに酒盛りでも楽しもうじゃないか。

ウチに幼女達がいるのを考慮して、いつもならばベロンベロンになるまで飲むことは避けるようにしているのだが、たまにはいいだろう。

クックックッ、泥酔して可愛いレフィやリュー、ネルの姿が楽しみだ。

レイラの酔った姿とかも、ちょっと見てみたいかもしれん。レアモノだろう。

今後の楽しみを想像して小さく笑みを溢し、それから俺は「さて」と座っていたソファから立ち上がった。

「もう少し話をしたいところでもあるが、ネルが多分、馬車を捕まえて待ってると思うんでな。こ
こらでお暇《いとま》させてもらうよ」

「ふむ、今日ダンジョンに帰る訳ではないと聞いているが、行き先を聞いても？」

「あぁ。ネルの母親に挨拶《あいさつ》しに、アイツの故郷まで行って来る」

そう言うと国王は目を丸くし、すぐにくっくっと笑い声を漏らす。

「そうか。母親に挨拶か。それは大変だな」

「正直、今緊張で心臓がバクバクだよ」

「魔王の貴殿にも、そこまで緊張する時があるとは、新たな発見だな」

「自分でもそう思う」

楽しそうに笑う国王に、俺は肩を竦《すく》め、そして部屋を後にした。

閑話一　その風は慈しみと共に吹く

温かな陽《ひ》が射す、心地《ここち》良い天気の中。

「さ、おにーさん、こっちだよ」

「お、おう」

ネルに手を引かれ、俺はあぜ道を歩く。

周囲には田んぼがどこまでも広がり、実った穂がユラユラと風に吹かれ揺れている。

民家はまばらに存在するのみで、人の姿もほとんど見られない。時折農作業しているらしいじいちゃんばあちゃんの姿があるくらいだ。

田舎《いなか》の光景というものは、世界が違っても大して変わらないらしい。

キョロキョロしている俺の考えが言葉にせずとも伝わったのか、ネルは微笑《ほほえ》みを浮かべる。

「何にもないとこでしょ、ここ」

「あぁ、そうみたいだな」

のどかな、どこか郷愁を感じさせる村だ。

——ここは、王都郊外に位置する、ネルが育った村である。

王都から馬車で三時間程の距離にあり、特に優れているところはないが別に悪い訳でもない普通の貴族が治めている土地であるらしい。

一応、特産品としてみかんのような果物が穫《と》れるそうだが、この国の色んなところで同じ果物が栽培されているため、言う程珍しいものでもないと、ネルは笑いながら説明していた。

まあ、せっかくだし、お土産として幾つか買って帰るとしよう。

と、ネルは俺を見て、クスクスと笑う。

「フフ、もう、そんなカチカチにならなくても大丈夫だって」

「い、いや、そうは言うがな……というか俺、お前の母さんのこと、何て呼べばいいんだ？　ノイラさんって呼べばいいのか？　それともお義母《かあ》さんって呼べばいいのか？　お義母様とか？」

ノイラとは、ネルの母親の名前だ。

何て呼べばいいんだ、マジで。誰か恋人の親と会う時のノウハウを俺に教えてくれ……。

「えっ……そう言われると、確かにちょっと悩むね」

「だろ？」

ネルは、うーんと悩んだ様子を見せてから、徐《おもむろ》に口を開く。

「まあ、普通に『お義母さん』でいいんじゃないかな？　名前にさん付けじゃちょっと他人行儀に感じるし、あんまり堅苦しいのが好きな人でもなかったから、お義母様なんて呼んだら、きっと苦笑いしちゃうよ」

「……そうか。じゃあ、そうするかな」

過去形で話すネルに若干怪訝《けげん》に思ったが、俺は特に疑問を声に出すことなく、そう言って頷《うなず》いた。

その後、しばしのどかな農村風景の中を進んで行き、やがて辿《たど》り着《つ》いたのは、どういう訳か彼女の生家ではなく、一軒の教会。

ネルは別に、教会で育った孤児とかではなく、父親はいないが普通の家庭で育ったと聞いていたが……。

「こっちだよ、おにーさん」

俺が疑問の声を挟む間もなく、歩き出すネルに手を引かれ、少しして彼女が足を止めたのは——教会の裏手にひっそりと建てられている、綺麗に磨かれた白色の石。

大きな木の木陰にあるその石に、涼やかな風に吹かれて揺れる木漏れ日が射し込み、見ているだけで気分が落ち着いてくる。

何だかこの空間だけ、時間がゆっくりと流れているようにさえ感じる。

……あぁ。

そういう、ことか。

「……いつ頃《ごろ》、亡くなったんだ？」

俺は、一つの名前が刻まれた白色の石——墓石を見下ろしながら、問い掛けた。

「僕が勇者として訓練を受け始めて、二年半が経《た》った頃かな。おにーさんと初めて出会う一年くらい前。元々、僕を育てるために大分無理していたみたいなんだけど、それを押し隠して働き続けていたらしくてね。僕が教会に行くって決まってすぐに、身体《からだ》を壊しちゃって。それでしばらくは病気と闘ってたんだけど……」

「……立派な人だったんだな」

「……うん。とっても立派な人だった。朝から晩まで働いていたのに、いつもニコニコしてて、優しくて。それに、料理とかしょっちゅう失敗する可愛《かわい》い人でね？　僕が料理を覚えたのも、それでなんだ」

そう語るネルの口調は穏やかで、在りし日の記憶を思い起こしているのか、微笑みが口元に浮かんでいる。

ネルが教会に行くことが決まって、すぐに身体を壊したということは……きっと、そこで安堵《あんど》してしまったのではないだろうか。

自分が頑張らずともネルが生きていけるようになり、安心してしまい、今までの疲れが一気にドッと来たと。

……いや、元々限界だったものを、誤魔化《ごまか》し誤魔化し過ごしていただけなのかもしれない。

それを、表に出さなかっただけで。

「……出来れば、生きている時におにーさんのことを紹介したかったんだけどね」

「……あぁ」

俺も、出来ることなら生きている時に挨拶がしたかったよ。

「……あー、これは、聞いてもいいのかどうか、ちょっと聞き辛《づら》い質問なんだが……」

「うん？　いいよ、何でも聞いて」

俺は、少し言葉を詰まらせながらも、彼女に問い掛ける。

「えっと……お前の父さんはとっくに亡くなってて、だからノイラさんにずっと育てられたってのは、前にお前から聞いてたが、その父さんの方の墓は無いのか？」

ここにある墓は一つきりで、そして刻まれている名前も一つだけ。

本人がこの木の下を望みでもしたのか、他の墓も近くにはない。

普通は、夫婦ならば隣か同じ墓石の下に埋められるものじゃないだろうか？

「あぁ、僕のお父さんのお墓は、ここからずーっと南東に行った方にあるんだって。お父さんは兵士で、でも戦争で死んじゃったって聞いてる。お母さんはお父さんが死んだ後、僕を安心して生むために、戦乱の続く祖国を離れて、大国で安定しているこの国まで来たんだって言ってた」

……娘のために、か。

だが、それは、生半可な覚悟ではなかっただろう。

夫が死に、勝手のわからない異国の地にやって来て、娘を生み、育て、働く。

そこに、果たしてどれだけの苦労があったことだろうか。

「場所は聞いているから、その内お父さんの方の墓参りも行きたいんだけど……僕が勇者でいる内は、この国を長く離れられないからなぁ」

ちょっとだけ寂しそうな顔をして、そう言うネル。

「……そっか。じゃあお前が勇者をやめる時が来たら、一緒にお前の父さんの墓参りに行ってみるか？　勇者お疲れ様旅行だな。二人きりとはいかんかもしれんが」

「……ん、いいかも。フフ、楽しそう。ダンジョンのみんなと一緒に、騒ぎながらの旅行だね。今想像しただけで楽しくなってきちゃったよ」

「ハハ、そうだな」

さぞ、騒がしい旅行となることだろう。

うむ……俺も楽しみだな。

「ネル、人間の世界じゃ、死者に祈る時はどうするんだ？」

「えっとね、こうやって、右手を胸に当ててるんだよ。『あなたがいなくなった今も、あなたのことを思っています』っていう所作なんだ」

俺は、つま先を立てたまま墓石の前で両膝《りょうひざ》を突《つ》くと、彼女に言われた通り自身の胸に右手を当て、目を閉じた。

――えー……どうも、お義母さん。唐突ですみませんが、娘さんの旦那《だんな》となり、あなたの義息になりました、ユキと言います。

ホントに唐突だな、と自分でも少し笑ってから、俺は言葉を続ける。

――ネルは、とても立派に勇者の仕事をしています。優しいヤツで、可愛いヤツで、臆病《おくびょう》なくせに勇気のあるヤツで。そんな彼女に惹《ひ》かれ、この度、夫婦として共に生きていくことになりました。

――娘さんのこと、後はお任せください。コイツのことは、必ず守ります。必ず守って、隣で生きていきます。

何があっても、必ず。俺という存在の全《すべ》て、一片も余さず何もかもを賭《と》して。

——ですので、どうか。安らかに、温かにお眠りください。

「……よし」

閉じていた目を開き、パンパンと膝に付いた砂を払って、立ち上がる。

「ん、お母さんとお話しした？」

ネルもまた祈っていたらしい。胸に当てていた手を下ろし、墓石からこちらに顔を向ける。

「あぁ。実は他に嫁さんが二人いるんだが、出来れば許して欲しいってお願いしといた」

「あはは、それは確かに言っといた方がいいかも」

「お前の方も、もういいのか？」

「うん、このヘンな人が旦那さんだよ、って紹介しといた」

「ヘンてお前」

楽しそうにニコニコ笑うネルに、俺は苦笑を浮かべ、墓に背を向けた。


風が吹く。


その風に釣られ、ふと、背後を振り返る。

——柔らかな、微笑み。

ネルにとてもよく似ていて、慈愛の感じられる、優しい微笑み。

木漏れ日の中に揺らぎ、そして、世界に溶けるように、消える。

息を呑《の》み、瞬きをすると、ただそこには木陰に佇《たたず》む墓石だけがあった。

「？　どうかした？」

「……お前のことについて、お許しが得られたってことかな」

「え？　どういうこと？」

「さてな」

首を傾《かし》げるネルに、俺は笑い、そして彼女の触り心地の良い手を取った。

「さ、そこまで時間がある訳じゃねーが、軽くこの辺り案内してくれよ。あ、というか、お前の家に行ってみたい」

「え、いいけど、何にもない普通の家だよ？　時々手入れには戻ってるけど、僕もう王都の方で過ごしてるから、ちょっと埃《ほこり》で汚いだろうし」

「いいさいいさ。じゃ、一緒に掃除でも――」

第二章　訪問者

『な、何なのだ、これは……』

ソレは、目の前に広がる光景に、慄《おのの》いた。

『何故《なぜ》、このようなことが……』

周囲を見渡し、呆然《ぼうぜん》と呟《つぶや》く。

ソレの視界に映るのは——惨状。

焼け落ちた家に、荒らされた畑。崩れた風車。

至る所に散乱し、道を塞《ふさ》いでいる瓦礫《がれき》。

この場所がこうなってから少し経《た》っているのか、見える限りを緑が侵食し始めており、荒廃の具合を余計に強く印象付けている。

——そこに広がっているのは、人の気配が一つも感じられない、滅んだ村の姿であった。

『……これは、人間の魔力の残滓《ざんし》であるな』

黒ずんで炭化している焼け跡に、軽く手を触れる。

そこから感じ取ることが出来るのは、この惨状を生み出した者——いや、者達の魔力の特徴。

人間、それも、魔力の残滓がそれぞれ微妙に異なっているため、複数人がいたことは確実。

戦争……いや、この近辺でそのような争いがあったという情報は得ていない。恐らくは奴隷狩りの類か。

『あの美しい村を、ここまで醜く亡《ほろ》ぼすとは……人間め。度し難い』

沸々と胸中に、この惨状を生み出した者達に対する怒りがこみ上げるが……しかし、ソレは感情を意識的に切り離し、気分を落ち着かせる。

ただ、これだけの惨状であるにもかかわらず、村の中には一つも骸《むくろ》が転がっていない。

恐らく、死者は生き残りの者達によって、すでに埋葬されているのだろう。

そう、生き残りは、いるのだ。

その事実が、意識を冷静にさせる。

――何より、ソレには報復よりも先に、すべきことがある。

『……吾輩《わがはい》が加護を授けた、幼き者はどこへ行った？』

誰《だれ》に話し掛けるでもなく、ソレが呟くと同時――突如、ポッと数個の光が、周囲に出現する。

その数個の光は色とりどりで、まるで自ら意思を持っているかのように、淡く明滅しながらソレの周囲をくるくると回り始める。

『……幼き者は、人間に連れ去られたか』

ソレは、村の生き残りを探すよりも先に、優先すべき事項を決定する。

『探さねばなるまい。加護の波長を未《いま》だ感じる以上、生きてはいるはずだが……』

そしてソレは、固い決意を胸に、滅んだ村を後にした。

◇　◇　◇

「それじゃあ、国王。ホントにいいんだな？　アンタが許可するんなら、イリルをウチで二、三日くらい預かるが……」

「うむ、貴殿らが付いているのならば、どこへ行こうが安心だろう。それに、あまり過保護にしていると、亡き妻に怒られてしまうのでな」

肩を竦《すく》めて、そう答える国王。

「あぁ……そりゃ怖いな」

「だろう？」

クックと、俺と国王は笑い合う。

「良かったね、エンちゃん。イリル様、来れるって」

「……ん。我が家に招待出来て、嬉《うれ》しい」

ネルの言葉に、コクリと頷《うなず》くエン。

いつも通り無表情だが、これは内心で結構喜んでいる時の顔だな。

フフ、俺はエンの無表情ソムリエなので、この子が無表情の裏で何を考えているのか、一目見ればわかってしまうのだよ。

「ザイエン君、ウチの娘と仲良くしてくれて、ありがとう」

「……友達だから、当然」

「そうか……王女という立場故、仲の良い友達があまり出来なかったあの子に、君のようないい子が友達になってくれて、親としては嬉しい限りだよ」

国王は微笑《ほほえ》ましそうな表情を浮かべ、親の顔で礼を言う。

イリルのいつもの様子を見る限りだと、元気溌剌《げんきはつらつ》の普通の子にしか見えないが、彼女はガチモンの王女だしな。

友人関係一つ取っても、色々ややこしいのだろう。

と、ちょうど彼女のことを考えていた時。

「まおー様、ゆーしゃ様、エンちゃん！　お待たせしました！」

俺達のいた応接間に元気良く入って来るのは、イリル。

お泊りの準備が出来たらしく、すっごい嬉しそうなニコニコ顔で、肩掛けカバンだけを持って俺達の下までやって来る。

泊まりにしては荷物が少ないが、一番嵩張《かさば》る着替え類はウチにあるものを貸すことに決まっているので、あの程度に収まっているのだろう。

ちなみに、ネルもまた俺達と一緒に、ダンジョンへ帰る。

彼女はこっちの国で勇者を続けることを決めたが、経過をダンジョンの皆に報告するべく、一度一緒に帰ることになったのだ。

「お、来たか、イリル」

「はい、よろしくお願いします！」

「イリル、泊まりに行くのは構わぬが、迷惑を掛けぬようにな。彼らの言うことをよく聞くように」

「はい、お父様！」

「うむ、よろしい。――では、ユキ殿。娘を頼む」

「あぁ、責任を持って預からせてもらう」

国王にそう答え、俺は、三人の方に顔を向けた。

「さて、それじゃあ諸君。我が家に帰るとしよう。さっき渡したヤツに魔力を流してくれ」

「うん、わかった」

「……ん」

「このネックレスですね！」

各々が返事をしてすぐ、無事ダンジョン帰還装置が発動したようで、光に包まれ彼女らの姿が見えなくなる。

「よし……じゃ、国王。色々世話になったな。また会おう」

「こちらこそ、だ」

軽く手を挙げて別れの挨拶《あいさつ》を済ませ、俺もまたダンジョン帰還装置に魔力を流し込んだ。

「……ぬ？　帰って来たか」

最初に出迎えたのは、レフィ。

いつもの如《ごと》くゴロゴロしていたところだったらしく、のそりと起き出して俺達を出迎える。

今は正午過ぎ程の時間なので、恐らく幼女組は草原エリアへ遊びに、リューとレイラもまた、洗濯物を取り込みにそっちへ行っているのだろう。

と、レフィはまず、ネルとエンの近くに寄り、彼女らの肩をポンポンと叩《たた》く。

「おかえり、ネル、エン。目付け役、ご苦労じゃったな。この阿呆《あほう》が何か、阿呆なことを仕出かしたりはせんかったか？」

「大丈夫だよ、レフィ。そうならないよう、言われた通りちゃんと要所要所で注意したから！」

「……大丈夫」

「いや、あの、君達ね……」

何も言うことが出来ず、ただ苦笑を浮かべていると、次にレフィは俺の方へ顔を向け、ニヤリと笑う。

「おかえり、ユキ」

「……ただいま」

……コイツに「おかえり」と言われて、気持ちが少し安らいでしまったのが、何だか悔しいところだ。

「それで……お主はまた、性懲りもなく……」

呆《あき》れたような表情で、レフィが見る先にいるのは、イリル。

「この童女は、どこで誑《たぶら》かして来たんじゃ？　お主は本当に、目を離すとすーぐこれじゃからの」

「ちょ、ちょっと待て、レフィ。イリルはエンの友達で、仲良くなったから遊びに来ただけだ。お前が考えているだろうことはよく理解出来るが、それは誤解だ」

「フン、どうだかの」

そう俺達が会話を交わしていると、空気を読んでここまで静かにしていたイリルが、レフィに王女らしく綺麗《きれい》な礼をする。

「私は、イリル＝グローリオ＝アーリシアと言います！　イリルとお呼びください！　まおー様のご厚意で、少しだけお泊まりさせてもらうことになりました！　どうぞ、よろしくお願いします！」

「ほう、礼儀の出来た童女じゃな。儂《わし》は、レフィシオスと言う。レフィと呼ぶがいい。そこにいる阿呆の嫁じゃ」

「お嫁さん、ですか？　ですが、まおー様のお嫁さんは、ゆーしゃ様なのでは？」

「うむ、其奴《そやつ》は好色な男なのでな。嫁は複数人いる訳じゃ。もう一人別におるぞ」

そんな、殊更好色なつもりはなく、俺自身としてはごく普通の一般男子的に女性が好きなだけなのだが……実際嫁さんが三人いてあまり反論出来そうになかったため、黙っておく。

「お嫁さんが複数人です？　よかった、なら、約束通り大きくなったら、イリルのこともお嫁さんにしてもらえますね！」

「……ほう。そうか。お主が成長したら嫁にすると、此奴《こやつ》が？」

「はいです！」

とっても嬉しそうに、イリルは頷いた。

首をこちらに向け、にこやかな笑顔で俺を見るレフィ。

とても、とてもいい笑顔だ。裏に般若《はんにゃ》が具現化して見えるくらいの。

レフィが放つ特大の圧力に戦々恐々としていると、イリルが周囲をキョロキョロと見回し始める。

「うわぁ……ここが魔王城、ですか？　何だかとっても生活感漂うお部屋ですね！」

ここ、居間だからね。

玉座とか置いてあって、全体的におどろおどろしい装飾だけど、基本的な生活空間の場だからね。

「……外はもっとすごい。案内する」

「是非お願いするです！」

そうして、エンとイリルが部屋を出て行ったのを見計らって、レフィが口を開く。

「――さて、ユキ。詳しく話を聞かせてもらおうかの」

「……だ、だって、小さい子に『お嫁さんにして！』なんて言われて、すげなく断れる訳ないだろ？　そ、それに、大丈夫だ。小さい子の『好き』程、後で変わっていくものはないんだからさ」

きっと、イリルが成長して大人になったら、俺のことなんてすっかり忘れているはずさ。そういうもんだ。

慌てて言葉を連ねる俺にレフィは黙って耳を傾け、そして小さくため息を吐《つ》くと、呆れたように言葉を紡ぐ。

「……お主は、そうして自ら逃げ道を潰《つぶ》していくのじゃろうな。のう、ネル」

「僕も同感かなぁ。おにーさん、ホントに、悪い女の人には気を付けないとダメだよ？　多分、おにーさんが痛手を負う時って、女の人に誑かされた時だと思うんだ」

「へ、へい、気を付けますよ……」

「うむ、そうじゃな。その辺りは、やはり儂らが守ってやらねばなるまい。女が相手になると、此奴は大体いっつも甘いからの」

「わかるわかる。おにーさんは男の人相手だと毅然《きぜん》としてるけど、女の人相手はブレブレだもんねぇ。向こうにいた時も、結局ロニアにせがまれて、翼見せてたし」

「そ、それは別に、断る理由もなかったから……」

無口気味の宮廷魔術師ちゃんに、あんなに熱心に頼まれて、断るのも悪い気がしたし……。

「ふむ……これは、後で会議をせねばなるまいな。リューの奴も呼んで『第五回嫁会議』をするとしようかの」

「あ、実は、僕も二人に言いたいことがあったんだ。ちょっと今後のことで……」

「わかった、では、今回はお主の話を中心に聞くとするか」

……一つだけ言わせてくれ。

その初耳の会議は、もうすでに四回分も開催されているのか……。

――二人の幼女は、顔を合わせた瞬間、互いに直感で理解した。

「む……！」

「むむ……！」

この相手は、自分のライバルになり得ると。

「おかエり、エン！　その子は、あたらしい子だネ！　おなまえは、なんて言うの？」

「……向こうで仲良くなった。イリル」

「そうなの！　よろしくネ、イリル！　シィは、シィだよ！」

「あ、よろしくです、シィちゃん！　えっと……シィちゃんは、何の種族なんです？」

「シィは、スライムだヨ！」

ニコニコしながら、元気良く答える水色の幼女。

「スライム……？」

ヒト種になるスライムがいたっけ……？　とイリルは不思議に思ったが、しかしここは魔王が治めるダンジョン内部。

きっと、そんな子がいてもおかしくないのだろうと一人納得する。

と、彼女は次に、一目見た瞬間ビビビと来た幼女――イルーナへと顔を向ける。

「それで……あなたのお名前は、何でしょう？」

「わたしは、イルーナだよ。よろしくね、イリルちゃん」

表向きには和やかに言葉を交わしながら、まず彼女らが互いに目をやったのは、互いの身長。

ほぼ、どんぐりの背比べだが……よく見ると、若干ながら高いのは、イリル。

可愛《かわい》らしいどや顔を浮かべるイリルに対し、むむむと唸《うな》るイルーナ。

が、すぐに二人とも表情を真剣なものに戻すと、次に目をやるのは、互いの胸。

胸の大きい女性は男性にとって魅力的に見えるらしい、ということを、まだそこまでよくわかってはおらずとも、ただ知識として知っていた彼女ら。

その大きさも、身長と同じくほとんど変わらないが……こちらに関しては、イルーナの方が少し、大きく膨らんでいる。

今度は、イルーナがフフンと勝ち誇った顔を浮かべ、イリルがむぅと悔しそうに表情を歪《ゆが》ませる。

「……ここまで一勝一敗。勝負は引き分け。次の勝負は、お互いがもっと大きくなったら、です！」

「そうだね！　負けないんだから！」

「それはこっちのセリフです！」

そうして、互いを認め合った幼きライバル達は、固く握手を交わした。

「どうしタのかな？　イルーナとイリルは」

「……わからない」

その間シィとエンは、二人を見て不思議そうに首を傾《かし》げていた。

「さ、イリル！　お外に来たってことは、多分お城を見に来たんだよね？」

「……ん。イリルにここを案内しに来た。あと、みんなに紹介」

「そっか、なら、みんなで一緒に案内しよう！」

「ぜひお願いすー―きゃぁっ！」

突如、自身の足元からにゅっと顔が三つ現れ、イリルは可愛らしい声で驚く。

彼女のことを驚かしたのは、いたずらっ子のレイス娘達、レイ、ルイ、ロー。

「お、お、お化け⁉」

「あ、違うよ、その子達はレイスの姉妹で、真ん中がレイちゃん、左がルイちゃん、右がローちゃんだよ！」

もう流石《さすが》に慣れて、あんまり驚かなかったイルーナが、彼女らのことを紹介する。

「え……で、でも、レイスって、お化けの魔物ですよね？」

おどおどしながらそう言うイリルに、イルーナは首を傾げる。

「あれ……じゃあ、お化けで合ってるのかな？」

「さァ？」

「……さあ？」

同じく揃《そろ》って首を傾げるシィとエン。

レイス娘達もまた、よくわかっていなそうな顔を浮かべ、自分達のことを互いに見合っている。

あれ、自分の方が間違っているのかな……？　とイリルが自身の知識を疑い始めた頃《ころ》に、イルーナがニコッと笑みを浮かべて言う。

「ま、お化けでも何でもいいよ！　三人もお友達なの！」

「そ、そうなのですか……わ、わかったです。よろしくです、レイちゃん、ルイちゃん、ローちゃん」

イリルの言葉に応《こた》えるように、レイス娘達は彼女の周りをくるくると回った。

どうやら、イリルはウチの幼女組と仲良くなれたようだ。

一度ダンジョンの住人達全員に招集を掛け、軽く我が家の面々にイリルのことを紹介すると、幼女達はすぐに城の方へ仲良く遊びに出て行った。

うーん、彼女らが仲良くしている様子を見るのは、心が浄化される気分だな。

「それにしても、本物の王女様っすか……アレっすよね。ご主人って、意外と手が早いっすよねぇ」

「おう、リューよ。俺を女誑《たら》しみたいに言うのはやめてもらおう」

好色、ではあるのかもしれないと、ここまでの女性関係から自分でも最近ちょっと思い始めて来たのだが、誑しとは大分意味合いが違うはずだ。

誑しってのは、自分から次々と女に声を掛けて行くヤツのことだしな。

ここにいる女性陣は、シィやレイス娘達なんかは違うが、それ以外の全員が成り行きでここに住むようになったんだし、別に俺が自分からみんなを呼び寄せた訳じゃない。

そう、自然の成り行きなんだから、俺は誑しとは違うはずだ。うん。ＱＥＤ。

「またまたぁ。これだけ女の子を侍らして、女性関係に関する言い訳はご主人には出来ないっすよぉ？　このこのぉ、色男！」

ニヤニヤしながら俺の脇腹《わきばら》を肘《ひじ》で突《つ》いて来るリューに若干イラッとした俺は、彼女の頬《ほお》を掴《つか》んでグイと両側に引っ張った。

「いひゃっ、いひゃいっふ！　何ふるんふかぁ！」

「うーん……相変わらずお前のほっぺた、すげー気持ち良いな……」

柔らかくすべすべで、非常に触り心地が良い。

レフィの翼も、中毒性があってヤバいくらい気持ちよかったが……これはこれで別種の気持ち良さがある。

絹の触り心地と、ふかふかの毛布の触り心地の違い、みたいなものだ。

そのまま、リューが涙目になるまで頬を弄《いじ》り回していると、反撃のつもりらしく、彼女もまたこちらに向かって両手を伸ばしてくる。

「くっ、ま、負けないっふよ！　ウチひゃって、ごひゅひんの頬をむにむにしてやるっふ！」

「ほう！　この魔王ユキに挑むか！　いいだろう、その勝負、受けて立つ！」

よくわからないテンションで、俺はリューに言い放つ。

そして、魔王と嫁メイドの、負けられない戦いが始まった……！

「お主ら、揃って頬が真《ま》っ赤《か》になっとるが……何しとったんじゃ……？」

「「いやぁ……」」

怪訝《けげん》そうな表情でこちらを見るレフィに、赤くなった各々の頬をさすりながら、我に返り曖昧《あいまい》に笑う俺とリューだった。

◇　◇　◇

――城の裏手に建てられた、旅館。

「さて……それではお主ら、これより『第五回嫁会議』を開催する」

おー、とまばらな拍手が、参加者からパチパチ起こる。

別に、拍手をするような場面でもないのだが、こういう時によくユキが拍手をしているのを見て、彼女らもまた何となくで拍手をするようになってしまっている。

「今回は、彼奴《きやつ》が向こうにいる間の詳しい話を、ネルより聞く。リュー、お主には詳しく言っておらんかったが、開催理由はそれじゃ」

「いいっすねぇ！　ウチも、是非ご主人の話、聞きたいっす」

会議の参加者は、勿論《もちろん》嫁である三人。レフィ、リュー、ネル。

いつもであれば、ここにイルーナ、エン、時折シィが加わり、近くの傍聴席（座布団）に座るのだが、しかし今回に限っては客人が来ているため、参加していない。

いや、この会議自体は多角的な面からの話し合いが求められる故にユキ以外誰でも参加可能であり、客人の少女も参加する意思があるのならば会議に加わってくれても構わなかったのだが、幼女達は全員が全員疲れてすでにぐっすり眠ってしまったので、ここにはいない。

恐らくは、互いに新たな友人が出来て、よっぽど楽しかったのだろう。

ちなみに、レイラは参考人としてここに呼ばれることはあるが、本人から自発的にこの会議へ参加することはない。

レフィの見立てでは、ユキに対し好意を持っていないという訳ではなさそうなのだが……あの少女は他に優先する強力な欲求があるようなので、それ以外のものに対する優先度が低いのだろう。

「じゃあ、まずはあの童女のことについて聞こうか。あの童女は、向こうでユキに懐いたのか？」

「うん、そんな感じ。えっと、二人がどこまで知っているのかわからないんだけど、以前におにーさんが解決した、アーリシア王国で起きた『王都危機』って知ってる？」

「あぁ、彼奴から大まかに何があったのかは聞いている。確か、あの国の王子が魔族に洗脳され、最終的に死霊となって死霊術師の玩具《がんぐ》となっていたのじゃろう？」

「ウチも聞いてるっす。ちょっと可哀想《かわいそう》な王子様っすよね」

「そうそう。それで、その王都危機の時なんだけど、陛下と王女様――つまりイリル様が捕まって牢《ろう》に入れられちゃってたんだ。けど、その二人を助けたのが、おにーさんだったの」

「……なるほど、話が見えたぞ。白馬の王子の如《ごと》く助けに来たユキに、あの童女が懐いたと。つまり、お主と同じぱたーんか」

「う、うん。まあ、そういうことだね」

ちょっとはにかみながら答えるネル。

「後はまあ、あんまり特別なこともないんだけれど、今回おにーさんと王都に行ったら、イリル様がすっごい喜んでさ。エンちゃんとも仲良くなって、僕とも元々仲が良いから、その流れでこっちに遊びに来てみたいってなってね。まあ、最初に来たがった理由はやっぱりおにーさんだったみたいだけど。それで、今に至るって感じかな」

「……イリルちゃんって、王女様なんすよね？　よく王様が外に出るのを許可したっすね」

呆《あき》れた表情を浮かべるリュー。

「陛下はおにーさんの正体も強さも知ってるからね。どこに行かせようが、おにーさんと一緒ならむしろお城にいるより安全だろうって考えてるみたい。それに、娘がお城に引きこもってばかりいるよりは、同年代の友達を作った方がいいだろうって」

「カカ、思い切った判断をする男じゃな。ユキとは気が合うのではないか？　彼奴は、そういう思い切った者を気に入るようじゃからの」

「うん、おにーさんも大分気を許してるみたいだよ。万が一があった時のことを考えてか、国王様に例のエリクサーとダンジョン帰還装置のネックレスあげてたから」

「ほう、それは中々じゃの。彼奴にも、ようやく男の友人が出来たか」

「あぁ……おにーさん、同性のまともな友達、あんまりいないみたいだもんね。リル君くらいじゃない？　ヒト種じゃないけど」

「確かにリル様は雄っすけど……それを友人にカウントしてしまうと、ご主人、ちょっと可哀想な人に見えちゃうっすね……」

「……それもそうだね」

そう言って、リューとネルは苦笑を溢《こぼ》す。

「彼奴自身のことで、何か新たにわかったことはあるか？」

レフィの言葉に、こくりと頷《うなず》くネル。

「おにーさんね、ダンスが苦手みたい」

「だ、だんす？」

彼女の口から出た言葉が予想外だったらしく、レフィは怪訝そうにネルのことを見る。

「フフ、うん、そうなんだよ。向こうで舞踏会があったんだけど、その練習してる時に、おにーさん全然踊れなくてね」

「……何となく想像出来てしまうな、その様子は」

「最終的には、あの、魔王の力？　で『舞踊』スキルを得てなんとかしたみたいなんだけどね。それでも、リズム感が無いのかな？　上手《うま》く踊れなくて、ぐぬぬ、とか、ぐわああ、とか、唸《うな》りながら四苦八苦しててさ。おにーさんには悪いけど、あれは見てて可愛《かわい》かった」

その時のことを思い出しているのか、話しながらニコニコと笑みを浮かべるネル。

「へぇぇ、それ絶対見てたら楽しいじゃないっすか。ウチも見てみたかったっすよ……頼んだらやってくれないっすかね」

「無理じゃないかなぁ。苦手意識が出来たみたいで、ボソッと『もう二度と踊らん』って呟《つぶや》いてたから」

「その様子も簡単に思い浮かべられるの」

三人は、それぞれ笑い声を溢した。

その後も、王都での出来事やユキの様子で盛り上がり、半ば雑談と化した会議だったが……しばらくしたところで、ネルが先程までよりも真面目《まじめ》な顔で切り出す。

「それと……ごめん、皆。僕、やっぱり勇者は続けることにしたんだ。だから、こっちに来るのは時々になっちゃう。おにーさんはそれでもいいって言ってくれたんだけど……」

「え、えぇ！　ネル、人間の国の方に帰っちゃうんすか？」

悲しそうに、表情を歪《ゆが》ませるリュー。

「ごめんね、リュー。ちょっと今、僕の国がゴタゴタしてて、放っておけないんだ。僕がいらないところまで……どうにか国を安定させることが出来たら、勇者を次の誰かに任せて、絶対こっちに来るから」

と、次に口を開いたのは、レフィ。

「……それはもう、お主の中では決めたことなのじゃな？」

「うん、もう、決めちゃった」

「ユキの奴《やつ》も、それで良いと？」

「うん。むしろ、おにーさんが背中を押してくれなかったら、こうもキッパリは決められなかったよ」

「そうか……ならばもう、何も言うまい。ただ、忘れるなよ、ネル」

「え？」

不思議そうな表情を浮かべるネルに、レフィはニヤリと口端を吊り上げる。

「お主はもう、ここの住人じゃ。しっかり、帰って来るがよい。そして何かあれば、遠慮せず頼れ。以前も言うたが……儂《わし》らは、家族なのじゃからな」

「……ありがと、レフィ」

嬉《うれ》しそうに、微笑みを浮かべるネル。

「……そ、そっすね！　ウチらはもう家族っすもんね！　ネルの方が大変なのに、ウチが泣き言は言ってられないっす！　レフィ様が言ったように、何か困りごとがあれば遠慮なく頼ってほしいっす！　……と言っても、ウチが出来ることは、レフィ様やご主人よりも少ないっすけど……」

「ううん、そんなことないよ。元気なリューを見ていると、僕も、すごい楽しくて元気になるもん」

「そ、そっすか？　え、えへへ……なら、ウチの元気をネルに分けるっす！」

手の平を勇者の少女に向け、「は～っ！」と何かの気を送り始めるリュー。

ネルはクスクスと笑うと、「よし！」と、グッと拳《こぶし》を握った。

「それじゃ、二人とも！　おにーさんのこと、任せたよ？　僕は、ずっとは一緒にいられなくなっちゃったから……おにーさんが脆《もろ》くなった時は、二人が支えてあげてね？」

「無論じゃ。離れたお主に心配されるようでは、あの阿呆《あほう》の嫁失格じゃからな」

「はいっす！　任せるっす！　しっかりウチとレフィ様で、ご主人を守るっすから！」

彼女らは、強く頷き合った。

◇　◇　◇

レイラはキッチンでテキパキと盛り付けを終えると、おやつが載った皿を持ち、ユキが『真・玉座の間』と呼び、他の者達がただ『居間』と呼んでいる皆の生活空間の方に顔を覗《のぞ》かせた。

「皆さーん、おやつが出来ましたよー」

「む！　待っておったぞ、レイラ！　それは……ぱうんどけーきか！」

「フフ、ええ、そうですー」

子供のようにはしゃぎ声を上げる龍《りゅう》の少女の姿に、レイラは小さくクスッと笑って、テーブルの上に皿を置く。

「お、美味《うま》そうだ。サンキュー、レイラ」

と、居間の端に置かれた、物が散乱している作業台で何か工作していたらしいこの家の主《あるじ》が、こちらに気付いて立ち上がるが、しかしその彼の前に、通せんぼするように龍の少女が立ちはだかる。

「おっと、ユキ。それ以上こちらに近寄るでないぞ。ついこの前、菓子を食う儂に対し『お前はホントに菓子に対して食い意地張ってやがるな』とか言っておったお主に、このけーきは必要ないじゃろう。儂らがお主の分も食べてやるから、ありがたく思え」

「いやいやいや、お前が何を言っているのか全くわからんな。俺はお前がアホみたいに甘いモンばっか食ってやがるから、よく飽きないもんだと思ってそう言っただけで、別に俺が食べないとは一言も言ってねーぞ？」

「ほう、これは異なことを言う。その後、儂がお主に菓子というものの素晴らしさをわざわざ説いてやったというのに、お主と来たらまるで興味が無さそうに聞き流しておったではないか。菓子に対する敬意のないユキには、これを食べる資格はないと思うが？」

「菓子に対する敬意て」

その後も、二人の間でああ言えばこう言う不毛な言い争いが繰り広げられていたが……それを止めたのは、すでにテーブルの椅子に座っていた勇者の少女。

「もう、二人とも、早くこっち来ないと、全部食べちゃうよ？　あ、レイラ、一つ貰《もら》うね」

「ええ、どうぞー」

慣れた様子で二人を窘《たしな》めてから、ネルは一人先にフォークを手に取り、すでに切り分けられているパウンドケーキの一切れに突き刺すと、パクリと一口食べる。

「ぬ、ま、待て、ネル！　く、この阿呆と言い合っている場合ではないか……フン、仕方があるまい。儂は寛大じゃからな。菓子への敬意がないお主にも、一切れくらいは食わせてやるとしよう」

「さも自分が振る舞っているように言いやがるが、それ作ってくれたのレイラだからな。感謝すんのを忘れるなよ」

「馬鹿言え、こんな美味いものを作ることが出来るレイラを、儂が軽視しておる訳ないじゃろう。儂の中のヒエラルキーでは、頂点にレイラ、その下に儂らここの住人達、そして最下層にお主じゃ」

「そうすか。その菓子自体をレイラに教えたの、俺なんすけど」

「ダンジョンの力で出したものはともかく、お主自身は結局作ろうとして失敗しておったではないか。完成までこぎ着けたのは、レイラの力じゃろう？」

「まあ、そうだな」

「ただ、この菓子をレイラに覚えさせるきっかけとなったことは、お主の功績として認めてやらんこともない」

「へいへい、そりゃどうもありがたい限りで」

美味《おい》しそうにレイラの作ったケーキを食べ始める彼らの姿を見て、レイラがニコニコと笑みを浮かべていると、先程彼女が出て来た台所の方から、今度はリューがひょっこり顔を覗かせる。

「レイラ、ウチはこっちのケーキを運べばいいっすか？」

「はい、外で遊んでいるイルーナちゃん達に渡して来てくださいー。ちゃんと手を洗わせるのですよー？」

「わかったっす、任せるっす！」

元気良く返事をして、リューは別のパウンドケーキが載った皿を持ち、外に繋《つな》がる扉から出て行った。

皆がケーキを食べ終え、その洗い物も済ませたレイラは、途方もなく巨大な城が一望可能な草原エリアへとやって来ると、物干《ものほ》し竿《ざお》に掛かっている今朝《けさ》干した洗濯物を取り込み始めた。

ここの住人はそこそこの数がいるため洗濯物も大量ではあるが、デキるメイドのレイラは、流石《さすが》の要領の良さで洗濯物を手早くかごに取り込んでいき――と、その時聞こえて来る、幼い声。

「あっ、レイラおねーちゃん！　何かお手伝いする？」

レイラがそちらに顔を向けると、そこにいたのはイルーナだった。

「あら、イルーナちゃん、大丈夫ですよー。かくれんぼの途中ですかー？」

見ると彼女は、物干し竿の端で、しゃがんで小さくなっていた。

ちょうど干したシーツの陰になっていたので、お互いに気が付かなかったのだろう。

「そうなの！　いつもは中庭の方でかくれんぼするんだけど、隠れられる場所をみんな覚えちゃったし、イリルも来たから、新しくこっちの外でかくれんぼしてるの！」

「フフ、そうなのですかー。でも、こちらですと、少々広いのではないですかー？」

「うん、ちょっと失敗だったかも。こっちはとっても広くて、どこからどこまでしか行っちゃダメっていうのは決めてたのに、全然見つけてくれないの。鬼も二人にしたのに……」

可愛《かわい》らしくため息を吐き、そう溢す幼い少女。

レイラはテキパキ手を動かしつつも、ニコニコしながら彼女へと言葉を返す。

「では、もう少し範囲を狭くするしかありませんねー。きっと、他の子達もイルーナちゃんのことを探していますよー？」

と、話しているちょうど、遠くの方からイルーナの名を呼ぶ声が聞こえて来る。

「イルーナー、どこいっチャったのー？」

「イルーナー！　どこですかー！」

それは、シィと、少し前からこのダンジョンに遊びに来ている人間の王女の声。

「あっ、みんなだ！　――わかった、そうする。ありがと、レイラおねえちゃん！　お仕事頑張って！」

イルーナはレイラに向かって手をぶんぶんと振ると、声の聞こえた方に向かってトトト、と駆けて行った。

全《すべ》ての洗濯物を取り込み、かごを抱えたレイラもまた、きっと泥だらけで帰って来る少女達のことを考え、「もう少ししたら、お風呂《ふろ》の準備をしておかなくちゃ」と呟きながら、真・玉座の間に繋がる扉がある方へと帰って行った。


夕方。

「よ、レイラ。何か手伝うことあるか？」

キッチンで夕餉《ゆうげ》の準備をしていたレイラのもとに、彼女が仕える主であるユキが、ひょっこりと顔を出す。

「魔王様、よろしいのですかー？　何か工作をされていたのではー？」

「あぁ、指輪をちょっとな。けど、俺の方はもう手が空いたからよ。他の面々がいないから、一人だと大変だろうかと思って」

現在料理をしているのは、レイラ一人である。

いつもならばここにリューとネル、時折レフィやイルーナなど他のダンジョンの住人達も加わるのだが、彼女らは今、城の裏手にある旅館で皆一緒に風呂に入っているため、ここにはいない。

レイラもまた、一緒に入ろうと彼女らに誘われたのだが、恐らく自身が加わってしまうと湯舟の大きさ的に、全員は入れなくなってしまうだろうと考え、遠慮したのだ。

料理の方は、実際のところ一人でもそこまで大変ということもないのだが……ここで手伝いを断るのも少し悪い気がしたレイラは、コクリと頷《うなず》く。

「ありがとうございますー。では、お願いしてもよいでしょうかー」

「任せろ。今日の晩飯のメニューは……この素材のラインナップからするとカレーか？」

「えぇ、イリルちゃんが食べたことないものを、と思いましてー」

「そりゃいい、子供はみんなカレーが好きだからな」

「うふふ、確かに、イルーナちゃん達もカレーが大好きですもんねー」

「だろう？　——よし、じゃあ、俺は野菜を切るのでもしようか」

「わかりました、では、そちらをお願いしますー」

役割分担したレイラとユキは、並んで黙々と、調理をしていく。

——主と、メイド。

本来ならば、明確に身分の格差が存在し、関わり合いになることが少ないその二者が、こうして肩を並べ、夕餉の準備を進める。

しかも、主は世に恐れられる魔王であり、学者が本業の自分がメイド。

そんな光景が見られるのは、世界広しと言えど、ここだけだろう。

――世界とは、なんと不可思議で、数奇で、そして面白いのだろうか。

自分は、なんて幸運なのだろう。

このような不可思議の中に、この身を置くことが出来ているのだから。

「？　どうした？　そんな嬉しそうな顔をして」

「いえ、何でもありませんー」

不思議そうに自身の方を見て来る主に、ニコッと笑ってレイラは、調理を続けた。

◇　◇　◇

幼女達が、外で遊んでいる頃《ころ》。

「あ、あれ？」

指輪の試作品を作っていた俺は、アイテムボックスの収納口である虚空の裂け目を出現させ、出来上がったソレを中にツッコもうとし――が、バシンと弾《はじ》かれ、試作品が床に落ちて転がる。

「え、ちょ、何でだ？」

試作品を拾い、再度虚空の裂け目に近付け……だが、結果は同じ。

弾かれたソレが、床に転がる。

それから、数度アイテムボックスを開いたり閉じたりを繰り返し、試作品をしまおうと試みるも、アイテムボックスが受け入れることはなかった。

「バ、バグった……？　い、いや、アイテムボックスにバグなんてある訳――」

――待てよ。

そう言えば、このアイテムボックス……今まで全く気にしたことはなかったが、確か有限だったはずだ。

すっかり忘れていたが、魔力量に応じて中の広さが変わっていく仕様だったはず。

「まさか、キャパオーバーか……？」

レフィと比べれば大したことはないものの、それでも一般人と比べれば無尽蔵とも言うべき魔王の魔力があったから、何にも気にせず、今まで何でもかんでもポンポンアイテムボックスに突っ込んではいたが……。

けど、いつか俺がヘンなポーションを飲み、名探偵フォームに変身する前、アイテムボックスの整理を一度したはずなのだが……いや、そう言えばあの時は、何があるのか中を確認しただけで、ホントのゴミを捨てた以外は、大体全部しまい直したんだったな。

……なるほど、とうとう限界が来てしまったか。

「……これは、もう一回整理をせねばなるまいか」

そして、出て来た草原エリア。

「お主……よくこれだけのものを、貯《た》め込んでおったの……」

ちょうど暇だったらしく、何をするつもりなのかと俺に付いて来たレフィが、出来上がった小山を前に呆《あき》れた様子でそう呟《つぶや》く。

「正直俺も、予想外だ」

とりあえずアイテムボックスの中のものを全て出していってみたのだが……出るわ出るわ。異世界に来てから貯め込み続けた物品が。

割合としては、まず魔物の死体が、六割程。

そっちはまあ、飯用にと非常時用に取っておいたもので、結構な量になるのはわかっていたのだが……ビックリだったのが、俺の作った武器群が三割程もあったことである。

俺の主武器となって久しい大剣類に、重量武器の大斧《おの》や巨大ハンマー、そして普通の刀剣類。ネタで作った大鎌や装飾増し増しの剣、多分コスプレ以外に使い道のない、形だけ模してみたアニメで見たことのある武器。

確かに今まで、暇があれば何か作ったりはしていたが、まさかこんな量になっていたとは……。

残りの一割は、ボードゲーム類やポーション類等の小物群なのだが、これらは居間——じゃなくて真・玉座の間で確認した後、汚したくないので再びアイテムボックスにしまってある。

ふむ……ただ、問題解決はそんなに難しくなさそうだな。

この魔物の素材の半分くらいを、DPに変換してしまえば何とかなるだろう。

前にDPが枯渇しかけた時もあったので、緊急時や、何か喫緊で必要になった時用に取っておいたのだが、流石にこんな量はいらねーか。

武器群の方は……うーん、ちょっと惜しい気もするが、エンがいる限りどうせ何にも使わないし、思い切って捨てるか？

あー、でもせっかく作ったもんだしなー。

なるべくなら残しておきたいし……。

……まあいいや、こっちは後で考えよう。

そうして、とりあえず先に魔物の死体をＤＰに変換する作業を行っていると、傍らで呆れた顔を浮かべていたレフィが、少し興味を持ったらしく俺の作った武器群の中から何かをつまみ上げる。

「ユキ、これは何じゃ？」

「ん？　あぁ、それは魔法少女ステッキだな」

「は？」

「魔法少女ステッキだ。こう持って、『月に代わって、おしおきよ！』ってやるんだ」

魔法少女ステッキを受け取り、レフィの前でキャピ、とポーズを取る俺。

「…………」

「……スターライトブレイカー！」

「…………」

「……おい、そんな目で見るなって。冗談だよ」

元々、幼女達が喜ぶかと思って作ったものだったのだが、俺があまりに形状をうろ覚えだったせ

いでなんか色々混ざってしまい、どちらかと言うと魔術師とかが使ってそうな、おどろおどろしいステッキになってしまったため、結局死蔵していた一品だ。

「……まあよい、それで、こっちは何じゃ？」

「それは銃剣だな。その真ん中のとこから鉛玉が飛び出す遠距離武器に、近距離でも戦えるよう剣を追加したものだ」

「ふむ……こちらは聞いている限りじゃと、まだ有用そうに見えるな」

「そう見えるだけなんだけどね」

レフィが今持っているのは、バヨネット、の方の銃剣ではなく、銃身部分が剣になっている、アニメとかでよく見られる方の銃剣である。

あの厨二《ちゅうに》心がくすぐられる武器を、俺も製作してみたのだが……うん。

構造上の問題で強度が柔《やわ》くなってしまい、簡単に剣が折れる上に、何かを斬りつけるとすぐに銃身が曲がってロクに弾丸が飛ばないので、実用性は皆無だった。

やっぱありゃ、カッコいいが見た目だけだな。

あと、以前によく使っていた魔法短銃なんかは威力が魔力依存になるので別物だとしても、はっきり言って、こっちの世界だと銃は弱い。

マスケット銃くらいはこっちの世界にもあるので、ワクワクしながら使ってみたことがあるのだが、もう弱い。

まず、俺が素人《しろうと》だから全然弾が当たらないし、当たった場合でも魔境の森の魔物相手だと、弾丸が弾かれてロクにダメージが通らないこともしばしば。

仮に弾丸が通っても、大型な魔物が多いのでそこまで有効打にならないことが多く、ぶっちゃけ普通にエンで叩《たた》き斬った方が強い。

流石に、通常の魔物相手だと結構な威力になるようだが……まあ、聞いた話だと、単発式のマスケット銃くらいなら、その気になればヒト種でも魔法で防げるって話だしな。

今後、こちらの技術が怪物的進化を遂げて行って、連射出来る現代銃レベルになったらわからんが、流石にそんな高度なものは俺には作れないし、ＤＰでも出せん。

魔境の森が住処《すみか》の俺にとって、今のところは殴る以外に使い道のないガラクタだ。

「これは……ただの丸太か。何でこんなものまであるんじゃ」

「いや、違うぞ。その丸太は武器だ」

「は？　武器じゃと？」

「あぁ。対吸血鬼用最強装備だ。こう抱えて、『みんな、丸太は持ったな⁉』ってやるんだ」

「……吸血族に、こんなものが効くのか？」

「まあ、普通に鈍器だし、別に吸血鬼じゃなくても効くだろうな」

「…………」

コイツは何を言っているんだ、といった感じの表情でレフィがこっちを見るが、俺にそんな顔をされても困る。

そういうもんなんだと思って納得してくれ。

と、レフィは武器群の山をしばし見詰めたあと、何を思ったのか一つコクリと頷き──。

「……よし、燃やそう」

「わーっ‼　待て待て待て‼」

煌々《こうこう》と輝く炎を両手に出現させたレフィの前に、俺は慌てて割り込む。

「何じゃ、処分するのじゃろう？　儂《わし》が一思いにやってやるのに」

「こっ、これから何を処分するのか決めるんだよ！　だから一緒くたに燃やそうとすんな！」

「どうせ全《すべ》てガラクタじゃろうが」

「違いますー！　ガラクタじゃないですー！」

精魂込めて作った、大切な作品達ですー！

必死に言葉を言い募る俺に、レフィは小さくため息を吐き出す。

「ハァ……わかった。ならばさっさと片付けることじゃの。あ、じゃが、とりあえずこの魔法少女
何たらと丸太だけは、イラッと来たから燃やすぞ」

「あーッ⁉　俺の魔法少女ステッキと丸太がッ⁉」

レフィの放った炎により、キャンプファイアーもかくや、という勢いで燃え盛り始める魔法少女
ステッキと丸太。

というか、丸太はともかくステッキは鉄製だから、普通に考えてそんな勢いよく燃えるのはおか
しいのだが。

どんだけの温度があるんだ、あの炎は。

「ほれ、さっさと片付けろ。保護者たるお主が片付けも出来ないようでは、イルーナ達に笑われるぞ」

「わ、わかった、わかったから、とりあえずその物騒な炎消してくれ‼」

――そうして俺は、捨てるかどうか迷うと容赦なく燃やそうとしてくるレフィに怯《おび》えながら、アイテムボックス整理に勤《いそ》しんだのだった。

◇　◇　◇

――リューは、城の外で洗濯物を干しながら、少し呆れた様子で口を開いた。

「それにしてもご主人……ホントにいっつも同じ服ばっか着てるっすねぇ」

こうして干しているとよくわかるが、ユキの洗濯物はそのほとんどが『ジーンズ』と言うらしい厚手のズボンと、シャツである。

他の服は全くない。

違いと言えば、シャツに柄があるかないかぐらいだ。

「い、いや、それを言ったらお前もそうだろ。ずっとメイド服じゃん」

隣で干すのを手伝っている彼女の主人が、言い訳がましくそう言う。

「これは仕事着っすから。同じなのは当たり前っす」

「……じゃあ、あれだ。これも動きやすさ優先の服だから、問題ないな！　ほら俺、毎日色々武器錬成で作ってるし、魔物狩りもしてるし！」

……確かにこの服装は動きやすく、そして汚しても構わないものだろうし、作業着として適してはいるのだろう。

「でもご主人、ウチ、せめて魔境の森の方に出て行く時は、もうちょっと重装備してほしいと思うんすけど。普段着と全く変わらない恰好《かっこう》で外出て行くじゃないっすか」

「お、何だ、心配してくれてんのか？」

「そりゃ心配するっすよ。未来の旦那《だんな》さんなんすから」

「おっ、おう……そうはっきり言われると、ちょっと照れるな……」

恥ずかしげにポリポリと頬《ほお》を掻《か》いてから、彼は言葉を続ける。

「あー……前は防具類を試したこともあったんだけどな。魔境の森じゃあ、生半可な防具は一撃でぶっ壊されるもんでよ。途中から意味ないって悟って着なくなったんだ。重い鎧《よろい》着てたら、素人の俺じゃロクに動けないし」

「ネルみたいな、軽鎧《けいがい》とかはどうなんすか？」

「軽鎧も使ったことあるんだけど、相当良いヤツでもすーぐぶっ壊されたからダメだな。……と言っても、一番は趣味じゃないってのが理由なんだが。この身体《からだ》、龍族の攻撃でも五体が吹っ飛ばなかったからよ。噛《か》み千切られはしたけど。だから、そこまで防具に気を遣わなくても……っていうのが正直なところだ」

「そ、そりゃあ確かに、結構な説得力っすね」

「だろ？」

自身の主人の、ちょっとおかしな防御力に、苦笑を浮かべるリュー。

「それにほら、レフィなんて毎日全く同じワンピースだろ？　それに比べたら、日によってジーンズの色とかシャツの柄とか違う俺の方が、まだマシなはずだ」

「いや、そんな低レベルのところで争われても困るんすけど」

確かに、この洗濯物群の中にあるリューのもう一人の主人の服は、全く同じものばかりではあるのだが。

元々、彼女の方は服なんて着る種族ではないためか、お洒落《しゃれ》などというものには毛程も興味がないらしく、「着やすく脱ぎやすい」という理由からワンピースを愛用している。

彼女の素材が相当いいのは間違いないので、リューとしては勿体《もったい》ない、と思うばかりである。

「全く、二人ともそういうところは揃《そろ》って面倒くさがりなんすから……イルーナちゃん達の方がまだお洒落してるっすよ？」

「そりゃあ、女の子だからな。お洒落したいだろうさ」

イルーナとエンの服も、この洗濯物の中に多くある。

イルーナは、レフィとお揃いのワンピースを着ていることも多いが、動きやすさを重視して短パンやズボンなどもよく穿《は》いている。

活発に遊ぶ彼女には、よく似合っていると言えるだろう。

現在遊びに来ている王女様、イリルには一番体格の近いイルーナの服を貸しているため、いつもより若干洗濯物が多めである。

エンの服は、基本的に全て民族衣装だ。どこのものかは知らないのだが、独特の色合いと造りをしており、異国風の顔立ちをしている彼女には妙にしっくり来る服である。

ちなみに、彼女が擬人化状態で服を着て、一度剣に戻っても、服だけがその場に取り残される、なんてこともなく、再度擬人化した時には同じ服を着ている。中々に不思議現象だ。

シィに関してはスライムであるため、好きな形状に身体を変化させることが可能なので、彼女の服はない。

一度イルーナの服を着ていたこともあったのだが、どうもあんまり気に入らなかったらしく、それ以来着ているのを見たことがない。

体表面から直接栄養を得たり呼吸したりしているらしい彼女は、そうやって肌を覆うものは好きになれないのかもしれない。

なので、実際のところ彼女の服は、『服の形をした肉体の一部』、というのが正しいだろう。

この洗濯物の中で、一番面白いのが『人形』だ。

これはレイス娘達の憑依《ひょうい》先であるため、汚れると定期的に洗濯するのである。

彼女らの憑依先の人形は数個あるのだが、誰《だれ》がどの人形に憑依するのかは決まっているらしく、彼女らがそれと決めたもの以外に憑依している様子は見たことがない。

何か、それぞれこだわりがあるのだろう。

「服と言えば、そういやレイラがメイド服以外を着ているのは見たことがないな。パジャマくらいか。お前は外遊びに行く時とか結構別の服着てるけど」

「あぁ……あの子も大分、ご主人とレフィ様寄りで、服には無頓着《むとんちゃく》っすからねぇ。ここに来る前なんかも、ずっと麻ズボンに麻のシャツだったそうっすし。むしろ、メイド服という仕事着が出来て、楽で喜んでるんじゃないっすか？」

「……あり得るな。アイツ、根っからの学者肌だもんなぁ。好奇心が刺激されなきゃ、大概のことはスルーだろうし」

「あの子、そういうところあるっすもんねぇ」

揃って苦笑を浮かべる、リューとユキ。

「レイラ、付き合いが浅いと完璧《かんぺき》超人に見えるけど、結構隙があるよな」

「朝とか何気に弱いっすもんね。寝起きとか、ボーっとしてて可愛《かわい》いっすよ」

「そりゃあ、ちょっと見てみたいな」

笑いながらユキは、手際良く洗濯物を干していく。

ちなみに、ユキが洗濯物を干すことに関しては、女性陣は特に何も思っていない。

ユキ自身も、ダンジョンの住人達のことはもはや身内であると認識しているので、誰かの下着であろうが、全く何も感じずに当たり前のように干している。

それはそれで、どうなのかと女性陣が思っていることを、彼は知らない。

「とすると……ここの住人だと、一番お洒落なのはやっぱりネルっすかね」

あの少女は、細かいところに気を遣う性格だからか、服装にも気を遣っているのがよくわかる。

ここにある彼女の分の洗濯物も、色合いや組み合わせを考えて着ているのだろうということがパッと見ただけでわかるものばかりであり、お洒落具合が窺《うかが》える。

「女子力高いもんな、ネル。最近わかったんだが、お嬢様度もかなり高いぞ、アイツ」

ユキの言葉に、リューは納得したような声を漏らす。

「あぁ……確かにそんな感じっすね。やっぱり勇者だから、そういうところもしっかり教育されてるんすかね」

「お偉いさんとも会うって言ってたし、そうなんだろうな。というか、前にそうだっつってた。よくやるもんだぜ」

肩を竦《すく》めるユキに、リューはくすくすと笑う。

「フフ、ご主人、堅苦しいの嫌いっすもんね。もしご主人が勇者になったら、すーぐ逃げ出して、好き勝手に暴れるんじゃないっすか?」

「おう、よくわかってるじゃねーか。俺の適正職業は魔王だからな！　勇者なんてほとほと似合わん」

「それはそれで面白いかもしれないっすよ？　ご主人が勇者なら、ネルがプリースト、レイラが賢者で、ウチは戦士辺りっすか。イルーナちゃん達は、ウチらの拠点の孤児院に住む子供らっす。……レフィ様が思いつかないっすね」

「……レフィは、敵側のラスボスだな。けど、昼寝してるところに俺達に侵入されて、んで菓子に釣られて仲間入りするんだ」

「あぁ……今すんごい簡単に想像出来たっす」

ぐーたらな龍の少女のその姿を想像し、互いに笑う二人。

そのまま彼らは、雑談を交わしながら洗濯物を干し終えると、空になった洗濯物かごを手に持ち、居間である真・玉座の間に並んで帰って行った。

◇　◇　◇

「ネルさん。今からあなたに、ガチャをやってもらいます」

「え？　何だって？」

唐突な俺の言葉に、そう聞き返して来るネル。

「そんな、都合の悪い時だけ声が聞こえなくなる主人公みたいなことを言わなくていいので、ガチャをやってもらいます」

「い、いや、聞こえなかった訳じゃなくて、意味がわからないから聞き返したんだけど……というか、どこの主人公さ、それ」

それは、詳しく語ってしまうと色々マズい問題が生じてしまう気がするので、不問ということでお願いします。

「ガチャはガチャだ。お前も、俺のメニュー画面は見られるようになってるだろ？」

「う、うん。おにーさんの魔王の力――じゃなくて、ダンジョンの力のことだったよね」

「そうだ。その中に、ガチャというものがある。一定量の対価を支払うことで、様々なものを生み出すことが出来るダンジョンの能力だ。リルを生み出したのも、この力だな」

「へぇ……！　そうなんだ、それはすごい力だね」

リルを生み出した、というところで、かなり驚いた様子を見せるネル。

「あぁ、すごい力だ。何人の戦士達がこの力に魅入られ、そして爆死していったか……」

「えっ、爆死⁉　爆発するの⁉」

「そうだ。良いものを手に入れようとすれば、当然代償は大きくなる。ガチャという闇《やみ》は、人を課金地獄という底無し沼に陥れ、不安と苛立《いらだ》ちを煽《あお》り、そして運が悪い者は爆死するんだ……」

遠い目をして語る俺に、ネルは何かを感じ取ったらしく、圧倒された様子で黙り込む。

……今思うと、俺は前世から幸運値が低かったのかもしれないな。

あの、次回せば、次回せば、という思考の罠《わな》に陥り、永遠に続く無間地獄よ。

そして、ようやく出たＳＳＲに限って、すでに持っていたり、クソ程どうでもいい能力だったりするのだ。

……もうよそう、思い出すのは。

俺は、深く深く深呼吸して忌まわしき暗黒の記憶を追い出すと、一つ咳払《せきばら》いし、ネルへと言葉を続けた。

「コホン……だがまあ、お前なら大丈夫だろう。お前は、俺が見たヤツらの中で、最も幸運値が高いからな。きっと、そんな未来は訪れないはずだ」

「あ、あの、おにーさん。そんな恐ろしいもの、僕やりたくないんだけど……」

「確かにガチャは恐ろしい。だが、安心しろ。対価であるDPはすでに大量に確保してある。爆死という未来は、十分な準備も無しに挑んだ愚か者が陥る未来。お前の幸運と、俺の財力。これが合わされば、万事が上手《うま》く行くことは確定的に明らかだろう……」

「え、えぇ……ホントにやるの？」

「大丈夫大丈夫、行けるって！　お前なら行けるって！　絶対大丈夫！　諦《あきら》めんなよ！」

「おにーさん、おにーさんの様子が全然大丈夫そうに見えないよ？」

と、ネルは乗り気じゃなかったが、どこかの元プロテニス選手並みの俺の熱意を断り切ることが出来なかったようで、小さくため息を吐き出した。

「もう……わかったよ。まあ、おにーさんが僕にやらせるってことは、ホントに危険はないんだろうし……それで、僕はどうすればいいの？」

「あぁ！　ちょっと待ってくれ」

メニュー画面を開き、ガチャの項目を開く。

今回ネルにやらせるのは、百DP、千DP、一万DP、十万DPと四つある中で、まず一番どデカい、十万DPのガチャだ。

その後は、桁《けた》を少なくして一万DPを何度か、千DPを十数回してもらう予定だ。

正直に言うと——怖い。超怖い。

十万DPと言えば、魔物カタログでもかなりの強さの魔物を出現させることが可能だし、我が家の住人達であれば三か月以上は暮らせる額だ。

さらに具体的に言うと、今日のこの時を思い、貯《た》めに貯めたＤＰの五分の一がこれで消える。

だが……俺は魔王。魔王はリスクを恐れ、チャンスを逃すようなマネなどしない。

常に命懸け、常に危険と隣り合わせ。

だがそれでも、ロマンを追い求め、その選択肢にベットする。

そう、魔王とは、生まれながらにして生粋のギャンブラーなのだッ‼　フハハハッ！

「じゃあ、これ、押しちゃうね？」

そしてネルは、十万ＤＰのボタンの上で手を止め、俺を見上げる。

「うおおおおぉぉぉ‼　行けぇぇぇぇぇ‼」

「うわっ⁉　ちょ、ちょっと、急に叫ばないでよ」

ネルは、抗議の目をこちらに送りながらも、そのボタンに指を触れ――。

「…………」

「…………」

「…………あ？」

――何も、起きない。

「おにーさん、何も起きないよ？」

「お、おかしいな、光の粒が出現すると思うんだが……」

リルを召喚した時も、魔法短銃なんかをゲットした時も、ガチャを回した後には必ず光の粒が出現した。

　まさか……スカ、だったとか……？

「そ、そんなバカな……十万ＤＰも支払って、スカ……？」

「あっ、おにーさん、おにーさんのソレに、何か記号みたいなのが出てるよ」

　ネルの言葉にハッと我に返った俺は、慌ててメニューに目を向ける。

　そうだ、ガチャを回した後は、何が出たのかちゃんとリザルト表示が出るはず。

　案の定、ガチャ画面には先程まで出ていなかった表示が現れており――そこに書いてあったのは、

『獲得：滝温泉』という文字。

「あん？　滝温泉……？」

「え、これ、記号じゃなくて文字なの？　前から時折見掛けるけど……何だかカクカクした文字だね」

　これは……もしかして――。

「施設か！」

　俺の予想は当たりだったらしく、見るとメニュー画面の『ダンジョン』の項目、その中の追加可能施設欄に『滝温泉』の選択肢が増えている。

　消費ＤＰがゼロで表示されていることから察するに、さっきのガチャでこの滝温泉の追加権利を得た、ということなのだろう。

「ネル、付いて来い！　確認するぞ！」

その手を取り、外に繋《つな》がる扉を草原エリアに出られるよう変更する。

「ちょ、ちょっと……僕もわかって来たよ、今のおにーさんが、何を言っても聞いてもらえそうにない時なんだね。わかったわかった、付いてくから」

呆《あき》れたような、微笑《ほほえ》ましそうな表情の彼女を連れ、俺は滝温泉を追加すべく真・玉座の間から出て行った。


「うおおおお‼　こりゃご機嫌だぜ‼」

両手をグッと握り締め、快哉《かいさい》を叫ぶ俺。

——目の前に広がるのは、滝と、その滝で形成されている滝壺《たきつぼ》。

流れる水から蒸気が立ち上っているのを見るに、あれが全《すべ》て温泉なのだろう。

ザーザーと音を立てて落ちる滝は、小さめだが結構な量の水が流れている立派なもので、滝壺は大人が十人入っても余裕がありそうなサイズ。底が浅いようだが、風呂《ふろ》として考えれば恐らくちょうど良いくらいの水深ではないだろうか。

ちなみにこの滝は、積まれた石の山のようなものから流れ出しており、例の旅館のすぐ傍《そば》に設置した。

小道でも追加すれば、旅館の脱衣所から真っすぐここまで来られるだろう。

「これが滝温泉……素晴らしい」

ＤＰカタログを確認すると、この滝温泉、普通に出そうとすれば十万ＤＰは余裕で超えるＤＰを消費するようなので、当たりの部類なのは間違いない。

と言っても、これがただの滝が付いている温泉であるというだけならば、消費DPが多過ぎるように思うだろうが……凄《すさ》まじいのは、この滝温泉の特殊効果である。

まず、温泉らしい効果として、『美容効果』、『若返り効果』、『代謝促進』、『疲労回復』、『HP回復』、『MP回復』などなど、温泉と言われれば思い付きそうなものは一通り発揮してくれるらしい。

これだけでも十分、秘湯として通用しそうな温泉だが、一番凄まじいのは――『HP増加』、『MP増加』の効果である。

なんとこの温泉、浸《つ》かっているだけで、HPとMPが増えて行くのである。

増加率は、十分で『1』ポイントと微々たるものだが……この温泉に、毎日入ったとしたら。

十年二十年、浸かり続けたとしたら。人外になり寿命が大幅に伸びている俺が、百年二百年、さらに飛んで五百年でも浸かり続けたら。

それはもう、物凄《ものすご》い数値となることだろう。

先々のことまで考えれば、コイツは確実に超大当たりの部類である。リルレベルだ。

ダンジョンの施設であるこの温泉が途切れることは、ダンジョンが壊滅する時以外にないから、半永久的に入れるしな。

流石《さすが》勇者様、といったところか……。

と、温泉を前にテンションだだ上がりの俺を見て、まるで子守している最中の母親みたいな顔をしているネルが、やれやれと言いたげな様子で口を開いた。

「おにーさんって、ホントにお風呂好きだよねぇ。まあ、僕ももう、お風呂のない生活はちょっと考えられなくなっちゃったけど」

「何を言う、ネルよ。いいか、お前にいいことを教えてやる」

「え、うん」

「我ら、ジャパニーズ。ジャパニーズは皆、風呂、そして温泉が大好きなのだ……」

高温多湿という、お国柄な……。

これがたとえ、俺じゃなかったとしても、こんなどデカい温泉が自宅にあったら確実に歓喜することだろう。

「ジャパニーズ……？　魔王のこと？」

「あぁ、そうだ」

テキトーに相槌《あいづち》を打ちながら俺は、ダンジョンの機能を用いて滝温泉の周囲を整えて行く。

ここに、敷き詰められた砂利と飛び石の小道を作って、その周囲に竹を巡らして――。

「お、おぉ……！　すごいよ、おにーさん！　あっという間に風情ある温泉になっちゃったよ！」

どんどん整えられて行く滝温泉の様子に、ネルが感動の声を漏らす。

フフフ、クリエイティブ魔王の我にかかれば、これくらいは容易《たやす》いことなのだよ……。

「――よし、整備終了！　そんじゃネル、部屋に戻って、ジャンジャン次を回してもらうぜ！」

それからダンジョンに戻った俺は、ネルに一万ＤＰを六回程回させたのだが、その結果がこれだ。

・スキルスクロール『武具創造』
・スキルスクロール『意識誘導』
・無限の斧槍《ふそう》
・氷獄刀
・王毒牙《どくが》
・鍋《なべ》のフタ

……とりあえず、まず一つツッコミどころとして、やっぱり一万ＤＰガチャでも鍋のフタは出るのな。

一万ＤＰと言えば、魔境の森の、最も弱い南エリアの魔物を大体五十体ぶっ殺すのと同じくらいの価値だ。

中くらいの強さを持つ東エリアの魔物で、二十体分くらい。最も魔物が強い西エリアだとピンキリ過ぎてわからん。

殺した魔物をＤＰに変換した値も換算するとこの辺りは変わってくるが、まあ大体こんな感じだ。

我が家の者達ならば、十日とちょっとは暮らせる額である。

……随分価値の高いフタだな。高級品だ。やったぜ。いらねぇ。

ネルでも、こういうの出すんだと思って、実はちょっと安心した。

ただ、それ以外のものは、相当良い。

まず、スキルスクロール『武具創造』。

これ、何と固有《ユニーク》スキルのスキルスクロールであるらしい。

俺の『武器錬成』と名前が似ているが、仕様はかなり違う。

物を生み出すという点は同じだが、こちらは『武具』なので、武器のみならず防具も生み出すことが出来る。

そして、このスキルで生み出すことの可能な武具は時間制限があり、一定時間が経《た》つと消失する。

生み出すことが可能な武具は、何でも。

今まで見たことのある武具でも、新たに考え付いた武具でも、魔力が許す限り幾らでも生み出すことが出来るのだ。

俺の武器錬成と同じく、イメージが強固でないと創出に失敗することもあるそうだが、つまりこのスキルは、状況に応じて最適な武装を出すことを可能にするスキル、ということだろう。

ふむ……扱いはかなり難しそうだが、ポテンシャルは相当高いんじゃないか？

そもそもとして、固有スキルだ。並の努力では習得し得ないのが固有スキルであり、弱いものを探す方が難しいだろう。

熟練すれば、かなり凶悪なスキルになる未来が見える。

まだカタログで確認出来ていないので詳しい値段はわからないが、固有スキルは軒並み消費ＤＰが高い。一番安いものでも三万ＤＰ以上する上に、しかも強力そうなスキルだ。

これ一つで、元が取れている可能性がある。

ただ……確かに面白そうなスキルではあるんだが、武器の扱いが下手《へた》な俺が、コイツを持っていても宝の持ち腐れだろうな。

よし、このままネルにやろう。

そして、もう一つのスキルスクロール、『意識誘導』。

こっちは固有でも何でもない普通のスキルで、発動すると敵の意識を任意の場所に集中させることが出来るようだが……これ、いったいどうやって使えば――。

……いや、待てよ？

つまりこのスキルは、マジシャンがやるような、観客が右手に集中している間に左手でタネを仕込む、的なことが出来るってことだろ？

戦闘でも同じように、敵の意識を一か所に集めている間に、予想外の位置からの攻撃を仕掛ける、なんてことが出来るようになるかもしれない。

……使い道を思い付いた。

後で、リルを連れて検証してみるか。

次に『無限の斧槍』、『氷獄刀』、『王毒牙』は名前から察せられる通り武器だ。

無限の斧槍は、『伸縮自在』『サイズ変更』の魔術回路が組まれ、槍《やり》部分の長さ、斧《おの》部分の刃の大きさを自由自在に変えることが出来る。

氷獄刀は、『氷獄』の魔術回路が発動可能で、斬ったものを凍らせ、動きを著しく阻害させることが出来る。エンに組み込まれている『紅焔』の、氷バージョンと言えるだろう。

最後の王毒牙は、ナイフだ。数多《あまた》ある毒の中でも一等やべー『王毒』で斬った相手を侵し、死に至らしめる。恐らくこの三つの武器の中で、一番価値が高い。

一応、似たようなものなら俺でも作ることが出来るレベルの武器だし、ネルの聖剣やエンの方がレア度的には高いだろうが、それでも全《すべ》て品質がA+〜S−だ。一万DP以上の価値はあるはず。

そして、どうも武器オタクの気質があるらしい我らが勇者様は、ここで大興奮だった。

「おお、おお！　おにーさん、このガチャっていうのは、こういう武器も出るんだね！」

「お、おう、まあな。多分何でも出るぞ。……よし、ネル、スキルスクロールの『意識誘導』の方は俺が貰《もら》っていいか？」

「え？　うん。というか、全部おにーさんのでしょ？」

「いや、『武具創造』のスキルスクロールと武器群の方は、お前に全部やるよ」

「えっ、いいの!?　け、けど、対価を払ってくれたのはおにーさんだし、武器は自前の聖剣とおにーさんに貰った『月華』のナイフがあるし……置き場所もちょっと困っちゃうし……」

「俺も多分使わねーから、欲しいならやるよ。置き場所は……前に俺がやった武器とかはどうしてるんだ？」

「お城の方の、僕の部屋に飾ってあるけど……」

「じゃ、そこに放り込んでおけ」

「……い、いいんだね？　ホントに貰っちゃうよ？　返してって言っても、返さないよ？　スキルスクロールも、使っちゃうよ？」

「おわっ、あ、あぁ。いいって」

グイと顔を近付け、興奮しながら念を押して来るネルに、俺は若干気圧《けお》されながら頷《うなず》く。

お前……そんな目を輝かせて言われたら、誰《だれ》も断れんぞ。

「……な、なら、貰っちゃおっかな！　ありがと、おにーさん！　――あ、おにーさんこれ、この反りのある片刃の剣！　これエンちゃんと同じ種類の武器だよね！」

「そうだな」

ニマニマしながらそう言うネルに、俺は苦笑を溢しながら相槌を打った。

オタクめ。

時折、俺が武器錬成で作ったものをあんまり熱心に眺めてくるもんだから、すでに何個かくれてやったりしているので、知ってたけどさ。

……というか、ガチャで出したもの、結局ほとんどネルにあげちゃったな。

まあ、俺も有用そうなスキルスクロール一個ゲット出来たし、構わないんだが。

初っ端に滝温泉出してくれている訳だし、これは大勝利と言っていいだろう。

「それにしても、流石《さすが》勇者様だな。一個ハズレ引いた以外は全部当たりとは……」

末恐ろしい限りだ。

……今回出たものの半分が武器なのも、ネルが好んでいるから、という理由かもしれない。

ガチャの確率すら改変する、勇者の豪運……恐るべし。

「これは確かに、やっていると楽しくなっちゃうね……というか、これらと一緒に出て来た鍋のフタの存在感が物凄いね」

「あぁ、むしろレア物に見えるな」

「――あれ、何すかこれ？　またご主人が作ったものっすか？」

と、ここまで出した物品の確認をちょうど終えたところで、リューが不思議そうに首を傾《かし》げながら声を掛けてくる。

「お、リュー。間のいい時にやって来たな。よし、お前も回せ」

コイツの幸運値は一般人相当だが、せっかくだ。

「え？　な、何をっすか？」

「これだ、これ。ここ押してみろ」

自分が何をさせられようとしているのかすら、よくわかっていないリューだったが、彼女は「わ、わかったっす……これっすね？」とガチャの一万ＤＰの項目をタップし――。

「おお……？　何か出てきたっすね。これは……これは、何すか？」

「……おにーさん、これ何？」

揃《そろ》ってこちらを見てくる二人。

「これは……」

高級昆布：出汁《だし》にするととても美味《おい》しい。品質：A+。

「……昆布、だな」

ガチャによって、次に出て来たのは、紛れもない昆布だった。

しかも、ただの昆布ではなく、高級な昆布らしい。

高級昆布、高級昆布ね。うん。色艶《いろつや》が良くて素敵ね。

「……リュー」

「な、何すか、ご主人？　何でそんな、慈しみの顔を浮かべてウチの方を見るんすか？」

「お前はやっぱり、こっち側の存在だな……」

「何か今、とても不本意な納得のされ方をした気がするんすけど!?」

この、何とも言えない絶妙な微妙さは、こちら側の存在だよ、リュー君。

絶妙な微妙さとは、これ如何《いか》に。

「コンブって？」

「あ……そう言えばそうっす。この黒いの、そんな名前だったっす。確か、お鍋に入れて出汁を取ったりする食材っす。いつかレイラとご主人が使ってたっすね。お鍋がさらに美味しくなるんすよ」

「へぇ、そんなのがあるんだ。食べてみたいや」

「なら、今日の晩ご飯はお鍋にするのはどうっすか？　レイラ、晩ご飯の献立をどうするか悩んでたから、まだ準備していないはずっすよ」

「む……それはいいな。よし、じゃあ今日は鍋にするか。本当はもうちょっと回すつもりだったんだが……時間もちょうどいいし、ここらでガチャはやめて、晩飯の準備をしようか」

「あ、僕も手伝うよ」

「ウチもやるっすよ！」

そして俺達は、三人で一緒にキッチンに向かったのだった。


――ちなみにその後、昼寝から起き出してきたレフィに、せっかくだからと一回だけ一万ＤＰガチャをやらせてみた結果。

タワシ：掃除用具。品質：Ｃ。

「お前……やっぱりオチ担当はお前だな」

「オチ担当⁉」

それからしばらく、レフィが拗《す》ねた。

◇　◇　◇

「うーん……ここは、本当に面白いところですね」

「おもしろい～？」

そう聞き返してくる水色の幼女、シィに、イリルはコクリと頷く。

「見たことないものがいっぱいで、もう、驚き疲れちゃいました」

王族である自分だからこそ、わかることがある。

——ここは、生活水準が物凄《ものすご》く高い。

決して過度に贅沢《ぜいたく》しているということはないのだが、生活必需品や、何気なく置いてあるものが、価値の高い希少品とも言えるものばかりなのである。

例えば、今借りて着ている、この服。

華美な装飾がある訳ではないのだが、布の質がとても良く、非常に着心地が良い。ともすれば、貴族の着る服よりも高価かもしれない。

そして、見たことのない様々な生活用の魔道具。

色々と案内してもらった時に、洗濯機や冷蔵庫などを見せてもらったのだが、それらの道具が他では見たこともないような最先端のものばかりなのだ。

我が家にも似たような魔道具は置いてあったりするが、それよりも圧倒的に洗練されていて、まるでおとぎ話の世界に迷い込んだかのような気分である。

すごいすごい、と興奮気味に驚いてしまったのだが、しかしここの子達は何がすごいのかわかっていない様子で、頭にハテナを浮かべていることが丸わかりの顔でこちらを見ていた。

恐らく彼女らにとっては、あの便利な魔道具があるのが普通のことなのだろう。

ご飯がとても美味しいことも、語らなければならないだろう。

お城のシェフが作ってくれる料理も好きなのだが、レイラという名前の魔族のお姉さんが作る料理は、何だか温かく、もうほとんど覚えていない死んでしまった母親を何故か思い出してしまう。

とても昔の、父と母と、真面目《まじめ》で優しかった兄のいた食卓――。

一瞬、泣きそうになってしまったが、フルフルと頭を振って寂しい思いを振り払い、意図して明るい口調で隣にいるシィへと言葉を続ける。

「それにしても、このお風呂《ふろ》はとっても気持ちいいですね～……ここ、こんなお風呂もあったんですか」

滝から流れ落ちる湯で出来た、この大きなお風呂。

丁度良い温度の湯舟に、広くゆったりと浸《つ》かることが出来、最高に気持ちが良い。

恐らくだが、城の浴場よりも広いのではないだろうか。少なくとも、上品さで言ったら確実にこちらの方が上だろう。

そのイリルの言葉を、だが、水色の幼女は否定する。

「え？　ううん、きのうまではなかったヨ？」

「……えっ？」

「きょうつくったって、あるジがいってた」

「……作った？」

「うん」

「今日？」

「うん。よくあることだよ」

「よ、よくあるんですか……」

あまりにも平然と使用しているので、いつも入っているのだろうと思っていたのだが……どうやら、そういう訳じゃなかったらしい。

……ここの子達にとって、一日でお風呂が出来ているのは、別に驚く程のことではないようだ。

「……あと、シィちゃん。気になってたんですけど、それ、大丈夫なんです？　からだ、溶けちゃってますよ？」

「だいじょうぶだいじょうぶ！　シィ、スライムだから！」

「……シィが溶けるのはいつものことだから。イリルも気にしなくていい」

と、流れ落ちる滝湯に打たれながら、黒髪の幼女、エンがそう言う。

「そ、そうなのですか……スライムってすごいんですね」

イリルの言葉の後に、ニコニコしながらイルーナが口を開く。

「『しゅぞくとくせー』ってヤツだね！」

「おふろでデローンってするしゅぞくとくせーだネ！」

「……ん。可愛《かわい》くて良い種族特性」

「な、なるほど……」

確かにデローンとしている様子は可愛いが、それを種族特性と言っちゃうのはちょっと違うのでは……とイリルは内心で思っていたが、それは口にせずただ相槌《あいづち》を打つ。

イリルは空気の読める良い子だった。

……こうして一緒に過ごしてわかってきたことだが、ここの子達は大なり小なり、いわゆる不思議ちゃん的な面がある。

こう……自分達とは、一つ違った価値観で生きている感じがあるのだ。

一緒にいて、とても楽しいだけではなく、何だか新鮮に感じてしまう理由は、その辺りにあるのだろう。

——あまり長くいる訳にいかないことはわかってるけど……もっとたくさん、この子達と一緒にいたいな。

彼女らと談笑を交わしながら、一人、イリルはそんなことを思っていた。


城の隣にある、あまり見たことのない形の宿で、就寝準備をする。

ベッドではなく、床に直接寝具を敷く形式であることに最初は驚いたものだが、今ではこちらの方が好きと言えるかもしれない。

何故《なぜ》なら、床に直接寝具を敷くと、みんなでゴロゴロ出来て楽しいからだ。

昼にクタクタになるまで遊び、身体《からだ》はすっかり疲れているのに、またそこでふざけてしまって、中々寝付けない夜になるのだ。

友達とのお泊り会というものが初めての経験だったイリルには、朝から晩までが最高に楽しい時間だった。

「それじゃあ、イリルは髪を乾かしてくるです！」

「はーい！　あ、ドライヤーの使い方は大丈夫？」

「昨日《きのう》教えてもらったから、多分大丈夫です！」

　一番髪が長いため、他の幼女達と違ってすぐに髪が乾かないイリルは、一人お風呂場《ふろば》の脱衣所まで戻る。

　借りていたタオルキャップを外し、脱衣所の中にある洗面台の椅子に座ると、壁に掛かっているドライヤーを手に取り――というところで、彼女は固まった。

「……あれ？　動かない……」

　形は違うが、家にもドライヤーの魔道具はあるので、それと同じように魔力を流し込んだのだが……どういう訳か、動かない。

　昨日他の子達が使っていたのと同じように使っているはずなのだが……いや、そう言えば昨日は、温風が出る状態にしてもらってから、使ったのだった。

　やっぱり、使い方を聞きに一度戻ろうかと思ったその時、ふと背後から声を掛けられる。

「む？　イリルか。どうかしたかの？」

　振り返ると、そこに立っていたのは、神秘的にすら見える程の整った顔立ちをした、銀髪のお姉さん。

　どうやら、ちょうど脱衣所へ入ってきたところだったようだ。

「あっ、レフィおねーさん！　えっと、ドライヤーの使い方を忘れちゃって……」

「あぁ、なるほど……ふむ、せっかくじゃ。儂《わし》が乾かしてやろう。ほれ、そっちを向け」

「あ、その……ありがとうです！」

レフィはドライヤーを手に持つと、すぐに起動して温風を出し、イリルの後ろに回って彼女の髪を柔らかい手つきで乾かし始める。

何だか少し、気恥ずかしい感じだが……決してそれが嫌じゃなく、どことなく気分が良い。

「イリルよ。どうじゃ、皆とは仲良くやれておるか？」

「はいです！　みんなとってもいい子で、仲良くしてくれて……こんな日が毎日続けばいいなって思っちゃいました」

「カカ、気に入ってくれたのならば何よりじゃ。毎日は無理じゃろうが、遊びに来たかったらいつでも来るが良い。ネルに言えば、連れて来てくれるじゃろう」

「……でも、イリルは王族です。だから、しなくちゃいけないこともいっぱいあって、そんなに遊んでばっかじゃダメって言われてて……」

「それは、お主の父が？」

「お父様は優しいから、好きなことをしていいって言ってくれるです。でも、イリルのいっぱいいる先生達は、それじゃダメだって……」

――王族だから、しっかりしなさい。

――王族だから、これくらいは出来るようにならないと。

幾度となく言われた、それらの言葉。

自分が王族であるという自負心はあり、あの優しい大好きな父の娘であることを嫌だと思ったことは一度もないが……それでも、もっと自由に、好きなことをしてみたいという思いも、自身の中に確かに存在していた。

ちょっと落ち込んでしまっていると、だが銀髪のお姉さんは、優しい声音で口を開いた。

「ふむ……イリルよ。良いことを教えてやろう、子供というのはの、数多《あまた》学んで、数多遊ぶことが仕事じゃ。故に、お主が城でも良い子でやっている内は、好きなだけ遊んで良いんじゃぞ」

「そうなのです……?」

「そうじゃ。誰《だれ》が何を言おうと、それが世の真理。王族だからとか、立場があるからとか、そんなのは全く関係がない。無視して構わん。――お主は、お主がしたいことをしたいようにすれば良いんじゃ」

その彼女の言葉に、不意に胸の奥がグッと詰まるような感覚が生まれ、ポロリと涙が零《こぼ》れる。

それは止まることなく後から後から溢《あふ》れ続け、イリルが今まで胸の内に溜《た》め込んでいた、我慢していたものを押し流していく。

「お主は、王族である前にただの子供じゃ。大人の言うことを一から十まで聞いて、我慢なんぞせんで良い。……無論、ちっとは勉学も頑張らねばならんがな?」

「……フフ、はい」

小さく笑い、涙を流すイリルの後ろで、レフィもまた口元に微笑みを浮かべ、ただ優しくあやすように目の前の幼女の髪を整えていた。

――不思議がいっぱいで、驚きがいっぱいで、色んな種族の人達がおり、そしてとても優しいこの場所。

ここでの経験を、恐らく、自分は一生忘れないだろう。

◇　◇　◇

それは、突然のことだった。

せっかくだから、イリルに我が家のペット達を紹介してやろうと、ヤツらを呼びに一旦《いったん》魔境の森まで行っていた時。

「グルルルゥゥ……」

他の四匹のペット達よりも、一足早く俺のもとに来ていたリルが突如一方向へと顔を向け、唸《うな》り始める。

険しい表情の、我が家のペットから感じるのは――今までにない程の、緊張と焦り。

これまで、リルと共に何度も強敵と言える相手と戦って来たが……コイツが、こんな強烈に警戒している様子を見るのは、初めてかもしれない。

「……リル、何かいるのか？」

我が家の頼れるペットの様子に、俺もまた若干の緊張を覚えながら問い掛けたその時、ブオンと、マップが勝手に開く。

――侵入者である。

俺は、いつものクセで、反射的にマップから侵入者の詳細情報を開き――。

名：イ？＝ド？ジール
種族：？？　クラス：？霊王　レベル：9？？
HP：？2？？？？／？2？？？？　MP：？6？？？？4？？？／？6？？？？4？？？
筋力：？？8？　耐久：？？？？　敏捷《びんしょう》：3？？？？　魔力：？3？？？？9？
器用：？？？？？　幸運：？？？？
称号：調？者、世？の？？手、？和？齎《もたら》す者

「な……んだ、コイツ……」

掠《かす》れた声が、口から漏れる。

現在の俺よりかなり格上の相手らしく、ほぼ見ることの出来ない情報。

レフィと違い、自身のステータスを意図的に晒《さら》すようなこともしていないようだが、それでもわかることとして――レベルは、９００台。

レフィ並の、レベルである。

――災厄級。

その言葉が脳裏に過《よ》ぎると同時、俺は即座に行動を起こしていた。

「オロチ、ヤタ、ビャク、セイミ‼　予定変更だ、お前ら今すぐ城まで全員帰って来い‼　途中で

何に遭遇しても、交戦せずに絶対に逃げろッ‼」

ダンジョンの機能の一つである念話で魔境の森に散っているペット達に指示を出しながら、ダンジョン領域に設置してある全《すべ》ての罠《わな》をアクティベートする。

マップを確認すると、どういう訳か侵入者は、真っすぐに我が家のある方を目指して歩いているようだ。

まだ少し、距離があるが……数時間もすれば、城に繋《つな》がる例の洞窟《どうくつ》へと辿《たど》り着《つ》くことだろう。

「くっ、今は預かってる子供もいるってのに……リルッ、急げ、全速力で城まで帰るぞ‼」

「グルゥッ‼」

俺がその背中に飛び乗ると同時、まるで引き絞られた弓の弦《つる》を放つように、リルは一気に走り出した。


「――お前らッ‼　今日は絶対外に出て来るなよ‼　みんなで一か所にいてくれ‼　幼女達は今どこにいる⁉」

城まで最速で戻った俺は、真・玉座の間に転がり込むと、一気にそう捲《まく》し立《た》てた。

「あ、あの子達は、草原エリアに出て行ったっすけど……ご、ご主人、どうしたんすか？」

「……敵？」

ちょっと狼狽《うろた》えた様子を見せるリューに、スッと視線を鋭くさせ、壁に立て掛けてあった聖剣に手を伸ばすネル。

「あぁ、外にヤバいヤツが現れた‼　悪いレフィ、コイツだけは、俺がどう足掻《あが》いても、どうにもなりそうもねぇ！　手を貸してく――」

口を動かしながらダンジョンの機能を操作し、ありったけのＤＰを用いて新たな罠を設置していき――と、部屋にいたレフィが、ポンと俺の肩に手を置く。

「待て、ユキ。落ち着け。お主が言っておるのは、つい先程魔境の森に現れた、この強大な力の持ち主のことじゃな？」

「あぁ、そうだ！　お前も感じ取ってたか。多分、災厄級のヤツが森に入り込んでやがる！　どういう訳か、真っすぐこの城に向かって来てるんだよ！」

「ユキ、其奴《そやつ》は、恐らく儂の知り合いじゃ」

「だから、今すぐ対策しねぇと――は？　何だって？」

俺はダンジョンのメニュー画面を操作していた手を止め、レフィの方に顔を向ける。

「儂の知り合いじゃ。あぁ、と言っても、以前のギュオーガ――お主が殺した、例の頭の弱い黒龍とは別じゃぞ。まともな旧友じゃ。殺し合いなどにはならんじゃろうから、落ち着け」

「……信じていいんだな？」

「儂が、信じられんと？」

ニヤリと笑みを浮かべ、ゆっくりとそう言うレフィに、俺は少しだけ冷静さを取り戻し、首を横に振った。

「……いいや。お前の言うこと以上に信じられるものはねぇ」

「フフ、そうじゃろう？　ま、仮に何かあっても、心配性で臆病《おくびょう》なお主のことは、儂がしかと守ってやるから、安心せい」

「そりゃ……心強いな」

不敵に笑いながら、あやすように俺の頭をポンポンと撫《な》でて来るレフィに不覚にも安堵《あんど》してしまった俺は、苦笑を浮かべて罠の操作画面を閉じ、腕を降ろす。

「……そうか、お前の友人か……どういうヤツなんだ？」

「ふむ……謎、の一言に尽きるな」

「は？」

「旧友なのは確かじゃが、別に、取り立てて仲が良かったという訳でもないのでな。少し縁があった、という程度故、そこまで詳しく彼奴のことを知っておる訳ではないいんじゃ」

「あぁ……なるほど」

本当に、ただの知人止まりなのか。

「その儂の知っている限りじゃと……彼奴は、まず何かを食ったり飲んだりはせんな。というか、肉体を持っておらん」

「……俺の中で、お前の知り合いの怪しさが一気に五割増しになったんだが」

飲まず食わずの、肉体無しとか……それ生物って言えるのか？

「いや、正しく言うと、肉体はあるようなんじゃがな？　ただ、儂らのような、血が通った肉で構成されておらんのじゃ。一番近い表現じゃと……『意思を持った光』、といったところかの」

「……今のお前の説明で、ソイツの謎っぷりがさらに十割増しだな。というか、全然想像が付かねえんだが」

「し、仕方なかろう。彼奴に関しては、儂かてようわからんのじゃ」

弁解するようにそう言ってから、レフィはコホンと咳払《せきばら》いし、言葉を続ける。

「とにかく、こちらに来ておるのなら、出迎えるぞ。恐らく向こうも、儂の存在には気が付いておるじゃろうから、無駄にお主が出て行って話をややこしくする必要もあるまい」

「わ、わかった。……じゃあ、洞窟の外まで出て行こう」

一応、ダンジョンの住人達にはそのまま固まっていてもらうことにし、草原エリアの方で待機してくれていた我が家のペット達に警戒の度合いを下げていいことを伝えてから、俺とレフィは洞窟の方へ出て行った。

『この気配……覚えがある』

森の中で感じた懐かしい気配に、ふと歩みを止める。

『ふむ……これは、幼き者と、我が古き輩《ともがら》と……可笑《おか》しなこともあったものよ』

ここから感じ取ることの出来る気配が、ほぼ一点に集中していることを面白く感じながら、ソレは歩みを再開した。

魔物も何も現れない、まるで森の静寂と同化しているかのような、静かな歩み。

周辺の生物は、外からやって来た強大な存在を感じ取り、全てがソレの近くから逃げ出しているのである。

そのまま、遮るもののない森の中を滑るようにして進んで行くと、やがてソレは、木々の開けた場所へと出る。

先に見えるのは、切り立った崖《がけ》と、洞窟らしい大きな穴と――その前にいる、莫大《ばくだい》な力を身に宿した一人の少女に、変わった魔力の質をした青年の姿。

ソレは、二人の近くまで行き、静かに言葉を発した。

『少し見ぬ内に、随分と小さく縮んでおる。覇者たる龍よ』

「その固い物言い、以前会った時より全く変わっておらぬな、爺《じじい》」

少女――覇龍の言葉に、ソレは淡々とした様子で言葉を返す。

『吾輩《わがはい》は変質せぬ者。数百年程度では、変化などする筈《はず》も無し。して、銀龍よ。其方《そのほう》は変わり過ぎではないか？』

「……儂《わし》にも色々あったんじゃ」

小さく苦笑を浮かべ、覇龍は言葉を続ける。

「それよりお主、今回はまた突然現れたが、何しに来よったんじゃ？」

『ふむ……それを語るより先に、まずは辞儀を交わすとしよう』

ソレは、覇龍の隣に佇《たたず》む青年へと、顔を向ける。

『初めてお会いする。迷宮の主たる王――いや、迷宮と龍族の主たる王よ。吾輩はイグ＝ドラジール。精霊の王である』

ソレは――精霊王は、ゆっくりと、小さく頭だけを下げてお辞儀をし、そう名乗ったのだった。

◇　◇　◇

……なる、ほど。『意思を持った光』か。

実際に会ってみると、その表現がピッタリだったということが、よくわかる。

――俺の目の前にいるのは、片手に古めかしい杖《つえ》を持った、子供の背丈より少し大きいくらいの、ローブ。

ローブを着た何者か、ではない。ローブそのもの。

もっと詳しく言うと、人型に膨らんだ、中身の無い宙に浮かんだローブである。

本来肉体があるべき場所は空洞になっており、そこに、拳《こぶし》程の大きさの光が淡く輝いている。

当然、顔もなければ口もない訳だが……脳みそに直接話し掛けられているかのような、そんな感じで無機質な声が聞こえて来ている。

杖も、本来手があるのだろう場所に、独りでにふよふよと宙を浮いているのだ。

そして、こうして相対して何よりも強く感じるのは――強烈な、圧迫感。

存在感と言い換えてもいいだろう。

やはりレフィ並、ということか。

ある程度抑えてはいるようだが、それでも目の前の存在が、どうしようもなく隔絶された実力を持つ強者であるということを、全身でビンビンに感じ取ることが出来る。

……やっぱ、いるところにはいるんだな、こういうヤツは。

「……どうも、精霊王。俺は魔王ユキと言う。んで、まず一つ聞きたいんだが……迷宮と龍族の王ってのは、何だ？　迷宮はわかるが、龍族の王は？」

『貴公、龍族の王を殺したろう。龍族の王とは、継承するもの。故に現在、龍族の王の座は、貴公に渡っておる』

精霊王は、静かな口調で、淡々とそう答えた。

……確かに、以前黒龍をぶっ殺した後、俺の称号には『龍魔王』が追加されている。

その称号の説明欄にも、俺が現龍王《りゅうおう》みたいなことが書いてあったが、レフィに聞いたら「別に気にせんでよい。現龍王と言うても、ただの称号じゃ」と手をヒラヒラさせながら言われ、実際特に変わったこともなかったので、気にしないことにしていたのだが……。

『ふむ、現在龍の里がかなり荒れておるのは聞き及んでいたが……なるほど、龍王の座が外に渡っていた訳か』

チラリとレフィに顔を向けると、サッと顔を逸《そ》らされる。

「……知ってたな？」

「い、いや、そんなことはないぞ？　全く想像も付かんかったの」

しれっとそんなことを言うレフィにジト目を向け続けていると、やがてその視線に耐えられなくなったのか、ポツポツと言葉を溢し始める。

「……まあ、まずギュオーガの奴《やつ》が龍王になっている時点で、里が混乱しているだろうとは思っておったが。さらにお主が彼奴を倒したことで、今頃相当荒れておるじゃろうとな」

「……何で教えてくれなかったんだよ」

「……昔、あの里で暴れ、滅茶苦茶《めちゃくちゃ》にしたことがあっての。それ以来、あそこには少々近づき難いというか……お主に詳しく教えて、龍の里に向かうなどと言われては、困るのでな」

「え、何、お前他の龍族と敵対してんの？」

「いや、敵対はしておらん。むしろ逆というかの……」

珍しく煮え切らない態度のレフィに対し怪訝《けげん》に思っていると、その俺の疑問に答えたのは精霊王だった。

『貴公の隣におる龍は、世界の覇者たる龍。同族からはもはや崇拝される域に達しておる。故に昔、現在貴公が継承している龍王の座に就くよう乞《こ》われ、だがそこな覇龍はそれを嫌い、里で暴れ、逃げ出したのである。吾輩が知る限り、その時龍の里は壊滅寸前にまで至り、龍族達も半数が負傷でひと月行動不能に陥ったのだったな』

――レフィ、まさかのおてんば娘だった。

「お前……ここに来て新しい属性増やすなよ」

「し、仕方なかろう！　彼奴らがあんまり鬱陶《うっとう》しいもんじゃったから……というか、属性って何じゃ」

バツの悪そうな表情で、そう答えるレフィ。

……まあ確かにコイツ、束縛されるのとか、嫌がりそうだしな。

今でこそウチの幼女達や他の住人達と仲良くやっているが、元々の気質として、レフィは唯我独尊……いや、というよりは、他者に対して興味を持っていなかった。

その辺りは……俺も、似たようなものだ。

他者から、自分の世界に干渉されるのが嫌だったのだろう。

「コホン……それより！　立ち話もなんじゃ、とりあえず儂らの住処《すみか》に戻るぞ」

「ま、そうだな。色々聞きたい話もあることだし、まずはウチに案内しよう」

こうやって話してみても、特に敵対的な意思は感じられないし……いや、光なので表情とか何を考えているのかとか、一切わからないのだが、レフィが全く警戒した様子を見せていない以上我が家に案内しても大丈夫だろう。

それに、まず以《もっ》てコイツの友人だ。信用しよう。

『忝《かたじけな》い。では、お願いしよう』

そして俺達は、やって来た訪問者を連れ、我が家へと戻り――。

「あーっ！　精霊せんせー！」

俺達が真・玉座の間に戻ると、予想外なことに、精霊王に対しそう声をあげるイルーナ。

相当ビックリしたらしく、その大きな目を丸くして、こっちを向いて固まっている。

「先生……？　知り合いだったのか？」

『うむ。少々、縁があった故。……そうか、幼き者は無事であったか』

ホッと、いや実際に息を吐いている訳ではないのだが、何となく安堵している、といった感じの様子で言葉を紡ぐ精霊王。

「やはり、イルーナに加護を渡したのは、お主だったか。隠蔽《いんぺい》されていた故、詳細までは見通せなかったが……」

『其方には隠せぬか。如何にも、そうである』

納得顔で話をするレフィに、コクリと相槌《あいづち》を打つ精霊王。

「？　何の話だ？」

話に付いて行けず、疑問符を頭に浮かべる俺に、精霊王はここを訪れるまでの経緯を話し始めた。


——どうもイルーナには、『精霊王の加護』というものが備わっているらしい。

精霊王は、世界を歩いて回っているのだそうだが、数年前のある時、イルーナの住む村を偶々《たまたま》訪れたのだという。

イルーナの生まれ故郷は大層美しく、自然と調和して生きる種族らしい精霊王にとって、とても居心地《いごこち》の良い村だったそうだ。

姿が姿であるため、現れた精霊王に最初は驚くイルーナの村の人達だったそうだが……地方によっては、土着の神として扱われることもあるという精霊。

無下にされることもなく、むしろ精霊に気に入られたとして喜ばれ、村人達に大層歓待されたそうだ。

そうやって、しばしの間村に滞在する内に、知り合ったのが——イルーナ。

彼女と接する中で、その身に『精霊』を使役する素質があることに気が付き、加護を与えたのだそうだ。

『精霊は、心根が歪《ゆが》んでおらず、世界を平等な眼差《まなざ》しで見ることが出来る者にしか懐かぬ。それを使役出来る者となれば、さらに数少ない。才能在りし者の手助けをするのは、吾輩の役目の一つである』

そう語る、精霊王。

精霊を操ることが出来る者は本当に滅多におらず、イルーナはここ数百年で久しぶりに加護を授けた相手なのだそうだ。

つい最近になって、そんな彼女のことがふと気になり、再び訪れてみれば……そこで見たのは、滅んだ村の姿。

「……なるほど。それで自身が加護を与えた者が無事なのかどうか、心配でこうして探しに来た訳か」

『幼き者の一族には、良きもてなしをしてもらった。その一族が大事にしていた娘の安否を確認するのは、為《な》さねばならぬ義理である』

……その村は、隠れ里のような村であったため、人口は数十人程度。

その中でイルーナは、久しぶりに生まれた子供だったそうだ。

故に皆から愛され、村の全員の子として愛情を注がれていたらしい。

イルーナがこんないい子なのも、それが理由なのだろう。

『して、彼の童女《か》がここにいるということは……』

「その辺りは話すとちょっと長いが、人攫《さら》いどもに関して言うと、もうすでに滅ぼしたからアンタが仇討《かたきう》ちしたくても無理だな。そこは諦《あきら》めてくれ」

おどけるように肩を竦《すく》めてそう言うと、精霊王は感じ入るような声色で言葉を溢す。

『そうか……そうか。すでに、事は終わっていたのだな……我が輩《ともがら》の仇《かたき》、討って貰《もら》ったこと、感謝する』

「ま、アンタにとってイルーナが大事なように、俺にとっても大事な、妹的な存在なんだ。当然のことさ」

誰かのためではなく、それこそイルーナのためですらなく、ただ俺がそうしたいから、そうしただけ。

感謝される謂《いわ》れもないだろう。

『……ふむ。銀龍、其方《そのほう》がそこまで感情豊かになっておるのは、この者が最たる要因なのだな』

「……お主のような旧友とは、やはりやり難《にく》いな」

『く、く。何者にも興味を示さず、まるで研いだ剣のように尖鋭《せんえい》であった其方が、そのような表情を浮かべておるのを見るのは、些《いささ》か愉快である』

「フン……儂はお主と違って、時が経《た》てば経つだけ変わっていく。それだけのことじゃ」

何となく苦々しい様子で、キレの悪い悪態を吐くレフィ。

何だか今日は、普段見られないレフィの表情が見られて、面白い。

『そうであるな。だが、あの覇龍が、まさか番《つがい》を得る日が来るとは、この世の誰《だれ》も思うまいて。それこそ、天地が動転せんと思わんばかりの驚愕《きょうがく》である』

「大袈裟《おおげさ》な奴じゃの」

『大袈裟なものか』

この物言いを聞くに、精霊王も当たり前のように分析スキルを持っているのだろう。レフィの称号でも確認して、俺達が夫婦であると気付いたのか。

ちなみに、俺がイルーナを分析スキルで見てもその加護の存在に気付かなかったのは、精霊王自身が、それを他者から見えなくさせる魔法を掛けていたからだそうだ。

そりゃ、俺よりこの精霊王の方が圧倒的に格上なんだから、わかるはずもないか。

「……おにいちゃん、おねえちゃん、ごめんなさい。今までずっと、精霊さんのこと黙ってて……」

と、恐々とした様子で謝ってくるのは、話の中心であるイルーナ。

……今まで加護のことに関して黙っていたことを、悪いと思っているのだろうか。

俺は、しばし何を言うべきか悩んでから――首を傾《かし》げる。

「？　何に対して謝ってんだ、イルーナ？」

「え？」

「別に、何でもかんでも正直になんて、言わなくていいさ。俺にだって、レフィにだって、誰しも秘密はあるしな。だから、何にも悪いことなんてないんだぞ、イルーナ」

ニヤリと笑う俺に続いて、レフィが彼女に言葉を掛ける。

「そうじゃ、謝ることなんてないぞイルーナ。お主は、こんな得体の知れん爺《じじい》に、傍迷惑な加護を押し付けられただけなのじゃからな。謝らせるなら、此奴《こやつ》の方じゃろう」

『フ、吾輩《わがはい》の加護をそのように悪《あ》しざまに言うのは、其方くらいであろうな』

「そうか。ならばお主に騙《だま》くらかされた哀れな者達のために、儂《わし》が存分に悪しざまに言うてやろう」

『お手柔らかに頼む、と言うべきであるか？』

二人のやり取りに、俺はポツリと言葉を溢す。

「……子供扱いされるレフィってのも、珍しいもんだな」

「フン、此奴に比べれば、誰も彼も童《わっぱ》じゃ」

「レフィがガキか……随分とスケールのデカい話だこって」

そうして、いつも通りの様子で会話を交わす俺達に、イルーナは。

「……ありがと、おにいちゃん、おねえちゃん！」

花のような笑顔を浮かべ、並んで立つ俺とレフィにトトト、と駆け寄り、ギュッと抱き着いた。

——その後、とりあえず皆が落ち着き、ダンジョンの住人達にレフィの友人だと精霊王のことを紹介し終わった頃《ころ》。

「えっとー……お茶はお飲みになりますのでしょうかー？」

我が家のデキるメイドであるレイラが、若干戸惑いながら問い掛ける。

この謎の生物を前に、流石《さすが》の彼女もどうもてなせばいいのか困惑しているようだ。

『羊角の一族の娘よ。吾輩、物を飲み食いはせぬ。配慮に感謝する』

「アンタ、それでどうやって生きているんだ？」

霞《かすみ》でも食って生きてんのか？

『吾輩は、精霊種である。魔力を糧とし、魔力を媒介に存在する。故に、貴公らのように物質を栄養源としては生きておらぬのだ』

……なるほど、そういう感じね。

異世界らしい生物だ。

と、妙な納得をしていた俺に、レフィが口を挟む。

「騙されるでないぞ、ユキ。昔、冥王屍龍《しりゅう》――正気を無くした一匹の龍との争いで、此奴が儂の目の前で一帯の魔力ごと爆散したことがあっての。周囲の空間の一切合切に魔力が無くなり、流石に死んだかと思ったんじゃが……此奴、何事もなかったかのように再生して、逆に相手を血祭りに上げておったからな。魔力を媒介にして生きる、というところからすでに眉唾物《まゆつばもの》じゃ」

『ふむ、そんなこともあったか。懐かしきものだな』

レフィの言葉を否定せず、さらりと肯定する精霊王。

「……色々言いたいことはあるんだが、とりあえず冥王屍龍ってのは何だ？」

「昔、死霊術に長《た》けた暗い龍がおったんじゃがな？　其奴《そやつ》、ある時魔法の発動に失敗して本人が死霊の仲間入りを果たしての。生者の肉を食らう死霊に、生きたままなってしもうたもんじゃから、おかしくなって大暴れし始めたんじゃ。其奴のことを、ヒト種の者どもが『冥王屍龍』なぞと呼んでおってな」

「それって……もしかして、『冥界神話《めいかいしんわ》』の話でしょうかー……？」

思わずといった様子で、横から口を開いたのは、レイラ。

「冥界神話？」

「地方に伝わっている伝承の一つですー。冥界の王たる龍がヒト種の愚行に怒り、地上にやって来て亡者を溢《あふ》れさせ、世界を滅ぼそうとしたところ、神の遣いによって退治された、という話なんですがー……」

「ふむ、恐らくその話じゃな。あのどうしようもない根暗龍も死霊を溢れさせておったし。まあ、実際には別に冥界になぞ住んでおらん陰惨な龍が、阿呆《あほう》になって暴れておっただけじゃし、そこにおる爺も神の遣いでも何でもないが」

「……まさか、ここで神話の元となった出来事を知ることが出来るとはー……」

興奮した様子でそう言いながら、どこからともなく取り出したノートに、何かのメモを取り始めるレイラ。

……あなた、見間違いじゃなければ今そのノート、スカートの中から取り出しませんでしたか？

……いや、俺は何も見なかった。そういうことにしておこう。

「……？　どうかしたか、ユキ。そんなボケッとレイラの方を見おって」

「ちょっと、レイラのスカートの中が見てみたくなって……」

「……ユキ……お主、そこまで拗《こじ》らせておったのか」

「は？　……あ、ち、ちげぇぞ！　ヘンな意味じゃねぇ！」

自分が何を口走ったのか、今頃《いまごろ》になってようやく理解した俺は、若干引き気味の目をこちらに送って来るレフィに慌てて弁解する。

「スカートの中が見たい云々《うんぬん》に、変じゃないものがあるのか？」

「……た、確かに！」

ぐうの音も出ない正論に、何も言うことが出来なくなる俺だった。

「魔王様が、お望みになるなら――……」

「お前、俺をレフィに殺させたいのか⁉」

恥じらった様子でそんなことを言うレイラに力強くツッコむと、彼女は表情を一転させクスクスと笑う。

くっ……コイツ、からかいやがったな。

『ク、ク。仲が良いのであるな。ここはいつもこうなのか？』

「そうだよ、せんせー！　あ、でもでも、一番仲が良いのは、おにいちゃんとおねえちゃんかな？見てて、ちょっと羨《うらや》ましくなっちゃうくらい！」

『そうかそうか。それは、とても良きことであるな』

心底楽しそうに笑う、精霊王。

イルーナが精霊王のことを『先生』と呼ぶのは、その呼び名から察せられるように、村にいた頃彼――光なので彼か彼女かはわからない訳だが、レフィが『ジジイ』と呼んでいるので、彼でいいだろう――に色々と教えてもらっていたからだそうだ。

村の皆が知らないことをたくさん知っていて、何でも質問に答えてくれるのが面白く、それで『先生』と。

イルーナだけではなく、村の者達もまたそう呼んで慕っていたらしい。

「コホン……それよりレフィ、一つ聞こうと思ってたんだが、お前の出身って龍の里なのか？」

誤魔化《ごまか》すように一つ咳払《せきばら》いをしてから、俺はレフィに問い掛ける。

「まあ、そうじゃな。一応、生まれとしてはあの地になる」

「じゃあ、親とかもいんのか？」

「いや、儂に親はおらん。龍族にも二種類おってな。以前お主に話した、『魔族』の成り立ちについて、覚えておるか？」

「あぁ、覚えてるよ」

何かの拍子に魔素が凝結し、生まれ出《い》でたのが魔族の先祖って話だ。

「龍族もまた、同じようなものじゃ。番から生まれる龍もおるが、魔族のように生まれる龍もおる。儂は後者じゃ、故に親はおらん」

「む、そうか。じゃあ……俺と同じなのか」

「そういうことじゃな」

……ちょっとだけ嬉《うれ》しく思ってしまったのは、一生黙っておこう。

そう言えば、龍族の話で思い出したが、いつかイルーナを救う時に協力してもらった魔境の森の龍族達は、レフィのように外部から来た龍ではなく、土着で生きている龍達なのだそうだ。

時折、彼らと遭遇することがあるのだが……それはもう、気味の悪いものを見るような、畏怖《いふ》の籠《こも》った視線を俺に対してよく送って来る。ステータス的には、俺の方がまだまだ格下なんだがなぁ。

何やら、覇龍であるレフィの夫ということで、「よくあんな恐ろしいのと一緒にいられるな……」みたいな感じで、俺もまたレフィとは別の意味で恐れられているようだ。

レフィと同種だし、イルーナ救出の際には力になってもらったので、俺としては仲良くやっていこうと考えているのだが、近付こうとすると必ず避けられる。悲しい。

どうも昔、先住民族である魔境の森の龍族達のもとに、外部の龍であるレフィがやって来たため、数に物を言わせ「ゴルルァア‼　どこのシマのもんじゃい‼」と調子に乗って攻撃を仕掛けたことがあるらしい。

無論、束になって掛かった程度で覇龍たるレフィに敵《かな》うはずもなく、我が嫁さんが全員返り討ちにしたのだそうだが……覇龍となってからあんまりケンカを売られなくなり、退屈していたところに久しぶりに絡んで来た相手だったため、楽しくて少々やり過ぎてしまったそうだ。

あんまり、詳しく聞きたくはないな。

と、そんなことを思っていると、何やら小難しい会話が聞こえて来る。

「では、精霊という種の在り方は、自然界の状況に依存している、ということですねー？　仮に特定の地域にて、魔素の発生状況に異変が生じた場合、精霊の存在は歪《いびつ》になり、想定し得ない方向への変化を――」

『そうである。その変化如何《いかん》によっては、吾輩のように明確な自我を持つ者が出現する。ただこれは、精霊種に限った話ではない。魔素を吸収し、魔力を持つ生物もまた、多かれ少なかれ同じように変化を――』

「魔力が、自我と精神の形成に関与している、という訳ですかー……。ならば、ヒト種が持つ自我、精神もまた、同じように――」

見ると、いつの間にかレイラが精霊王を質問攻めにしていた。

お前、結構怖いもの知らずだよな……。

……イルーナといる時の精霊王は、博識じいちゃんって感じだが、レイラといると生徒を前にした大学教授って感じに見える。

その子、ちょっと知識欲が凄《すご》いんです。

迷惑掛けてすんませ――いや、よく見ると精霊王もどことなく楽しそうだ。

物分かりの良い生徒だから、教えるのが楽しいのかもしれない。

ならまあ……いいか。

『――さて、覇者たる龍の主たる王よ。貴公には我が輩《ともがら》の娘であり、吾輩の友である幼き者を助けられた。礼をさせてもらいたい』

「いや、別に、気にしないでくれていいって。俺は、礼が欲しくてそんなことをした訳じゃねーんだからさ」

『貴公にとっては、そうかもしれぬ。だが、吾輩にとっては、これは大事なことなのである。吾輩が果たさねばならぬ義理を、代わりに貴公が果たしてくれたのだ。どうか、礼をさせてほしい』

「……わかった」

あまり固辞し続けるのも失礼かと思い、コクリと頷《うなず》いた俺を見て、精霊王は言葉を続ける。

『では、魔が王よ。貴公の心の臓を、吾輩に見せてもらえぬか』

「心臓……？」

服を脱ぎゃあいいのか？

「……って、そうか、ダンジョンコアのことか」

『左様である』

――ダンジョンコア。

ロクに侵入者がやって来ないため、ここまで全く出番のない俺とダンジョンの心臓である。

まあ、出番がないのはとてもいいことだ。

これが物事に絡んで来る時というのは、つまり俺の生き死にが懸かっている時ということだからな。

いつもは玉座の真後ろに、ダンジョンの力で生成した、小さめだが分厚い檻《おり》の中で厳重に保管してあるのだが……。

「……アンタはレフィの友人だし、イルーナとも面識もあるようだから信用するが……頼むから手荒にしないでくれよ？　壊れたら俺、死んじまうからな」

『心得ている。幾度か、吾輩《わがはい》も破壊したことがある故』

……ということは、何度か魔王を殺したことがあるということか。

……なんか、急に見せるのが嫌になってきたな。

若干怖気《おじけ》づく俺だったが……まあ、何かあってもレフィがいるから大丈夫かと思い直し、玉座の裏の檻を開けて虹色《にじいろ》に光る宝玉を取り出すと、それを精霊王の前に置く。

「これだ」

『うむ。では、失礼する』

そう言って精霊王は、ダンジョンコアに向かって、片手に持つ杖《つえ》を翳《かざ》し――。

「ッッ、ガアアあアアッッ――⁉」

――同時、俺の内側で荒れ狂う、内側から破裂してしまいそうな、途轍《とてつ》もなく巨大な力。

思わず膝《ひざ》を突《つ》き、頭を床に落とし、バクバクと暴れる胸を両手で押さえる。

全身を巡る強烈な力の奔流に、目の端に涙を滲《にじ》ませ、荒く呼吸を繰り返す。

「お、おにいちゃん⁉」

「おにーさんっ！」

「ご、ご主人⁉」

「ッ、貴様、何をしおった‼」

イルーナが悲鳴をあげ、他の幼女達が不安そうな、泣きそうな顔になりネルとリューが慌ててこちらに駆け寄り、レフィが精霊王へと語気を荒らげる。

「フゥー……フゥー……レ、レフィ。だ、だい、大丈夫だ……」

だが俺は、両側を支えてくれる二人にもたれながらも、掠《かす》れた声で激高するレフィを止める。

この感覚は……覚えがある。

初めてダンジョンコアに触れた時に感じた、あの死にそうになる程強烈な頭痛と同じ。

つまり――ダンジョンが今、俺の肉体を改造しているのだ。

『安心することだ。吾輩の力を彼の者に流し込んだだけ故、少しすれば落ち着くであろう』

のんびりしたその言葉に、レフィはギロッとそちらを睨《にら》むも、精霊王は飄々《ひょうひょう》とした様子で取り合わない。

「ハ、ハ……これだけみんなが、心配してくれると、悪い気はしない、な」

「馬鹿を言っておらんで、お主は大人しくしておれ！」

俺の軽口に怒りながらも、レフィは心配そうに俺の身体《からだ》のあちこちに触れ、体調を確認してくる。

……こういう時、愛されている感じがして、やっぱり嬉しいもんだ。

やがて、少しずつ少しずつ俺の体内を暴れ回る力が弱まっていき――いや、俺の身体がその力に馴《な》染《じ》んでいき、だんだんと気分が楽になっていく。

少し経《た》ち、ようやくまともに喋《しゃべ》ることが出来るようになった俺は、ネルとリューに寄りかかったまま身体を起こし、精霊王に顔を向けた。

「何を……したんだ？」

『吾輩が出来ることは、精霊を扱う術《すべ》を与えることのみ。故に、貴公の身体を精霊が扱えるよう調整させてもらった。具合はどうであるか？』

「あぁ……悪くない」

……精霊王なんて、レフィレベルの強さを持つ強者に力を分け与えられたからだろう。

恐らく、今のでまたダンジョンとしてのレベル――格が、一つ上がった。

詳しくは確認しないとわからないが……俺の能力値なんかもまた、かなり上昇したのではないだろうか。

「……悪くないが、こうなるってわかってたんなら、一言言ってほしかったぞ」

『うむ、幼き者のような、素地が新《さら》な者ならば、力を与えても苦痛を感じることがないのであるが……興味深い。大丈夫であろうとは思っておったが、無事吾輩の力にも順応したようであるな。迷宮に生み出された魔が王はやはり、器の形が不定形ということか……』

恨めしそうな視線を送ると、精霊王から返って来るのは、興味津々な様子の視線。目は無いが。

あ、ダメだ。これ、レイラが何かに夢中になってる時とほとんど同じ様子だ。

きっと、何を言っても右から左に聞き流されることだろう。

全く、研究者ってヤツは……。

「お、おにいちゃん……大丈夫なの？」

「大丈夫だ。ごめんな、心配させたか」

心配そうにこちらを見上げてくるイルーナの頭をクシャクシャと撫《な》で、俺は精霊王へと言葉を続ける。

「それで、何だ。これで俺も、精霊が見えるようになったたっつーことか？」

『そうである。――幼き者よ、彼の王に見せてやるがよい』

「わ、わかった！　じゃあ……火精霊さん、おいで！」

そうイルーナが虚空に語り掛け――すぐである。

ボワ、とその場に出現する、火の玉のような形をした、赤色の光。

「お、おぉ……！」

な、なるほど……これが、精霊か。

赤色の光――火精霊らしいソレは、呼ばれたことが嬉しいのか、クルクルとイルーナの周りを回って喜んでいる。

この様子を見るに、精霊王程明確なのかはわからないが、ある程度の自我は持っているらしい。

「……ふむ。そこに、精霊がおるのか？」

「あぁ、いるぞ。レフィにはこのヒトダマ、見えてないのか？」

「ヒトダマ？　……見えておらん。儂《わし》にわかるのは、その場に魔力の塊が浮いておることくらいじゃ。レイラ、お主は？」

「……私にわかるのは、ただ漠然と何かがいる、という程度ですねー。そこにいると教えてもらっていなければ、全くわからなかったでしょうー」

「え、ウチ、全然何にもわかんないんすけど」

「……僕もわかんない」

ちなみに、シィとエン、イリルとレイス娘達もこの場にいるが、俺達が真面目《まじめ》な話をしているからか、皆黙って大人しくしてくれている。いい子達である。

『この二人の方が少数派であるため、気にせぬことだ、人狼族の娘に人間の娘よ。適性を持たぬのに、精霊の存在を感じ取ることが出来る者など、吾輩の知る限りでも数えられる程しかおらぬ』

「……アンタの言い方で気になったんだが、なら俺には精霊を扱う才能があったのか？」

『いや、貴公の場合は、少し話が違う。貴公は、迷宮に生み出された者。故に、器の形が吾《われ》らと違う。貴公は、今、精霊に対しての適性を得たのだ』

……今、適性を得た？

「……さっきも器がどうのって言ってたな。つまり、俺は性質が変化しやすいとか、そんな感じなのか？」

『概《おお》ねその理解で正しい。恐らくは、迷宮という生物の特殊性故であろう。通常の者は、そうと決まった性質――「器」の形は後天的にはほとんど変わらぬが、貴公は違う。適宜、器の形が変化し、生存のための力を得てゆく。種族進化を果たしたのならばまだわかるが、そうでもないのに変化を来《きた》す。つまり、器の形が定形ではなく、不定形なのだ』

「……なる、ほどな」

確かに、そう言われると思い当たる節はある。

俺がＤＰを支払い、今まで使えなかった機能を解放した時なんかそうだろう。

例えば、メニューの『マップ』。

これは最初、ダンジョン領域にいる敵性生物しか敵性反応の赤点を示さなかったが、今ではダンジョン領域外であっても赤点を表示させることが出来るようになっている。

少し前には、一部制限が掛かるが、ダンジョン領域外でＤＰ関連の操作が可能にもなった。

これらの変化は、ダンジョンのみならず、俺の方の肉体が変化したことにより、使えるようになった機能だ。

それまで出来なかったことを、ダンジョンの力で以て出来るように変化させる。

度々、冗談めかして自分のことを改造人間――じゃなくて改造魔王だなんて考えていたが、精霊王は、それを指して『器の不定形』と言っているのだろう。

それは、俺が迷宮から生み出された、作り出された、という特殊性故だろうと。

「フン……全く、ユキの言ではないが、そういうことをするならば最初からそう言え。お主は昔からそうじゃ。己のみが全《すべ》てをわかったように話し、勝手に行動に移す。危うく、燃やし尽くすところじゃったぞ」

『それは、恐ろしい。如何に吾輩とて、世界の覇者たる汝《なんじ》には敵わぬ。気を付けるとしよう』

レフィの言葉に楽しそうに笑ってから、精霊王は再び俺に向かって言葉を掛ける。

『その精霊の扱い方は、幼き者に教わると良い。そこな童女には、精霊の何たるかを全て伝えてある。問題なく扱い方を学ぶことが出来るであろう』

「あ、あぁ、わかった」

「おにいちゃん、私がいっぱい教えてあげる！」

「おう、よろしく頼むぜ」

俺達の会話を聞いて、一つコクリと頷くと、精霊王はその場を立ち上がった。

『では。吾輩はここらで、暇《いとま》をさせてもらうとしよう。短き間であったが、貴公らと会話を交わすことが出来たのは、誠に有意義で愉快であった』

「えっ、何だよ、もう帰るのか？　もうちょっとゆっくりして行けばいいのに」

「そうですー。もう少し、お話を……」

俺の言葉に、心底残念そうに同意するレイラ。

さっきまで、すげー楽しそうに議論を交わしてたもんな。

好奇心お化けの彼女としては、同目線で意見を交換出来る相手がいるのは、恐らく貴重なことなのだろう。

「帰れ帰れ。お主がいると気が抜けん」

『フ、我が旧《ふる》き友も、こう言っておることであるしな。加え、吾輩にはまだ、せねばならぬことがある。村の者達を見つけ出し、幼き者が無事であることを知らせねば』

「……そうか。そっちのことは……お願いしよう」

「せんせー、ありがとうございます」

いつもニコニコしているイルーナが、珍しく神妙な表情で、精霊王にペコリと頭を下げる。

『良い良い。これも、吾輩が為《な》すべき義理である故。――では、迷宮の住人達よ。広きこの世界にて、貴公らに出会えたことに感謝を。そして覇者たる龍よ、汝がそのまま、愛在る者でいられるよう、祈るとしよう』

「……達者でな、爺《じじい》」

そして精霊王は、最後に一礼し、俺が開けた扉を通って去って行ったのだった――。

◇　◇　◇

精霊王は、森の中を歩く。

『フ、フ……こうも感情が揺り動かされるのは、久しいな。幼き者の無事も確認出来た。あの者達のもとにいれば、以前よりも安全に過ごすことが出来るであろう』

――面白い者達だった。

まず、自身にも関わりのある吸血族の幼き娘に始まり、飽くなき探究心を一族全体で有す羊角の娘に、人狼族の溌剌《はつらつ》とした娘。

人間の勇者だという娘と、人間の王族であるらしい幼き娘。

どういう訳か剣と深い繋《つな》がりが見える民族衣装を着た幼き娘に、吸血族の幼き娘の姿を模した、人語を解するスライム。

そして――古い友人の覇龍に、あの迷宮の主である魔王。

よくこんな、図ったかのようにバラバラの種族が揃《そろ》ったものだ。

それでいて、特に問題がある様子が見えないのも大したものだと思う。

他種族との共存というのは、聞こえは良いが、良いだけだ。

実際には食性、生活習慣、常識、価値観など、種族間における様々な差異のせいで、上手《うま》くいかないことの方が圧倒的に多い。

精霊王自身も、そのように理想を掲げ、しかし内部の争いから滅びの運命を辿《たど》ることになった国を幾度か見て来ている。

そこまで大袈裟《おおげさ》でなくとも、人間、亜人族、獣人族。それぞれの街や村で、他種族が暮らしている例はどれだけあるだろうか。

魔族は種族など関係なくごった返して生きているような者達もいるが……しかしそれでも、大多数の魔族はそれぞれの部族ごとで纏《まと》まって生きている。

他種族が同一の共同体で生きるということは、それだけ難しいのである。

彼女らのように、互いに尊重し合いながらも自由に生きるとなると、相当珍しい部類であることは間違いない。

そして……彼らと会話を交わし、非常に驚いたのは、友人である覇龍の変化だ。

以前――数百年前に出会った頃《ころ》は、何に対しても面白くなさそうな、冷めた様子が特徴的だったのだが、あの場で見た彼女は表情に溢《あふ》れ、周囲に対する『愛』があった。

退屈そうな表情は鳴りを潜め、幸せそうな、覇龍以前にただ一人の『女』であるというのを感じさせる顔をしていた。

精霊王には、友人のその幸せそうな姿が、見ていてとても嬉《うれ》しかった。

彼女がそこまでの変化を果たした理由は、恐らく――。

『ユキ、だったな……覚えておこう』

脳裏に思い浮かぶのは、あの場所で出会った、魔王。

魔王という者の中にも様々いることは知っていたが……その中でも彼の者は、ずば抜けて変わり者であったように思う。

魔王の割には大いなる力を得た傲慢《ごうまん》さも無く、理知的で、そして何より価値観が違っていた。

魔王という括《くく》りのみならず、この世界に生きる者達とは、一つ異なったところで物事を判断していたような様子があった。

あの場において、あの青年が最も異質な存在であった。覇龍よりも、だ。

周囲の者達も、あの者に影響を受けていたのだろう。彼女らと言葉を交わして、そのような様子はありありと感じられた。

そして、その中で最も影響を受けたのが――あの古き友人であった、という訳だ。

『異世界の魔王……この世界とは別の場所にある世界の存在は知っていたが、よもや魔王がおるとはな』

クックッ、と一人笑う精霊王。

短い時間だったが、それでも、あの魔王と覇龍の間に特別な絆《きずな》があることは、見ているだけでよくわかった。

互いに信頼し、互いを愛し、互いのために生きる。互いが互いを、必要とする。

あの青年が、彼女に世界の温かさを教えたからこそ、彼女はああも変化をしていたのだろう。

世界の頂点を争えるだけの実力を持つ覇龍に『愛』を教えるなど、どんなモノ好きかと信じられないところだが……まあ、あの青年が夫であるというならば、そこまでの驚きもない。

これ以上ないくらいに、お似合いの二人であると言えるだろう。

『……あの二人には、願わくば末永く幸せに、幸福のままに世界を生きてほしいものだ』

――あの様子ならば、友人と戦闘になる未来は訪れないだろう。

仮に、あの覇龍が暴走した場合、世界の守護者となってしまった自分は、刺し違えてでも彼女を止めなければならなくなる。

そうなった場合、この身は彼女に負けるだろう。

彼女と同レベルの強さを持つ生物は……数体は心当たりがあるが、それでも確実に勝つことを考えれば、束になって掛かる必要がある。

覇龍の実力は、他の生物と比べても、それだけの隔絶したものがあるのだ。

そして、そんな事態にまで陥った時点で、戦闘の余波のみで文明の二つか三つは確実に滅ぶことになるだろう。

以前の彼女には、そんな未来を想像してしまうような、不安になる危うさが存在していたのだ。

自身としては、このまま彼女が幸せに、あの青年と仲睦《なかむつ》まじく生きていくことを願うばかりだ。

『良き時間であった。フ、フ……この世はやはり、面白い』

――あの迷宮は恐らく、世界でも有数の迷宮となる。

その時にまた、訪れてみるのも一興か。

精霊王は、愉快げに笑いながら、魔境の森を去って行った。

エピローグ　縁《えにし》は強く結び付く

「ネル、向こうに持ってくもんはこれで全部でいいのか？」

「うん、お願い」

「オーケー、結構少ないのな」

「元々僕、着の身着のままでこっちに来たしね」

「そういやそうだったな」

俺は、部屋の片隅にある小さくまとめられた荷物を、大きめのポシェット——ＤＰで交換した、次元収納の魔法が掛かったポシェットに次々と入れて行く。

これは、言わば俺のアイテムボックスの下位互換のようなものだ。明らかにポシェットの容量を超えて荷物を突っ込むことが出来る。

流石《さすが》に、ポシェットの口より大きいものは無理だがな。

まあ、下位互換といっても、結構な容量はあるはずなので、バカみたいに魔物の死骸《しがい》を突っ込みまくったりしなければキャパオーバーになったりはしないだろう。

「……そのポシェットだけで、一財産築けるよ、きっと」

苦笑気味にそう言うネルに、俺はおどけた様子で答える。

「お、じゃあ、金が必要になったら、コイツで運送業でもしようかね」

「魔王運送？」

「魔王運送。当社では、お客様のニーズにお応えし、魔王便、フェンリル便、覇龍便の三つのコースを揃《そろ》えております」

「フフ、覇龍便を使う時は、多分世界一安全で世界一速いだろうけど、きっとコストもすごく掛かるんだろうね」

「あぁ。菓子コストだな。……いや、むしろ一番安上がりか」

「あ、確かに」

二人で笑ってから、俺はネルに言葉を続ける。

「それと、このポシェットの中に非常時用に色々入れてあるから、必要に応じて使ってくれ」

「ありがと、助かるよ。何が入ってるの？」

「まず、いつもの上級ポーション二十本とダンジョン帰還装置が十個だな。攻撃には一応、対軍殲《せん》滅《めつ》用に『爆炎轟』の魔術回路を仕込んだミスリルナイフを五本入れてあるけど、これ使い方間違えると自爆するから、敵とは距離を取って使えよ。魔界に行った時にお前に渡したことのある『通信玉』をアップグレードした、離れた位置で実際に会話が出来る『通信玉・改』も入れてあるから、好きな時に連絡してくれ。注意点としては、魔力消費が大きいから、それには気を遣った方がいい。レイラと一緒に作った食い物とか菓子とかの非常食類もあるから――」

「ま、待って待っておにーさん！　ちょっと待って！」

「？　どうした？」

俺が中に突っ込んだものの説明をしていると、ネルが何故《なぜ》か慌てた様子で止めてくる。

「そ、そんな色々用意してくれたのはありがたいけど、大丈夫だって！　戦争に行くんじゃないんだからさ」

対軍殲滅用て、と言葉を溢《こぼ》すネル。

「何を馬鹿なことを。可愛《かわい》い嫁さんが外に行くんだぞ？　だったらそれなりの装備を渡しておかないと不安だろうが。……そうだな、やっぱり不安だし、もうちょっと増やして――」

「わ、わかった！　ありがたく受け取るから！　それで充分だから！」

そう言ってネルは、慌てて俺からひったくるようにしてポシェットを受け取った。

「もう……おにーさん、結構過保護なんだから。それだけ心配してくれてるっていうのは、とっても嬉《うれ》しいけどさ」

「ええ、これでも結構、放任してる方だと思うんだが……」

「どこがさ」

呆《あき》れたような、微笑《ほほえ》ましそうな表情で、ネルは笑った。

――俺とネルがいるのは、例の旅館である。

明日にはもう、ネルがダンジョンから出て行ってしまうので、「二人で話でもするがよい」「フフ、二人でラブラブしてるっす！」と、二人きりにしてくれているのだ。

まあ、イリルもいるので、この後もう少しして晩飯の時間になったら真・玉座の間の方に戻り、イリルとネルのための「しばしのお別れ会」を開く予定なので、そっちに戻るのだが。

ホント、子供ってのは何であんなに元気が有り余ってるんだろうな。

昼間、散々幼女組の遊びに付き合って、自分が歳取《とし》ったんだなぁ、ってのをしみじみ感じたぜ
……まだ生後一年半も経《た》ってないけど。

それからしばし、とりとめもない雑談を交わした後、俺は内心の気恥ずかしさを押し隠すように頬《ほお》をぽりぽりと掻《か》きながら、口を開いた。

「あー……それと、ネル」

「うん？」

「左手、出してくれるか」

「……うん、わかった」

俺が手に持っているものを見て、ネルは少しだけ頬を赤く染め、しかし嬉しそうに微笑んで左手を差し出して来る。

俺が持っているのは――指輪。

白く、ほっそりとした彼女の左手を取った俺は、その薬指に指輪を通していく。

この指輪は、いつも使う『武器錬成』スキルではなく、どうにかこうにか、自分の手のみで作り上げたものだ。

こっちの世界に来てから、頻繁に工作をするようになったおかげか、こういう細かい物作りは結構得意になっている。

ステータスの中で、一番高い器用値のおかげもあるのだろう。相変わらず器用値が関係するはずの剣の扱いは下手《へた》なんだけどな。

「その、悪いな。意匠は俺とレフィのとほぼ同じなんだ。どうしようかとは思ったんだけど」

こういうのは、それぞれ違うのに変えた方がいいんじゃないのかと悩んだのだが……俺が薬指に嵌《は》められる指輪が一つだけなので、ネルの分も俺達のとデザインが似通ったものにしたのだ。

ちなみに、リューの分もすでに試作品は完成している。

彼女は数か月後に正式な嫁さんとなる予定なので、その時に試作じゃないものを作り上げて渡そうと思う。

「ううん、そんなの全然いいよ！　ありがと、おにーさん。……えへへ」

ネルは自身の手を顔の前に翳《かざ》し、嬉しそうにニマニマしながら答える。可愛い。

「そっかぁ……僕もう、おにーさんの正式なお嫁さんなんだもんね。あ、ならもう……あ、あ、あなた、って呼んだ方が――無理！　恥ずかしくて呼べないよ！」

「いや、落ち着けや、ネルさんよ」

一人でヒートアップし、真っ赤《まか》になった顔を両手で覆い隠すネルに、俺は苦笑気味に言葉を返す。

超可愛い。

「……まあ、そんな、無理して呼ぼうとしなくていいぞ。レフィだって、俺のことは普通に『ユキ』って呼んでるしな」

それに、実は俺、コイツから「おにーさん」って呼ばれるの、特別感があって結構好きだったりする。

「そ、そう？　じゃあ、いつも通りにするけど……でも、いつかは当たり前みたいに、おにーさんのことを『あなた』って呼べるようになりたいなぁ……」

そう言ってネルは、その未来を想像しているのか、小さく微笑みを浮かべる。

オイ、コイツ、俺のことを萌《も》え死にさせたいのだろうか。今んところ、三コンボ食らってるぞ。

全く……勇者あざとい。相変わらずあざとい。

「……勇者怖い、勇者怖いわぁ」

「え、何さ、急に」

「お前、多分アレだな、お前の可愛さできっと全《すべ》ての魔王を滅ぼせるだろうよ」

「あの、おにーさん？　何を言ってるの？」

「そして、魔王ユキは滅び、世界は平和となったのだった……」

完！　ご愛読、ありがとうございました！

「いや、ホントに何を言ってるのさ!?」

◇　◇　◇

「イリル、また絶対、遊びに来てね？」

「まってルよ！」

「……ん。待ってる」

「勿論《もちろん》です！　むしろ、今度はみんなを我が家に招待します！　ぜひぜひ、遊びに来てください！」

　ここ数日だけで大分日焼けしたイリルと、ウチの幼女達がそれぞれ握手を交わす様子に和んでから、俺はレフィ達に口を開いた。

「それじゃあ、ネルとイリルを森の外まで送って来るよ」

「うむ。これでしばらく会えなくなる訳じゃからな、しかと送り届けて来るが良い。――それから、ネル」

　レフィはそう言って、ネルに顔を向ける。

「繰り返しになるが……忘れるな。お主には、儂《わし》らが付いている。何かあれば、遠慮せず頼って来い。良いな？」

「そうっす、ウチらが付いてるっす！」

「うん、ありがと、二人とも」

　ネルはレフィとリューに答えてから、次にレフィ達の傍らに佇《たたず》むレイラへと顔を向ける。

「レイラ、家事を手伝えなくなっちゃってごめんね。みんなの日々のお世話、頼んだよ？　大所帯のウチを支えられるのは、レイラしかいないからさ……」

「ぬっ、わ、儂らも手伝いくらいは出来るぞ！」

「ま、前よりは家事能力が向上してるっすから！」

「フフ、はい、お任せをー」

そうして各々が別れの挨拶《あいさつ》を済ませたタイミングを見計らって、俺はネルとイリルに向かって切り出す。

「よし、ネル、イリル、そろそろ行こうか。エン、付いて来てくれ」

「……ん。お供する」

「ネルおねえちゃん、イリル、またね！」

「またネ！」

「うん、またね、イルーナちゃん、シィちゃん、みんな！」

「また、お会いしましょう！」

ネルとイリルに、待機していたリルの背中に乗ってもらい、俺達はダンジョンの草原エリアから外へと出て行った。

「まおー様、今回は連れて来ていただき、ありがとうございました！　とっても楽しかったです！」

リルの上で揺られるイリルが、「フサフサぁ……」とリルの毛並みを気持ちよさそうに撫《な》でながらそう言う。

「ハハ、そりゃ良かった。楽しんでくれたようで何よりだ。こっちも、イルーナ達と仲良くしてくれて、ありがとうな」

「はいです！　あんな仲良くなれたお友達、初めてでした。今度は、みんなでイリルのお城に、遊びに来てくださいい！　いっぱい歓待しますから！」

「あぁ、是非頼むよ」

そう和やかに会話を交わしながら、俺はマップを確認し、目的地へと向かって行く。

えーっと……こっちだな。

「……ね、おにーさん、一つ聞いてもいい？」

「ん？　どうした？」

「こっち、街の方角じゃないと思うんだけど……今、どこに向かってるの？」

「お、方向音痴のお前も、いい加減街の方角は覚えたか」

「？　ネル様は、ほーこーおんちなのです？」

「あぁ、そうだぞ。コイツと一緒に、初めて街に行こうとした時な——」

「わー！　お、おにーさん、余計なこと言わなくていいから！」

慌てて俺の口を塞《ふさ》ごうとワタワタするネルに、俺はしばし笑ってから、彼女の疑問に答える。

「ま、見てろ。——ここだったな」

俺は、蔦《つた》や草、ダンジョンの機能で生やした植物群を操作し、その場所を掻き分ける。

そして現れたのは——周囲の自然に擬態するようにして存在する、一つの扉。

「この扉って……もしかして、お城にある扉と同じ……？」

「そうだ。んで、繋《つな》がってる先はアルフィーロの街だ」

「え？」

「アルフィーロだ。例の辺境の街の。正しくはその付近の森の中、だけどな」

その俺の言葉が予想外だったらしく、呆気《あっけ》に取られた顔を浮かべるネル。

「……いつの間に？」

「そりゃ、ダンジョンにいる時にコッコッと広げて、だ。人間の街に行ける扉を、一つくらいは作っといた方が便利かと思ってよ」

「……レイロー様は、知ってるの？」

「いや、知らんぞ。俺が勝手に、近くの森に設置したから」

そう、実は俺のダンジョン領域、今ではそんなところまで広がっているのである。

人間が多数暮らす街をダンジョン領域に組み込むことが出来れば、相当量のＤＰを得ることが出来るのではないか、という考えから、以前より少しずつ少しずつダンジョン領域を広げ続け、とうとうあの街を俺のダンジョン領域として組み込むまでに至っているのである。

ネルやいつかの老執事みたいな強者は滅多にいないことはわかっているし、個々の人間は弱いが、しかし数が多いからな。

それに、ダンジョン領域として組み込んでおければ、仮にあの街に人間の軍隊が集まって来ていても、それをすぐに察知することが可能になる。

ま、そっちは副次効果だ。領主のおっさんのことも、あの国の国王レイドのことも信用している。

おかげで、当初の予定通り結構な量のＤＰを得ることが出来ている。

アルフィーロの街をダンジョン領域に組み込んだのは、結構最近の話なのだが、これならもっと早くやっておけばと思ったくらいだ。

……まあそれでも、レフィからDPが入って来ていた頃《ころ》の方が、一日に得られるDP量は多かったのだが。

こういう時に、アイツの化け物染みた強さを実感するわ。

あと、ネルは王都に滞在するって話だし、本当はそっちにも扉を作りたいのだが、流石《さすが》にそこまではダンジョン領域を広げられていないので、まだ無理だ。

後々は、魔境の森のみならず、周辺の土地全《すべ》てをダンジョンにしたいとは考えているが、それは十年二十年、もしくはそれより長い時間を掛けての作業となるだろう。

魔境の森だって、ダンジョン領域として組み込めているのは未《いま》だ四分の一程度だしな。

フフフ、魔王が治める領域は、知らず知らずの内にどんどんと広がっているのである。その侵略の手は止まることなく、世界は人知れず魔王に支配されるのである……。

あ、ちなみにこの扉は、俺の城内部にあるものとは違い、街とこの場所との行き来が可能なだけで、この扉から直接城の方に向かうことは出来ないようにしてある。

もし扉が見つかって、敵が我が家に直接乗り込んで来るような事態を避けるためだ。

この扉をわざわざ我が家から離れた魔境の森の中に設置したのも、この扉の繋がる先が街中ではなく付近の森の中なのも、それが理由である。

と言っても、コイツで行き来出来るのはダンジョン関係者のみのはずなので、そこまで考慮する必要はないかもしれないがな。念のためだ。

この扉の存在自体は領主のおっさんにも言っていないが、あの辺境の街を経由してイリルが王都まで帰ることは国王にも領主のおっさんにも以前に伝えてあるので、その辺りの問題はない。

きっと、領主としてのメンツの全てを懸けて、ネルとイリルを安全に王都まで送ってくれることだろう。

「……レイロー様きっと、頭抱えるだろうね。おにーさんの魔の手がそんなところまで及んでるって知ったらさ」

「魔王だけに？」

「うるさいよ」

ネルのツッコミに俺はからからと笑ってから、二人へと言葉を掛ける。

「そんじゃ、これでしばらくお別れだ。本当は、王都まで送ってっても良かったんだが……」

「そこまでしてもらっては、申し訳ないです！」

「アルフィーロの街からは、レイロー様と僕とでイリル様を送るって話だったしね。大丈夫だよ、魔境の森ならまだしも、そこらの相手なら僕だけでも対処出来るからさ」

「あぁ、そこは信頼してるよ。なら、後は任せるぞ」

「うん、任せて。――あ、おにーさん、最後にちょっとだけ」

そう言って彼女は、こちらに近付いて来ると――ギュッと俺の身体《からだ》を抱き締めた。

一瞬、たじろいでしまった俺だったが……すぐに両手をネルの背中に回す。

温かく、やわらかい彼女の身体。

心臓が早鐘を打ち、だがそれとは反対に、心は穏やかに落ち着いていく。

俺達の隣では、イリルがこちらを見上げていたが、特に何も言わずじっとしていた。

恐らく、遠慮してくれたのだろう。

「――よし、満足した！」

十数秒程してネルは回していた両手を解《ほど》き、間近からニコッと笑みを浮かべる。

コイツはホントに……可愛《かわい》いヤツだ。

「それじゃあ、行って来ます、おにーさん。エンちゃんにリル君も」

「おう、行って来い。イリルも、また会おうな」

「はいです！　絶対絶対、また会えるって信じてます！　エンちゃんも、また会いましょう！」

「……ん。ばいばい、イリル、ネル」

そして彼女らは、開いた扉を潜り抜け、こちらに小さく手を振りながら去って行き――ギギギ、と扉が閉まった。

「……フゥ」

一つ息を吐き出した後、ダンジョンの機能で周囲の風景に溶け込ませるようにして扉を隠蔽《いんぺい》し、隣の一匹と一人に声を掛ける。

「さ、エン、リル、帰るか」

「……主《あるじ》、ネルがいなくなって、寂しくない？」

俺の顔を見上げ、そう問い掛けてくるエンに、俺はおどけたように肩を竦《すく》めて答える。

「おぉ、可愛い嫁さんがいなくなって、超悲しいぜ。だから、城に戻ったらみんなに慰めてもらわないとな！」

「……ん。わかった。慰めてあげる」

一生懸命つま先立ちをし、俺の頭をよしよしと撫でて来るエンに、俺は笑って彼女の頭を撫で返し、ダンジョンへと戻って行ったのだった。

特別編　その思い出は永遠《とわ》に

――皆が我が家にいる、ある日のこと。

「ふむ……」

俺は居間――じゃなく真・玉座の間にあるいつもの工作机にて、いつもの如《ごと》く工作に励んでいた。

前世で工作なんぞ、全くやったことがなかったが、こっちの世界に来てからは完全に俺の趣味の一つとなっている。

なんか、普通に楽しくて。

こっちの世界が割と暇で、他に娯楽が少ないから、というのは理由の一つとして確かに存在するが、まさか自分がここまでものづくりにハマるとはな。

まあ、暇と言っても、日々幼女達と遊んだり、リューとのんびり日向《ひなた》ぼっこしたり、ネルをからかったり、レイラと魔法談義したり、レフィと終わりなきバトルを繰り広げたりもしているので、決して退屈にはならないんだが。

と、そうして工作を続けていると、後ろからひょこっとイルーナが顔を覗《のぞ》かせる。

「おにいちゃん、それなあに？」

「ん、これか？　ちょっと待て――よし、出来た！」

俺は、完成したソレ――小さめの四角い箱のようなものを手に、立ち上がる。

「イルーナ、何かポーズ取ってくれ」

「ポーズ？　わかった！」

イルーナは、頭の横に持ってきた両手をかぎ爪のようにし、怖そうな顔――無論、その顔も最高に可愛《かわい》いのだが――をする。

「がおー！　かいじゅうさんだぞー！　怖いかー！」

「ハハハ、あぁ、怖いぞー」

笑って俺は、手に持ったソレに仕込んだ魔術回路を起動させる。

すると、周囲の空間から一通り魔力を吸い取ったところで動きを停止し、そこに再度俺が魔力を流し込むことで、ブンと空中に映像が投影される。

そこに映ったのは、怪獣の真似《まね》をしている、可愛らしいイルーナの姿。

「わっ、すごい！　わたしだ！」

「これはな、写真って言うんだ。その時の光景を、保存することが出来るアイテムなんだ」

「へぇ～！」

空中に投影される自身の姿を見て、彼女は目をキラキラさせた。

――ネルと王都に行った際使用した魔道具、『写し身の水晶』。

今日俺が行っていたのは、その改良である。

ＤＰで交換した写し身の水晶は、周辺の魔力を吸い取り記録することでカメラとしての機能を果たすというものだが、それで見られる記録は白黒の上に、あんまり良い画質じゃなかった。

せめて、もうちょっと写真のクオリティを上げることが出来たらと思い、色々弄《いじ》っていたのだが……改良は、意外と簡単に行うことが出来た。

なんてことはない、写真の画質が悪かったのは、水晶のキャパが低く、大した量の魔力を吸い取ることが出来ないから、という簡単な理由だったからだ。

レイラ協力の下に写し身の水晶内部の魔術回路を解析して抽出し、それを桁違《けたちが》いの魔力のキャパを誇る魔境の森の素材に刻み込むことで、高画質とまでは言わないまでもカメラとして日常的に使おうと思えるレベルにまで改良することが出来た。

加えて、なんとこの改良版写し身の水晶だと、白黒ではなくカラーで写真を撮ることが出来るようになっている。

レイラに「これ、撮れる写真を色付きにしたいんだ」と相談したところ、「はい、わかりましたー」とパパっと魔術回路に手を加えてくれ、カラーで撮れるようになった。

どうも、魔術回路の色を保存する部分に手を加え、魔力が帯びている色の特性に云々《うんぬん》かんぬんと言っていたが……流石《さすが》、我が家の最終兵器メイドである。

困った時は、とりあえずレイラに相談しておけば何とかなる説。

欠点としては、魔術回路を起動する際に必要な魔力量がちょっと増えてしまい、そして未《いま》だに一枚こっきりしか撮れないのだが、素人《しろうと》が作ったものにしてはいい出来だろう。

幼女達が興味を示すだろうことを考え、片手で持ち運べる程度のサイズと重さにし、首に掛けられるよう紐《ひも》も付け、携帯性はバッチリである。

「ほう、ユキ、また何か面白そうなものを作っておるな」

「新しい魔道具っすか？」

オセロをしていたレフィとリューが勝負を中止し、興味深そうにこちらにやって来る。

「おにいちゃん、わたしもそれ、やってみたい！」

「おう、いいぞ。使い方はな――」

と、三人に使い方を教えようとしたところで、おやつのつまみ食いをしようとレイラとネルがいるキッチンに突撃していたシィとエンとレイス娘達が、おやつの皿を手にこちらへとやって来る。

「みんナ、おやつのじかん――あれ？　なにしてるの？」

「……楽しそう」

「お、お前らも来たか。――それじゃあ、おやつ食ったら、せっかくだしみんなで写真撮影大会でもするか！」


「それにしても……よくもまあお主は、次から次へとこういうものが作れるものじゃのう」

共に中庭に出て来たレフィが、手に持った写し身の水晶の改良型――もうカメラでいいか。カメラを持って、感心したような、半ば呆《あき》れたような声音でそう溢《こぼ》す。

――写真撮影大会のルールは簡単。皆がそれぞれに写真を撮ってきて、一番良い写真を撮った者の勝ちである。

判定は後程我が家の者達全員で行い、優勝者には俺がＤＰで交換したミニトロフィー及び、好きな菓子三日分交換権が贈られる。

今頃《いまごろ》は俺達以外の皆も、良い写真を撮ろうと張り切っていることだろう。

「半分くらいレイラに作ってもらった感あるから、俺の作ったものとはあんまり言えない感じではあるけどな。俺はもっと良い完成形も知ってる訳だし。お前も、前世の世界を見たらきっと驚くと思うぜ」

「ふむ……ちとお主の生きた世界とやらにも、興味が出て来たの。一度くらいはその『チキュウ』にも行ってみたいところじゃ」

「そりゃあ、お互い往生してからじゃないと無理だろうなぁ。転生出来る保証もないが」

また皆と一緒になれるなんて天文学的確率だろうしな。

どっちの世界が良いかなんて、もう、比べるべくもない。

「カカ、それもそうか。……ま、お主とおることが出来るのならば、どんな世界でも構わんか」

サラリと吐かれる、男前なセリフ。

一瞬、ドクンと心臓が跳ねるが……平然としているレフィの前で狼狽《うろた》えるのも、何だか負けたような気がするので、俺はさも何かに気付いたかの様子で「あっ」と声をあげる。

「おい、レフィ」

「うむ？」

ちょいちょいと手招きすると、彼女は素直に俺の隣にまで寄って来る。

俺は、その形の良い顎《あご》に手を添えると、かぱっと口を開けさせ——カメラを起動した。

「よし、お前のアホ面撮れたな」

「何してくれとんじゃお主はっ⁉」

パシンと俺の手を払い、愕然《がくぜん》とした様子でツッコミを入れてくるレフィに、俺はニヤリと笑みを浮かべると、脱兎《だっと》の如く逃走を開始する。

何故《なぜ》、逃げるか。

それは、追われる未来が目に見えていたからだ。

「ぬっ……ま、待て！　よこすのじゃ、その魔道具を‼」

案の定、即座に俺を追い掛け始めるレフィ。

「フーハハハ、バカめ‼　そう言われて俺が、素直に渡す訳がないことは、お前もよくわかっているだろう‼」

「ならば、力尽くで奪うのみ‼　覚悟せいよ、ユキ‼　お主は忘れておるようじゃが、儂《わし》とお主との間に存在する、厳然たる身体能力の差‼　今一度思い出させてやるわっ‼」

レフィの言う通り、俺と我が嫁さんの脚力ならば当然ながら我が嫁さんの方が上であり、数秒のチェイスの後に背中へ飛び掛かられるが……。

「捕まえたぞ、ユキ‼　大人しく——ぬ？」

ニヤニヤと笑う俺は、おんぶする形になっているレフィに対し、両手を開いたり閉じたりさせ、何も持っていないことをアピールする。

「もうアイテムボックスにしまったから、さっきの写真は永久保存だな！」

「ぬがあああ⁉」

自身の身体能力が、嫁さんに遠く及ばないことなぞ誰《だれ》よりも理解しているので、彼女が飛び掛かってくる前に素早くアイテムボックスを開き、その中にカメラを収納しておいたのだ。

これで、レフィの油断しまくり口開けっぱアホ面は、俺のものである。後でレイラに相談して、写真の現像が出来る魔道具でも作成しよう。

「はー、全く、お主は、全く！」

「いて、いて、ハハハ、今回は我が戦略の勝ちだなぁ、レフィ！」

俺の胴に両脚を絡ませ、おんぶされた状態のまま、俺の頬《ほお》に手を伸ばして引っ張ったり突《つつ》いたりグリグリしたりしてくるレフィ。

「フン……照れ隠しで、童子のような真似をしおって！」

「なっ、ち、違うしー！　全然照れてないですしー！」

「お主は意外と純な男じゃからの！　全く、旦那《だんな》が初心《うぶ》だと対応に困るわ！」

「う、うっせ‼　それを言ったらお前だって――」

と、言い掛けたところで、レフィが首から下げていたカメラを手に持ち、自撮りするような形で魔術回路を起動する。

「ほい、お主の照れて赤くなりつつ、それを誤魔化《ごまか》そうとしている間抜け面の、一丁上がりじゃな」

「ぬがあああああ⁉　おまっ、このっ、それはひどいぞ‼」

「どの口が言うか、どの口が‼」

俺達は写真撮影大会の最中だということも忘れ、ただひたすらに言い合いを続けたのだった。


「――よし、それじゃあ、品評会の開始だ！」

俺の宣言に、真・玉座の間まで戻って来たダンジョンの住人達がパチパチと拍手する。

「うむ、ありがとう、諸君。えー、では、品評会開催の宣言をどうぞ、レフィさん」

「えっ⁉　う、うむ、わかった。あー……皆がどのような写真を撮ってきたのか、楽しみじゃ。良いものを期待しておる」

「なんか普通で面白くなかったので、さっそく発表の方に移りたいと思います！」

「お主、後でしばくからな」

凄《すご》みのある笑顔でこちらを見てくるレフィをスルーし、俺は言葉を続けた。

「それじゃあ、一番手はー……」

「はい！　シィがいきまス！」

両手を挙げてピョンピョンと跳ね、アピールするシィ。可愛《かわい》い。

「お、じゃあ、シィ！　さっそく君の撮った写真を見せてくれたまえ」

「うん！　シィがとったノは、これ！　でれでれでれ～でん！」

シィは、自身が持つカメラを皆が見えるよう高々と掲げ、そして写真を空中に投影した。

「おぉ、これは……えーっと、これは、何でしょう、シィさん……?」

「これはね、れいぞーこだよ!」

うん、そうだね。冷蔵庫だね。

――シィが撮ったのは、我が家の冷蔵庫の中の写真だった。

「……シィさん、何故、冷蔵庫なのでしょうか?」

「あのねあのね、れいぞーこは、ゆめときぼうがつまってルの! だからね、それをとったの!」

「……これは素晴らしい写真。家宝にすべき」

「あ、あはは……ま、まあ、確かに食べ物がいっぱいだと、嬉《うれ》しいからね」

些《いささ》か感心している様子のエンの後に、ネルがちょっと困ったように笑ってフォローする。

イルーナとリューと、そしてレイス娘達もうんうんと頷《うなず》いている様子を見る限り、意外と評価は高そうである。

うむ……食いしん坊なウチの子達ならではの着眼点ですね。

「えー……独創的で良い写真でしたね。ありがとうございますシィさん。それじゃあ二番手は……」

「……次は、エン」

と、いつもの無表情にどことなく自信を覗《のぞ》かせ、立ち上がるエン。

「お、わかった。それじゃあ、エンの撮った写真、見せてくれ!」

「……ん。エンのは、これ」

そう言って彼女が空中に投影したのは、今度は一目見てよくわかるもので、下からのアングルで撮られた一輪の花の写真だった。

遠くには城と広がる草原が見え、絵になるような一枚である。

「ほー、これは良い写真じゃな。壁に飾っても申し分ないくらいじゃ」

「むムむ、エンちゃん、さすが！」

レフィとシィが褒め、他の皆も感心の込められた声を漏らすが、実際大したものである。

こう言うと少し大袈裟《おおげさ》かもしれないが、初めて使ったカメラというもので、ノウハウも何も知らずにこれだけ良い写真が撮れるということは、彼女の見ている世界はこんな美しいものだということだろう。

親バカと思われそうなものだが、そう考えるとやはり嬉《うれ》しいものがある。

「芸術点高めの良い写真でしたね。ありがとうございます。じゃ、三番手は——お、レイス娘達か」

彼女らは三人で一緒に撮ってきたらしく、次女のルイが自信満々な様子で腕を組んで胸を反らせており、その横で長女レイと末っ子ローが何やら企《たくら》みがありそうな顔で笑っている。

「よし、それじゃあ三人が撮った写真を見せてくれ！」

コクリと頷き、レイが念力で浮かばせたカメラを起動させる。

写ったのは……うん？

写真には、どういう訳か人魚の身体《からだ》をしたルイが草原エリアにある川辺にその身を横たえ、物憂げな表情でどこか遠くを眺めている。

なるほど、ルイが得意な幻影魔法で身体だけを作り、そこに自身の首から下を重ねたのか。

そして、そのルイの頭からは可愛《かわい》らしい二本の角がちょこんと生えている。人の指で出来た角だ。

恐らくレイとローのどっちかがルイの後ろに回り、指で角を作ったのだろう。

その写真を見て、自信満々だったルイは一瞬呆《ほう》けたようにポカンと口を開け、すぐに怒った顔でレイとローを追い掛け始めるが、その反応を見越していたのか二人は縦横無尽に宙を駆け、してやったりといった感じの顔で逃げ回る。

どうやら、ルイは可愛く自分を撮ってもらえると思っていたようだが、レイとローはいたずらを共謀していたようだ。

「ハハハ、お前らしい写真だな」

笑ってそう言うと、ふくれっ面のルイが「むぅ」と言いたげに俺に纏《まと》わりつき、その不満を態度で伝えてくる。可愛いヤツめ。

俺は、触れはしないが彼女の頭の辺りをポンポンと撫《な》でるようなしぐさをしながら、イルーナに顔を向ける。

「幼女組は、後はイルーナか。どうせだし、次はイルーナのを見せてもらっていいか？」

「はいはーい！　んふふー、わたしの写真はね、自信作だよ！」

「お、それは楽しみだな」

ニコニコしながら、金髪幼女は自身の撮った写真を俺達に見せる。

「はいこれ！　──イチャイチャするおにいちゃんとおねえちゃん！」

──そこには、レフィをおんぶしながら、ひたすら言い合いをしている最中の俺達の姿が写っていた。

「「…………」」

思わず無言になる、俺とレフィ。

「あはは、仲の良さが窺《うかが》えるいい写真だね。ね、リュー」

「流石《さすが》って感じっすねぇ。全く全く、隙あらばイチャイチャしちゃってぇ！」

ニヤニヤしながら俺達をからかうのは、我が嫁さんの二人。

「えへへー、仲良くしているのを見ちゃったから、つい撮っちゃったの！」

「……仲良しの見本みたいな、いい写真」

「ほのぼのしちゃうネ～」

今俺達は、どんな顔をしていることだろうか。

何にも言えずに、自然とレフィと顔を見合わせていると、ネルがからかうような笑みのまま俺達へと言う。

「じゃ、次はそのイチャイチャしてた二人の写真を見よっか。二人はどんな写真を撮ったのかな？お互いのキメ顔かな？」

ネルさん、当たらずとも遠からず、といったところです。

「えー……我々の写真は諸事情により見せられませんので、またの機会に、ということで」

「……そうじゃの。菓子三日権は惜しいが、儂らは不戦敗ということで」

顔を見合わせている内に無言で『お互いの写真を見せない』という密約を交わした俺達は、そう言って誤魔化《ごまか》す。

俺達の写真、片方が見せれば、もう片方にダメージ大なのが確実なので。互いに見られるのはこの際仕方ないとしても、無駄に傷を広げることもないだろう。

「むっ……こういう誤魔化し方をしてる時は、当たらずとも遠からずって感じの時っすよ！　きっと、二人で互いの写真を撮ったのは合ってると思うんす」

「うん、僕もそう思う。これは、後で嫁会議を開催しないとね！」

「よしレフィ、後は任せた」

「なっ、ず、ずるいぞ、お主！」

レフィを生贄《いけにえ》に捧《ささ》げた俺は、コホンと一つ咳払《せきばら》いし、口を開く。

「そ、それより！　そう言う君達はどんな写真を撮ったのかね？　是非とも見せてくれたまえ」

「ん、わかった。……うーん、みんなの見てると、結構普通だったかな」

「ふっふっふ、ウチらの渾身《こんしん》の写真を見るがいいっす！」

そうして二人は、それぞれ撮った写真を投影する。

ネルが撮ってきたのは、コンセプト的にはエンと同じ風景の写真で、どこまでも広がる草原エリアとその中に悠然と佇《たたず》む我が魔王城が写っており、中々に綺麗《きれい》な写真である。

対して、リューが撮ってきたのは——大分困った顔をしているリルの顔が、どアップで一面に写っているだけの写真だった。

……どうしてリルは、狼《おおかみ》なのにこんなに表情がわかりやすいんだろうな。

「わァ、リルだぁ！」

「へへーん、シィちゃんの言う通り、リル様のご尊顔っすよ！　これはもう、ウチの勝ちは決まったようなものっすね！」

「……とりあえず、最下位はリューの写真で決定だな」

「うむ、同意じゃの」

「何でっすか⁉」

勝手に撮られ、勝手に最下位にされるリル……不憫《ふびん》である。

「ネルの方は、素朴な感じだが、こっちも飾れるくらいに綺麗な写真だな。全然悪くないと思うぞ」

「そうじゃな、儂《わし》は芸術には明るくないが、やはり風景画の類は見ていて心地《ここち》が良いわ」

「えへへ、ホント？　なら良かった」

「むー、納得いかないっす！　リル様、かっこいいじゃないっすか！」

腕を組み、ぷくぅとわかりやすく頬《ほお》を膨らませてみせるリュー。

その彼女に乗っかり、同じく腕を組んでルイが不満を示す。

お前らホント一々動作が可愛《かわい》いよな。

「諦《あきら》めろ、リュー。君は大衆受けとは何なのかを学んでから出直しなさい」

その点で言ったら、シィが撮った冷蔵庫の写真もどうなのか、ということになるが……ウチの幼女達には受けが良かったので、我が家では大衆的ということにしておこう。

こう、前衛芸術的なアレで。

「んで……最後はレイラだな。さあ、栄えあるトリを頼むぜ」

「フフ、わかりましたー」

そして、レイラが空中に投影したのは――今、この場の写真。

一堂が揃《そろ》い、ワイワイガヤガヤと騒いでいる皆の様子。

撮影者であるレイラ自身も、ニコニコ顔で端っこにちょこんとしっかり映っている。

見ているだけで、何となく嬉しくなってしまうような、笑みが浮かんでくるような、そんな写真だった。

「これは……優勝は決まりかな」

「えへへ、わたし、これ好き！」

「シィもすき！」

「……みんな一緒で、素晴らしい」

そうして、満場一致で決まった写真撮影大会初代チャンピオンは、ずっと楽しそうにニコニコと微笑《ほほえ》んでいた。

あとがき

どうも、流優《りゅうゆう》です！　七巻をご購入いただき、誠にありがとうございます！

おかげさまで、気付けば七巻。早いもんだなぁ……ありがてぇ、ありがてぇ。

さて、今巻にてネルさんの騒動に決着が付き、無事勇者を続けられることになりました。

ただ、そのせいで彼女のみダンジョンから離れ、単身赴任をすることになってしまった訳ですが、ちょくちょく家には帰らせるつもりです。そこはご安心下さい。ネルさんは、ダンジョンの良心枠なのでね。最近油断気味だけど。

王女のイリルちゃんも、最初はちょい役のつもりだったのに、すっかり準レギュラー枠くらいに収まっちゃって……謎である。

そういうの、結構あるんですよね。「このキャラなら、こうするだろう」「この展開なら、コイツらきっと、こうやって動くだろう」「この敵なら、こんな悪事を働くんじゃないか」と、どんどんキャラが動いていき、物語が想定し得ない方向へとぶっ飛んでいくんですよ。

そのせいで、後で辻褄《つじつま》合わせをするのがべらぼうに大変だったり……（遠い目）。

リューとネルさんが嫁入りしたのも、実はそんな感じで物語が進行していったことにより、辿《たど》り着《つ》いた結果でした。まあ、しっくり来る感じにはなったし、別にいいよネ！

キャラクターは、作者の意思によって動いているのではなく、「自分達はこうだ！」と自己主張することによって動いているのです。その中で作者は、キャラクターがスムーズに動けるよう場を整え、役者を揃《そろ》え、そこに相応《ふさわ》しい山を作り出すのが仕事だと言えるでしょう。

如何《いか》にそれらを無理なくまとめ、盛り上げられるか、というのが作者の腕の見せ所という訳です。

これらはあくまで持論ではありますが、大体他の作者さんも、そうやって物語を作ってるんじゃないかな？

私もそこに関しては、まだまだ力不足で、日々練習、日々鍛錬、といったところですね。

うむ、頑張ろう。


最後に、謝辞を。

私の作品を本として出版出来る状態にまで持って行ってくれる担当さん。こっそり崇《あが》め奉っているだぶ竜《りゅう》先生。ネタを知っているはずの原作者すら、読んでいてニヤリと笑ってしまうコミカライズを描いて下さっている遠野《とおの》ノオト先生。

関係各所の皆様に、この本をお手に取っていただいた読者の方々。全ての方に心からの感謝を。

それでは、また皆さんとお会い出来るその日まで！

お便りはこちらまで

〒102－8078
カドカワBOOKS編集部　気付
流優（様）宛
だぶ竜（様）宛

カドカワBOOKS

魔王《まおう》になったので、ダンジョン造《つく》って人外娘《じんがいむすめ》とほのぼのする　7

2020年1月10日　初版発行
2020年8月5日　再版発行

著者／流優《りゅうゆう》

発行者／三坂泰二

発行／株式会社KADOKAWA

〒102-8177
東京都千代田区富士見2-13-3
電話／0570-002-301（ナビダイヤル）

編集／カドカワBOOKS編集部

印刷所／大日本印刷

製本所／大日本印刷

ISBN 978-4-04-073449-1 C0093

新文芸宣言

かつて「知」と「美」は特権階級の所有物でした。

15世紀、グーテンベルクが発明した活版印刷技術は、特権階級から「知」と「美」を解放し、ルネサンスや宗教改革を導きました。市民革命や産業革命も、大衆に「知」と「美」が広まらなければ起こりえませんでした。人間は、本を読むことにより、自由と平等を獲得していったのです。

21世紀、インターネット技術により、第二の「知」と「美」の解放が起こりました。一部の選ばれた才能を持つ者だけが文章や絵、映像を発表できる時代は終わり、誰もがネット上で自己表現を出来る時代がやってきました。

UGC（ユーザージェネレイテッドコンテンツ）の波は、今世界を席巻しています。UGCから生まれた小説は、一般大衆からの批評を取り込みながら内容を充実させて行きます。受け手と送り手の情報の交換によって、UGCは量的な評価を獲得し、爆発的にその数を増やしているのです。

こうしたUGCから生まれた小説群を、私たちは「新文芸」と名付けました。

新文芸は、インターネットによる新しい「知」と「美」の形です。

2015年10月10日

井上伸一郎

元社畜、異世界の端っこでのんびりモノづくり生活、はじめます。

たままる ill キンタ　カドカワBOOKS

異世界に転生したエイゾウ。モノづくりがしたい、と願って神に貰ったのは、国政を左右するレベルの業物を生み出すチートで……!?　そんなの危なっかしいし、そこそこの力で鍛冶屋として生計を立てるとするか……。

鍛冶屋ではじめる異世界スローライフ
第４回カクヨムWeb小説コンテスト
異世界ファンタジー部門〈大賞〉

ゲーム知識を使って、
らくらく
レベル上げ＆
スキルをゲット！
元・世界1位の
サブキャラ育成日記
～廃プレイヤー、異世界を攻略中！～
沢村治太郎
illust. まろ

コミックス発売中!!
原作：沢村治太郎
漫画：前田理想
キャラクター原案：まろ
元・世界1位のサブキャラ育成日記 1
カドカワBOOKS

最速無双のB級魔法使い
一発撃たれる前に千発撃ち返す！

（著）CK　（illustration）阿倍野ちゃこ　カドカワBOOKS

伯爵家に生まれながら、魔力量も属性も底辺だったスカイ。周りから落ちこぼれ認定されるも、ある人物との修行により伝説の"ラグナシ"の力を得ることに！　そんなある日、王都の学園に入学することになり……？

ガンガンONLINEにて
コミカライズ
連載中!
作画：山浦柊
©Shu Yamaura
/SQUARE ENIX
超スピードの攻撃魔法で、
どんな相手も
撃ち破る!!